AF211267

Kris. K

MÚLTBA ZÁRVA

novum pro

Ez a könyv
e-könyvként
is elérhető

www.novumpublishing.hu

© 2022 novum publishing

Minden jog fenntartva, beleértve a mű film, rádió és televízió, fotómechanikai kiadását, hanghordozón és elektronikus adathordozón való forgalmazását, valamint kivonat megjelentetését, illetve az utánnyomását is.

Nyomtatva az Európai Unióban környezetbarát, klór- és savmentes, fehérített papírra.

ISBN 978-3-99131-450-9
Lektor: Sósné Karácsonyi Mária
Borítóképek: Kris. K;
Ezthaiphoto | Dreamstime.com
Borító, tördelés & nyomda:
novum publishing

www.novumpublishing.hu

Climate neutral
Print product
ClimatePartner.com/16547-2201-1002

·» 1 «·

Olivia Preston a kávéja fölé hajolva szerette volna kiélvezni a reggel még hátralévő perceit. Belélegezte annak felcsapó illatos gőzét. Minden egyes korty egy kincs volt így korán reggel, amíg fülsértő dudálás nem szakította félbe ezt a reggeli szertartást. Majd egy hosszabb...

Biztosan Dereck az – gondolta magában, de a dudálás csak nem maradt abba. Egyre erőteljesebb lett.

– Dereck, mindjárt megyek, várj egy percet! – morogta magában. Ezzel egy időben megszólalt a telefonja is. A telefon és a duda duettje azonnal visszarántotta a lányt a valóságba, egy szempillantás alatt teljesen éberré vált, felébredt. És nagy valószínűséggel a szomszédok is...

– Dereck, mindjárt megyek, 30 másodperc! Ez pont elég idő arra, hogy átülj, mert én vezetek! – kiabálta a telefonba olyan ellentmondást nem tűrő hangon, hogy a fiúnak nem volt más választása. Tudta jól, ha átül, akkor a saját testi épségét veszélyezteti, de ha nem, akkor is, mert a társa általi „halál" sokkal rosszabb lesz, ha nem engedelmeskedik. Így megtette, amit Liv kért, mert arra még később lehet mentsége.

A lány kirohant a házból, célba vette a vezetőülést. Ingerülten odaköszönt Derecknek, majd mindenféle befolyás nélkül teret engedett magának. Gázt adott, nem is kicsit, a kerekek csikorogtak, és a szolgálati gépjármű engedelmesen, de nyüszítve adta meg magát a nő nyomásának.

Állati tempóban vágtáztak át a városon, hogy időben munkába érjenek. Legalább is a főnökük utolsó két hetében, amíg nyugdíjba nem megy. Nem tudták, a továbbiakban mire számíthatnak, ki lesz az a bátor, aki átveszi a helyét.

– Liv, lassíts, lassíts! – kiáltotta Dereck. Ez olyan kiáltás volt, amit maga sem hitt el. Valószínűleg csak a félelem mondatta vele, mert ilyet soha nem ejtett volna ki a száján. – Nem a rallypályán vagy!

– Ne aggódj már, Dereck! Itt is vagyunk. Tudom, nem a megszokott, de ma ez van! Beértüüüüünk – vigyorgott a lány a hófehérré vált fiúra.

Ajjaj... – ismerte fel végül a helyzetet.

– Dereck, be kell mennem, amíg azt nem gondolják, hogy már megint késünk! Kivédelek, ha arról lenne szó! – kiabálta Liv az őrs ajtajából.

Ja, persze, hogy magyarázhatna ki egy nyomozó egy ilyen rosszullétet? – gondolta.

Olivia benyitott a helyi rendőrkapitányság tágas előcsarnokába. Azt hitte, hogy majd – mint mindig – átugranak a kínos reggeli ellenőrzésen, de ma nem így volt: már messziről hallotta főnöke metsző hangját:

– Preston! Hol a társa? Elkésett? Kellenek, ügy van! – morogta.

– Ne aggódjon, főnök, itt van kinn. Pár perc, és itt lesz. És hogy megértse, és legyen, akit megbüntethet, én vezettem. Minden az én hibám – hajtotta le alárendelten a fejét, szája szegletében némi cinkos mosollyal.

– Na ne már, Preston! Már megint Raikköneneset játszott? Ebben a hónapban már ez a második, és ez...

– De főnök, nem késtünk! – vágott a szavába a lány. – Az, hogy Dereck ilyen gyenge gyomrú...

– Na nem, Preston, ez már kicsit sok! – vágott most a kapitány a lány szavába. – Elhiszem, hogy unatkozik, hogy nem terem errefelé olyan bűnügy, ami kegyedet kielégítené – váltott a mérgesből ironikus hangnemre –, de tudja, mit mondok? Ebben a pár napban nem érdekel. Legyen az utódom feladata a megregulázása, és legyen vele minden felsőbb hatalom, hogy ez meg is valósuljon! Imádkozzon, Liv, hogy elég türelme legyen! Az ég legyen vele! Tudom, hogy itt maga az egyik legjobb nyomozó – folytatta –, de ha kifog egy idegbeteg frátert, akkor nagy bajok lesznek. Szemlátomást nagyobb dolgokra hivatott, de itt maradnak a piti bűntettek még pitibb elkövetőkkel. Ma is csak egy kisbolt kirablását tudom ajánlani, viszont addig kellene igyekezni, amíg forró a nyom!

Bár a kapitány mindezt kioktatásnak szánta, és már vagy ezerszer megtette, a nő látta, hogy az orra alatt szinte mosolyog. Ó, igen! Határozottan mosolyog! Arthur Williams... mihez fognak itt kezdeni, ha már nem lesz itt? A haja régen őszbe hajlott már, magas és nagydarab termete ellenére a nagy pocakjával, az orra alatti kis bajusszal inkább egy szerethető mackó volt. Szigorúsága ellenére az arcát leginkább megnyugtatóként lehetett jellemezni. Liv mindig is felnézett rá: a sok ballépése és baklövése ellenére mindig kiállt mellette. Itt apja helyett az apja volt. Nagyon fog neki hiányozni. És bár a nyugdíjkorhatárt még nem érte el, de kérelmezte az előnyugdíjazást, hogy a feleségével tudjanak utazgatni, kiélvezni a hátralévő életüket. Egy igazán jó embert veszít el a csapat, és ki tudja, miféle ember kerül a helyére...

– Jó reggelt mindenkinek! – préselte ki magából szinte minden erejét latba vetve a szavakat Dereck. Határozott léptekkel a mosdó felé vette az irányt, bízva abban, hogy ha egy kis hideg vízzel megmossa az arcát, majd jobban lesz. Kollégái a háta mögött egymásra néztek, és a nevetés szinte futótűzként terjedt. Dereck megtorpant, megfordult, és eltorzult arccal sziszegte:

– Csak egyszer üljetek be Liv mellé, amikor siet! – És szinte az egész feje lángba borult, mert az együttérzés szikráját sem tapasztalta bennük. Tényleg kell a hideg víz. Jó hideg!

– Mi is utaztunk már vele!

– És mi is! – jött a válasz több helyről is, de ezt már csak a mosdóajtóból hallotta, majd eltűnt mögötte. Pár perc múlva megjelent. Bár sokkal jobban nézett ki, a gyomra még mindig háborgott.

– Jó reggel, Rogers! – köszöntötte a kapitány, és volt valami irónia is a hangjában. – Preston megint megkocsikáztatta? – kérdezte leplezetlen jókedvvel.

– Reggelt, főnök! Meeeg... – nyújtotta el a szót, mint aki ezzel szeretne mindent megmagyarázni. Ekkor Williams fánkkal

7

és kávéval kínálta, amitől Dereck arca újra elfehéredett. – Nem, köszönöm! – hadarta.

Liv látta a komikus helyzetet, és nem bírta fékezni magát: hangos kacajjal vetett véget a két férfi közt létrejött szituációnak, mire mindketten meghökkenve, tágra nyílt szemmel bámultak a lányra.

– Jaj, Liv! Csak te ne! – gyötrődött Dereck.

– Na jó, emberek, ha már ilyen szépen összejöttünk, lenne itt valami. Bejelentés érkezett Todd kisboltjából, hogy valamivel hét óra előtt egy fegyveres ember kirabolta. Őszintén nem is értem, hiszen reggel még nincs is bevétel. Ki kell menni, felvenni a vallomásokat, megnézni a kamerafelvételeket. Bár az ilyen ügyek ritkán zárulnak pozitív eredménnyel, a legjobb két emberemet küldöm, hátha valami csodát tesznek. A helyszínelők már ott vannak, próbálják rögzíteni az esetleges nyomokat. Peterson járőr biztosította a helyszínt – sorolta el a tényeket olyan szenvtelen hangon, amiből mindhárman tudták, hogy nem remélhetnek sikert. De a munka az munka, ha menni kell, hát menni kell.

Majd így folytatta, kissé erőteljesebb hangon:

– Ha kérhetném a két „elit" nyomozómat, ráállnának végre az ügyre?! – Az „elit" szót jócskán megtoldotta megfelelő szarkazmussal is.

Olivia jókedve hirtelen elpárolgott, amint meghallotta a reggeli feladatokat. Egy újabb kis ügy, amelytől, ha valamiféle szerencse folytán sikerülne is megoldani, nem remélhet semmiféle előrejutást a karrierjében.

– Gyerünk, Dereck, essünk túl rajta! – azzal elindult a kijárat felé. A fiú szorosan a nyomában lépkedett, és végig az „én vezetek" szavakat mantrázta. – Rendben, vezess, ha már elég jól vagy. És ne haragudj, de nem tudom megérteni, hogy még mindig nem szoktad meg a stílusom. Egyszer majdcsak belejössz, és élvezni fogod. – A komikus helyzet ellenére megpróbálta a lehető legnagyobb együttérzéssel kimondani a szavait.

– Na, arra ne vegyél mérget. Nem tudom, más hogy bírja ezt ki, de te meg kelhetnél kicsit korábban, hogy ne mindig én szívjam meg, amikor szívességből munkába hozlak – vágta rá a fiú.

– Igen, igazad van. Azért a szíved mélyén tudod, hogy ez még sokszor meg fog ismétlődni – húzta megint mosolyra a száját a lány. – Nem jókedvemből hagytam benn a kocsimat. Ma már azzal megyek haza, ne félj!

Dereck lemondóan bólintott, és a pár utcányira lévő kisbolthoz vezető út hátralévő részét szótlanul tették meg. Elég ideje ismerték egymást ahhoz, hogy tudják, mire gondol a másik. Szinte szavak nélkül megértették egymást. Jó kis csapat voltak ők ketten. A férfinak magas, nyúlánk alkata, szépen kidolgozott felsőteste volt. Világosbarna haja állandóan úgy be volt lőve, hogy azt az időt, amit azzal töltött, hogy megalkossa, sokan megirigyelhették volna. Laza, de mindig elegáns ruhájában az összbenyomás tökéletesnek hatott. Szinte minden nő megbámulta. Ha együtt vezettek le egy hosszú napot a helyi pubban, ami a törzshelyük is volt, rengeteg telefonszámot begyűjtött a hölgyvendégektől. Sokan viszont azt hitték, hogy ők egy párt alkotnak, de erről szó sem volt. Sok női szív tört össze, amikor megtudták, hogy Derecknek soha senki nem lesz elég jó: hihetetlenül válogatós volt a nők terén. Felvázolt magának egy álomképet, és mindenáron ahhoz ragaszkodott. Az egyéjszakás kalandokat régebben nem vetette meg, de mára már ez sem igazán érdekelte, mert a lányokat nagyon nehezen tudta lepattintani magáról. Inkább csak várta az igazit. A nagy Ő-t. Többen viszont pont ezen dolgai miatt – ebbe a külseje is beleszámított – határozottan meg voltak győződve, hogy biztosan az ellenfél kapujára játszik. A kollégák nagy része is ehhez a táborhoz tartozott.

Mivel gyorsan odaértek a bolthoz, így Livnek nem volt sok ideje Dereckkel való kapcsolatán töprengeni. Kiszálltak a kocsiból, átküzdötték magukat a rendőrségi szalagon. Liv váltott pár szót az elsőként kiérkező járőrrel, hogy képet kapjon, mi is történt pontosan. Már messziről meghallották Todd hangját. Nem volt ismeretlen számukra, mert a boltja nem először – és valószínűleg nem utoljára – vált a kisstílű rablók célpontjává: az utca, melyben állt, több menekülési útvonalat is engedett a gaztevőknek.

A kárvallott nagyképűen utasítgatta a helyszínelőket, mit hogyan kellene normálisan csinálni. Hogy legalább most az egyszer tudná a rendőrség kézre keríteni a tettest. Ekkor lépett be a két nyomozó az épületbe. Todd lángoló feje szemlátomást duplájára nőtt, amikor meglátta őket.

– Ó, ismét a két szuperzsaru! Üdvözlöm önöket! Végre ideértek! Már azt hittem, teljesen elfelejtettek! Mégis mikor akarják elkezdeni a nyomozást? Az elkövető már valószínű már árkon-bokron túl van a 200 dollárommal, és egy igen drága whiskyvel. – Tovább ömlöttek volna belőle a szavak, de Liv közbeszólt.

– Jobb reggelt, Todd! Látja, itt vagyunk, nem feledkeztünk meg önről! És most higgadtan mondja el, mi is történt. De ha inkább tovább szidalmazná a munkánkat vagy minket, megteheti, de azzal is telik ám az idő! – mondta erélyesen, mire Todd szemlátomást visszavett egy kicsit a flegma modorából.

– Ne haragudjanak, de ebben a félévben már másodszor rabolnak ki. A többiről nem is beszélve! A tettesek meg sehol! Szerintem érthető, ha meglehetősen ideges vagyok – szomorodott el. – Tehát reggel – mint minden reggel – ugyanabban az időben, hat órakor nyitottam. A szokásos környékbeli emberek jöttek vásárolni. Majd valamivel hét óra előtt pár perccel bejött egy sötét színű kapucnis kabátot viselő alak, aki még sapkát és napszemüveget is viselt. Ekkor már sejtettem, hogy nem lesz ennek jó vége! – Ahogy Todd egy pillanatra eltért a vallomásától, Liv megragadta az alkalmat és közbeszólt:

– Honnan tudja pontosan, hogy mennyi lehetett az idő? – kérdezte összehúzott szemmel.

– Szólt a rádió, és az esetet követően mondták be a hétórás híreket – válaszolta, majd folytatta: – Az alak pisztolyt rántott és a pénzt követelte a kasszából, majd amikor megkapta, kifele menet leemelt egy üveg whiskyt. – Szinte könny szökött a szemébe, és nem lehetett tudni, hogy ez a pénz miatt, vagy az italhoz fűződő „barátsága" miatt történt. – Még jó, hogy reggel van, így nem volt sok pénz a kasszában. Körülbelül 200 dollár. Az ital nemkülönben.

– Valószínűleg jó ízlése van az elkövetőnek – törte meg a feszültséget Dereck, és inkább volt gúnyos a kijelentése, mint vicces.

10

- Dereck! Kérlek! – szólt rá Liv, és egy lesújtó pillantással nyomatékosította is ezt. Majd ismét Toddhoz fordult: – Kérem, folytassa! Tudná jellemezni a tettest? Bármi apróság is segítség lehet.

- Azt mondanám, hogy körülbelül 180 centi magas, fehér bőrű, vékony testalkatú, borostás férfi. A hangja nem volt ismerős, de hallhatóan elváltoztatta – gondolkodott erősen. Hirtelen felcsillant a szeme.

- Kicsit húzta a lábát, bicegett! Talán ez jobban segít. – Liv bólintott. – Sajnos mást nem tudok mondani...

- Tartózkodott még bárki a helyiségben, amikor az eset történt? – kérdezte a lány.

- Igen, volt itt egy vásárló, de abban a pillanatban kereket oldott, ahogy meghallotta, mibe csöppent. Lehet, hogy még ő is elvitt valamit?! – Hirtelen elfehéredett, amikor tudatára ébredt, hogy akár ez is történhetett.

- Ha nem tud mást mondani, akkor talán megnéznénk a kamerafelvételeket.

Todd bólintott, majd eltűnt a hátsó helyiségben. Kisvártatva egy laptoppal tért vissza. Bekapcsolta, matatott még rajta egy kicsit, majd a nyomozók felé fordította a képernyőt. A látottak alapján megállapították, hogy minden úgy történt, ahogy Todd elmondta. Livnek is feltűnt a férfi jellegzetes járása. Tudta, hogy látta már valahol. Zakatolt az agya, felpörögtek a fogaskerekek. Próbált visszaemlékezni, mikor is látta már ezt a mozgást. Már nem is figyelte a felvételeket, pedig Dereck újra és újra visszapörgette. Teljesen elmerült a gondolataiban. Kétségbeesetten próbálta felidézni, hogy ki is lehet ez. Ahogy lázasan törte a fejét, Todd két csésze kávéval szeretett volna kedveskedni nekik. Liv elvette, és hálásan nézett a férfira. – Köszönöm! – mondta, miközben úgy itta az éltető nedűt, mintha az élete múlna rajta. És nem is volt rossz a kávé. Sőt kifejezetten jó! Ám ekkor eszébe jutott, hogy ki lett zökkentve az előbbi gondolataiból, és vagy a kávé, vagy a figyelemelterelés hatására, de Livet villámcsapásként érte a felismerés: tudta ki az elkövető!

- Todd, még egyszer köszönjük a kávét, nagyon hatásos volt! – vigyorgott. – Ha bármi kérdésünk lenne a továbbiakban, akkor keressük! – közben pedig megrángatta Dereck ruháját, jelezvén, hogy indulniuk kell. A férfi ekkor nézett fel a laptopból és rögtön tudta, hogy Liv talált valamit. Ismerte ezt az arckifejezést; ez volt a „tudom, ki az" arckifejezés.

A kocsi felé igyekezve Dereck nem győzött úrrá lenni a kíváncsiságán. Mikor beszálltak, azonnal Livnek szegezte a kérdést: – Áruld már el, ki az! Megnéztem a felvételeket legalább ötször, de nem tűnt fel semmi különös a tettes horgas orrán kívül. De te már tudod, úgyhogy ne csigázz! – szólt rá erélyesen, és ezen a határozottságon még a lány is meglepődött.

– Hát ez az! Csak nézted, de nem láttál semmit! – vigyorgott elégedetten, miközben rádión beszólt, hogy rendőröket kér a nyugati parki sikátorokhoz, mert valószínűleg megvan a gyanúsított, majd közölte Dereckkel: – Irány a nyugati park! Meg kell keresnünk Dagi Joe-t!

– Dagi Joe? De hogy jön ő ide? Mi köze hozzá? Ő volt az? Nem lehetne még téged sem felismerni, ha ilyen öltözékben lennél! – vágta rá azonnal. De Liv folytatta:

– Nem emlékszel, hogy az egyik balul sikerült rablásnál egy rendőr meglőtte? – Dereck helyeslően biccentett, hogy igen, emlékszik rá. – És hol találta el a golyó? – kérdezte. – Látom, már kapiskálod! Igen, a jobb combján. Azóta húzza a lábát. Még jó, hogy ilyen jellegzetes a járása. De azért te is ügyes vagy! A lábára koncentráltam, az orra fel sem tűnt! – paskolta meg a fiú vállát.

Mire ezt megbeszélték, meg is érkeztek a nyugati parkhoz, amely nevével ellentétben nem egy füves-fás terület volt, hanem sikátorokkal övezett nyüzsgő tér, ahová autóval be sem lehetett hajtani a nagy tömeg miatt. Közkedvelt helye volt ez a helyi alvilági alakoknak, és egyéb, alkohol- és drog- problémákkal küzdő embereknek. Ez volt Dagi Joe törzshelye is. A nyomozókat gyorsan felismerte pár alak, akik gyorsan el is párologtak. Nem kellett sokáig keresgélniük, mert a park egyik lepukkant talponállójában megpillantották emberüket. Ugyanazt a sötét, kapucnis kabátot viselte, mint a kisbolt kirablásakor. Gyorsan mellette termettek, mielőtt kereket oldhatott volna.

– Helló, Dagi Joe! Volna ránk pár perced? – kérdezte Liv lekezelően.

– Üdvözletem, Preston nyomozó! Mi járatban erre? Miért nem hagyják békén a tisztességes állampolgárokat ezen a szép délelőttön? – kérdezte Joe, és ennek hallatán a körülöttük lévő emberek hangos üdvrivalgásban törtek ki. Mielőtt Liv megkérdezhette volna a bolt kirablásáról, a felbolydult, alkoholos állapotban lévő tömeg szinte egyszerre akarta elhagyni a szórakozóegységet a „nyomozó" szó hallatán. Livet és Derecket is majdnem fellökték, és – kihasználva figyelmük pillanatnyi elterelődését – már Dagi Joe is kereste, merre iszkolhatna el. Látta, hogy a kis utcák kiürültek az egyenruha láttán. Nincs menekvés – gondolta lemondóan. De! A főút felé!

Mire a nyomozók felocsúdtak, észrevették, hogy az emberük menekül. A felgyűlt adrenalin hatására Joe szemlátomást szárnyakra kapott. Utánaeredtek, de az előnye tetemes volt.

– Dereck, a kocsiba, most! – ordította Liv. – Vezess, ne totojázz! Utána! – adta ki a parancsot a lány, amit társa azonnal követett, mert tudta, ha elszúr valamit, Liv éktelen haragra gerjed, talán még a társától is el kell búcsúznia. – Gyerünk, gyerünk! Ott van! – ordította. – Hajts fel a padkára!

– De a kocsi... – próbált ellenkezni, de a lány újra ráripakodott.

– Szarok a kocsira! Elmenekül! Majd meg lesz javítva! Csináld, amit mondtam! – és a nyomaték kedvéért még egy morgást is bevetett, mint egy véreb. És Dereck tudta, hogy meg kell tennie. Minden kíméletét latba vetve felhajtott a padkára. Az autót jobban sajnálta, mint a menekülő rablót, aki ha Liv kezei közé kerül, akkor elveszett ember. Kis sebességgel követték Joe-t, óvatosan, nehogy valamelyik járókelőnek baja essen, és amikor mellé értek, Liv kivágta a jobb oldali ajtót, Dagi Joe pedig hatalmas puffanással terült el az aszfalton. A lány kipattant a kocsiból, és a még földön fekvő ember kezeit a háta mögött össze is bilincselte.

– Na, Dagi Joe! Jogodban áll hallgatni! Minden, amit mondasz, felhasználható ellened a... – szerette volna folytatni az ilyenkor szokásos szöveget, miközben megpróbálta talpra állí-

tani, de ekkor erős bűz ütötte meg az orrát. – Délelőtt van, és
már így árad belőled a piaszag? – mondta, még mindig a gya-
núsított mögött állva. Majd megnézte a férfit elölről is, és lát-
ta, hogy a kabátjából valamiféle folyadék szivárog. Szétnyitotta
a kabátot, és egy törött whiskysüveget húzott ki a belső zseb-
ből. – Dagi Joe! Bármibe mernék fogadni, hogy ez ugyanaz az
üveg, ami a ma reggeli rablásból származik Todd kisboltjából,
és akkor nagy bajban vagy! Márpedig ez onnan van, nem is kell
mondanod semmit – közölte határozottan.

– Az egyik haveromtól kaptam – kezdte a védekezést, majd
folytatta: – Különben is, ez rendőri túlkapás! Feljelentést teszek
bántalmazásért! Lehet, hogy eltört valamim, mert mindenem fáj.

– Valószínű az egódon nagyobb csorba esett, mint az eséssel
szerzett fájdalom, hogy megint egy nő kapott el! – csatlakozott
a beszélgetésbe Dereck is, és látszott, hogy Dagi Joe-t ez való-
ban jobban bántotta.

Liv óvatosan betuszkolta az autóba a mozogni is alig bíró
Joe-t, majd Ő maga is beszállt. Gondosan lehúzta a két első ab-
lakot, hogy még orron át se kapjanak alkoholmérgezést. A ka-
pitányságra menet azon gondolkodott, vajon egy ilyen vékony
alakot miért hívhatnak daginak? Lehet, hogy pont a vékonysága
miatt? Ám ekkor bevillant neki egy vicces ötlet, hogy másról is
kaphatta a nevét. A gondolatra, hogy miként vélekedik a hátsó
ülésen utazó gyanúsított egyes testrészéről, elnevette magát.

– Örülök, hogy ilyen jól szórakozik, nyomozó! Majd nem fog,
ha felelősségre vonják azért, amit tett! – közölte felháborodot-
tan. – Az, aki ilyet tesz egy ártatlan emberrel...– Liv ezt már
nem hagyta szó nélkül.

– Ááártatlaaan? – kérdezte megrökönyödve. – Tudod, Dagi
Joe, nem is tudom, kit fognak ezért elmarasztalni. Azt, aki el-
fut a nyomozók elől?

– Elfutottam, mert tudtam, hogy valamit megint rám akar-
nak sózni! – vágott közbe, mintha ezzel megmenthetné magát.

– Persze, hogy rád sózunk valamit! Jó pár évet, mint visz-
szaeső! Nálad volt a reggeli rablásból származó bizonyíték! Még
mindig érezzük! – húzta el az orrát a lány. – Biztos vagyok benne,

hogy találunk nálad pár dollárt, amin Todd ujjlenyomata is rajta van! – vett egy mély levegőt a nyitott ablak felől. – Arról nem is beszélve, hogy a kamerafelvételeken egy ugyanilyen testalkatú ember látható, egy ugyanilyen kabátban. És ha ez még nem volna elég, a járásod simán elárult! Jobb lett volna, ha ellövöm a másik lábadat is? Szerintem örülj, hogy csak egy kocsiajtó ütött le.

– Nagyon kezdek fázni, hátrajön a huzat! Ha még meg is fázom, ezért is felelniük kell! – folytatta a kioktatást Joe, hátha valaki megsajnálja. – És elütöttek egy autóval! – folytatta, de erre Dereck közbeszólt:

– Dehogy ütöttelek el! Egyébként az őrsön mindenki tudja, milyen rosszul vezetek; biztosan nem láttam a padkát, mert mással voltam elfoglalva. Az ajtó meg sokszor kinyílik magától, de vagy nincs pénz, vagy nincs idő, hogy valaki megcsinálja – pillantott cinkos mosollyal a társára. Liv ezt egy hálás szempillarebegtetéssel viszonozta. Nagyon jól tudták, hogy ketten vannak egy ellen, így az nem győzhet. Minden bizonyíték az ő igazukat fogja szolgálni, és ha lesz bármi terhelő rájuk nézve akár egy térfigyelő kamerán, akkor is egy többszörös visszaesőt tartóztattak le. Legrosszabb esetben kapnak egy kis fejmosást a gyanúsított szeme láttára, de a háta mögött gratulálnak.

– Na, majd meglátjuk! Főleg, ha az egészségemet is veszélyeztetik! Ezért fizetni fognak – fröcsögte, és mondta volna tovább is, de megérkeztek a kapitányságra.

Óvatosan kisegítették a kocsiból, nehogy még ezt is felrója nekik. Pedig ez inkább azért volt, nehogy rájuk kenődjön a kabátját átitató bűzös folyadékból.

Az épületbe érve mindenki meglepődött a furcsa szagon; sokan kapkodva vették a levegőt, mások az ablaknyitási lehetőségeket keresgélték. Végighurcolták Dagi Joe-t az egész épületen, míg a kihallgatóhoz értek. Ott már várt rájuk a rendőrfőnök és egy kihallgatótiszt. Átadták a gyanúsítottat, és próbáltak mihamarabb lelépni, de a kapitány dörgő hangja megállásra kényszerítette őket.

– Preston, Rogers! Hova mennek? Mi történt? – vonta felelősségre a két nyomozót.

Liv minden egyes pillanatról becsületesen beszámolt, mielőtt főnökük Dagi Joe-tól hallaná. A kisboltban történteket; hogy hogyan jött rá, ki az elkövető; hogy hol keressék; és végül, hogy hogyan sikerült elkapni. – Dereck fegyelmezettsége nélkül nem sikerült volna, főnök! – állította határozottan, hogy neki is dobjon egy kis csontot. Erre a férfi alaposan kihúzta magát. Liv még sosem látta ilyen magasnak Derecket.

– Preston! – kezdte először higgadtan, majd egyre erőteljesebben. – Először is gratulálok, hogy végre sikerült egy piti rablót kézre keríteni! De! Ha ez így volt, ahogy elmondta, és a gyanúsított ezt jelenti, már megint megütheti a bokáját! Kellett ez? Nem lehetett volna máshogy? Megint a bíróságra akar menni?

– Nem főnök! – horgasztotta le a fejét. – Nemigen volt más választásunk. Bár le is lőhettem volna... – próbálta egy poénnal kiengesztelni Williamst, de az közbeszólt:

– Járókelőket is veszélyeztettek a manőverükkel! Mi lett volna, ha valaki más is megsérül? – Enyhébbre vette a hangnemet, mert rájött, hogy utólag már hiába idegesíti magát. Ha megbántja Livet, legközelebb nem lesz ennyire hatékony. Ha meg ilyen, akkor viselje a következményeket. Más nem sérült meg, a feltételezett tettes a kihallgatóban, végül is a történet ennél jobban nem végződhetett volna.

– Ügyvédet kér! – jelent meg a kihallgatótiszt az ajtóban.

– A fene sem gondolta volna! – válaszolta erélyesen a kapitány. – Hívjanak, ha nincs sajátja! Addig is kapjon száraz ruhát! A narancssárga jó lesz, hadd szokja! – mérgelődött! – De a ruhát, mint bizonyítékot, hagyják benn a kihallgatóban. Érezze csak az az ügyvéd, hogy milyen jó buli lesz ez!

A két nyomozó azt hitte, hogy ezzel vége, de nem így történt.

– Preston, az irodámba, most! – mondta ellentmondást nem tűrő hangon, ahogy a lány adott utasításokat Derecknek, majd még határozottan visszavetette a tisztnek:

– Szóljanak, ha megérkezett az ügyvéd, benn akarok lenni!

A tiszt bólintott.

⸎ 2 ⸎

Olivia fejében számtalan gondolat pörgött; lejátszotta oda-vissza, mégis milyen további fejmosást kaphat. Már ott tartott, hogy bármit elvisel, csak ne kelljen végighallgatnia. Ahogy tovább szeretett volna ezekkel a gondolatokkal játszani, megérkeztek. Williams előzékenyen kinyitotta előtte az irodája ajtaját. Székkel kínálta. Liv leült, de ekkor már nagyon rosszat sejtett, és az érzései szinte sosem csapták be. A kapitány helyet foglalt a székében, nézegetett még valamit a számítógépén, majd belekezdett:

– Preston! Tudom, hogy tisztában van azzal, hogy az egyik, ha nem a legjobb nyomozómnak tartom – kezdte. – De az utóbbi időben sokszor átlépett bizonyos határt. Ami nem is lenne baj, mert tudjuk, milyen, de így Derecket is magával rántja. – Liv egyetértőn bólintott. Tudta nagyon jól, hogy főnökének igaza van. Majd az folytatta: – Pont azt nézegetem, mikor is volt szabadságon.

Na, a lány ekkor már biztos volt abban, hogy mi fog történni.

– Liv, jót akarok. – Ritkán szólította így, tehát a pánikja még nagyobb lett. – Menjen el pár nap szabadságra!

– De főnök, én nem aka... – kezdte, de a kapitány közbevágott:

– Ha nem vette volna észre, ez nem felajánlás volt! Vegye inkább parancsnak! – nézett a lányra ekkor már szúrós szemmel. – Megérdemli, és kell is! Nagyon régen nem volt! Ezt a hetet, ha tetszik, ha nem, munka nélkül fogja tölteni. – Határozottsága a lányt is teljesen elbizonytalanította. Talán igaza lehet. Tényleg régen volt már szabadságon. De nem, nem akart.

– És mi van, ha ekkor ugrik be valami olyan ügy, amire ezer éve várok? Nem szeretnék semmiről lemaradni! – hadakozott.

– Ma kedd van. A hét hátralévő napjait kiveszi. Megígérem, ha valami olyan kiemelkedő dolog történik, azonnal szólok! – válaszolta erőteljesen.

– De főnök! Ezek itt az utolsó napjai nyugdíj előtt! Nélkülem szeretné tölteni? – próbálkozott tovább.

– Ez pontosan így van! Nyugdíj előtti nyugodt napok! – és az arca erre azonnal felderült. – Szeretném a társaságát élvezni, de valóban nyugodt napokat akarok. Az utolsó hetemre még úgyis megkapom, de akkor már itt lesz az új kapitány is. Ne rontsa el nekem ezt! – Az arca kissé esdeklővé vált. Bár még nem tudta, ki jön megüresedő helyére, de már nagyon várta. Végre pihenhet, azt csinálhat, amit akar, akkor, amikor akarja. Senki és semmi nem fogja ebben befolyásolni. Jövő hétfőn átadja a helyét, azon a héten még megmutatja, mi hogyan működik, át tudnak beszélni mindent, és ha nem jön közbe semmi, két hét múlva már messze jár...

– Ezt most komolyan gondolja, főnök? – vetette be az utolsó próbálkozását a lány, bár nem bízott abban, hogy a kapitány meggondolja magát.

– A leghatározottabban! Menjen, pihenjen, és értékelje át azt, amit eddig tett! – folytatta volna, de ekkor tájékoztatták, hogy Dagi Joe ügyvédje megérkezett, így mennie kell.

– Viszlát, Preston, a jövő héten! – azzal kiviharzott, mintha ez egy nagyon fontos ügy lenne. Ekkor esett le a lánynak, hogy a jelenlétével valószínűleg majd őt próbálja megmenteni, amennyire csak lehet. És bár nagyon rosszulesett neki a kényszerszabadság, a lelke mélyén tudta, hogy a kapitánynak igaza van. Fásultan és elgyötörve hagyta el az irodát a nyitott ajtón keresztül, amin Williams az imént oly gyorsan távozott. Még odabiccentett a titkárnőjének, majd elment megkeresni Derecket. Hirtelen nem találta. Amíg előkerül, elkezdte összeszedegetni a holmiját, amire most itt benn nem lesz szüksége. Váltóruháját jó rég nem vitte kimosni, az asztalfiók tele mindenféle maradék étellel. Legalább ez meglesz, mert máshogy erre nemigen venné rá magát.

Amíg pakolászott, falfehér arccal megjelent a társa. Próbálta sírás nélkül megkérdezni, vajon mi történhetett, és miért pakol:

– Liv, ugye nem? Mondd, hogy nem?

– Mit nem, Dereck? Mi a baj?

– Miért pakolsz? – Hangja még mindig remegett.

– Ne is mondd! Szabadságra lettem küldve, mondván, hogy pihennem kell! Érted? Kényszerszabadság! – mondta egyszerre elkeseredve és felháborodva.

Dereck ettől az információtól szemlátomást megnyugodott kissé. Minden megfordult a fejébe, ahogy látta a lányt rámolni. Azt hitte, ki lett rúgva...

– Ne aggódj már! Jövő hétfőtől megint hosszú időre nem szabadulsz tőlem! – mondta vigasztalón. Társa ettől szemlátomást még inkább kezdte visszanyerni a hidegvérét.

– És mihez fogsz kezdeni a fene nagy szabadságoddal? – kérdezte már egy kicsit jobb kedvre derülve.

– Még nem tudom. Most jut eszembe! Megírnád a jelentést helyettem is? – A fiú bólintott. – El kell mennem bevásárolni, mert semmi kaja nincs otthon. Este viszont tuti leugrom Liamhez a pubba. Végre egy este, amikor nem kell sietni haza, mert másnap munka van! – Ahogy kimondta a szavakat, egyre jobban érezte magát. Buli este, és holnap sokáig alhat. Ez egy kicsit jó érzéssel öntötte el. Rég volt már így szórakozni, és ma erre minden oka meg is van. Elköszönt Derecktől, odabiccentett mindenkinek, akivel kifelé menet találkozott.

A parkoló felé éppen azon gondolkozott, vajon előző nap hol is hagyhatta a kocsiját. Annyira máshol jártak a gondolatai, hogy észre sem vette, amikor elment mellette; teljesen el volt szokva saját kis ezüst női autójától. Munkában a szolgálati autót használták, ha meg valamiért valaki a háza felé ment, mindig elvitte. Dereck nagy bánatára, mert így neki kellett reggelente érte jönnie. De legalább így volt mivel hazamenni.

A háza közelébe eső áruházat célozta meg. Szerette azt az üzletet, szinte mindig ott vásárolt. A választék bőséges volt, bár erre nem is igazán volt szüksége. Mint minden kevés szabadidővel rendelkező ember, előnyben részesítette a mirelit és a készételeket. De a héten még lehet, hogy megváltja a világot.

Az áruházhoz érve azon gondolkodott, mivel is lepje meg magát a hét hátralevő részében. Annyira elgondolkodott, hogy szinte rutinszerűen kerültek a kosarába azok, amiket eddig is előnyben részesített. Mirelit pizza, sajtos makaróni, és egyéb készétel. Ahogy észbe kapott, szerette volna visszapakolni az árut, de aztán meggondolta magát: milyen jól fog ez jönni majd, ha végre újra dolgozhat. Erre a tudatra újra átfutott rajta a kellemetlen borzongás. Gyűlölte ezt a helyzetet, de megértette. Na, nem baj, majd Liamnél leereszt. Ebben a pillanatban eszébe jutott legjobb barátnője, Amy. Bár a munkája miatt sajnos nem sok időt tudtak együtt tölteni, de az a kevés bizony minőségi időtöltés volt. Főleg Liamnél. Lázasan kotorászni kezdett a táskájában, míg végül érezte, hogy megtalálta a telefonját. Nem tétovázott sokáig, azonnal hívta a lányt. A telefon hoszszasan kicsörgött, majd kattant egyet, jelezvén hogy felvették. A vonal másik végén Amy szólt bele szinte örömittas hangon:

– Helló, kislány! Mi a helyzet? Ezer éve már... – kiabálta türelmetlenül.

– Szia! Én is örülök, hogy hallom a hangod! – vágott közbe Liv.

– Ugye nem történt semmi baj, hogy ilyenkor hívtál? – kérdezte barátnője aggódva. – Még tart a munkaidőd, ha jól számolom, bár most nem vagyok otthon. Elutaztunk Bennel az anyjához.

– Nem, ne aggódj, csak szabadságon vagyok. – A szavak hihetetlen fájdalommal hagyták el a száját. Majd töviről hegyire elmesélte, mi történt aznap, és miért nem dolgozik éppen. Hogy abban gátolják, amit a legjobban szeret. Hogy nem egy munka volt számára, amit csinált, hanem életre szóló hivatás. Ez volt az élete. Így Amyn kívül más ember nem igazán fért bele.

Amy sajnálkozva hallgatta végig barátnője szívszorító vallomását, majd válaszolt:

– Vedd úgy, drágám, hogy ebben a pár napban azt csinálhatsz, amit akarsz! Pihenj, kirándulj! Töltődj fel, és utána dupla ennyi energiád lesz elkapni a rosszfiúkat – vigasztalgatta a lányt, majd folytatta: – Gondolj csak bele! Nekem ezt a pár napot a leendő anyósommal kell eltöltenem. Már most érzem, hogy az idő csigalassúsággal vánszorog.

Liv lelki szemei előtt megjelent, ahogy barátnője egyfolytában forgatja a szemeit, jelezvén, hogy mennyire nem tetszik neki ez a helyzet. Erre a gondolatra még el is mosolyodott, de aztán hamar visszatért a jelenbe. Észbe is kapott.

– De kár, hogy nem vagy itthon! Át szerettelek volna hívni este, pont itt vagyok a boltban, megmondhattad volna, mit ennél. Főzhettünk volna valamit, és utána irány a pub! – közölte elkeseredetten.

– Várjunk csak! – kiáltott közbe Amy. – Hogy te meg a főzés? – A telefon hangszórója megtelt hangos kacagással. Livnek el kellett tartani a telefont a fülétől, még mielőtt tartós és súlyos halláskárosodást szenvedett volna. – Nem emlékszel a tavalyi esetre? Majdnem leégetted a konyhád! – A lány szavai visszahozták a valóságba, és tudta, igaza van.

– Na jó! Nem kell gúnyolódni. Azért is próbálkozom, hátha... – Amy nem bírta ki, hogy ne szóljon közbe:

– Melyikkel? A főzéssel, vagy a konyhád tűz általi fertőtlenítésével? – Erre a kijelentésre a két lány egyszerre nevette el magát.

– Vagy ez, vagy az! Legalább történik velem valami! – vágta rá Liv. Ezután teljes egyetértésben megbeszélték, ha a vacsora mégsem úgy sikerülne, még mindig van lehetőség Liamnél bekapni valamit. Ekkor eszükbe jutott, hogy oda sem tudnak együtt menni.

– Menj csak, Liv, és szórakozz! Megérdemled! – folytatta a gondolatmenetet Amy, majd fennkölt stílusban közölte: – Csak egyet ne felejts el! Ne rontsd el az eddig felépített színvonalunkat! – Liv jól tudta mire gondol a lány: ha ők ketten kirúgtak a hámból, azt még hetek múlva is jó szívvel emlegették.

– Most viszont elköszönök, mennem kell! Kitartást, drága! Majd találkozunk! Szia!

– Neked is kitartást, igen, majd mindent bepótolunk! Szia!

Liv szemlátomást nem volt elragadtatva, hogy ezt a pár napot egyedül kell eltöltenie, de legalább most van ideje mindent kipróbálni, csinálni. Most megteheti.... Amíg ezen gondolkodott, bedobált némi húst és zöldséget, gyümölcsöt. Kifelé menet elállták az útját olyan lányok, akik mindenféle terméket reklámoztak a bolt megbízásából. Valamiféle narancsszínű löttyöt próbáltak meg rátukmálni. Egy kis vitamin – gondolta, és elfogadta. Egyik kezében a hatalmas, barna tasak, másikban a gyümölcslé, így próbált kievickélni az üzletből. Ahogy kiért, sötétbarna haján megcsillant a napsütés, mely a bőrét is melengette. A tavasz ekkor szinte átjárta minden egyes porcikáját. A bolond időjárás ebben a hónapban nem meglepő – vélekedett. Április azért még mindig a bolondok hónapja... Hirtelen gondolataiban megjelent egy gyönyörű tópart, viháncoló gyerekek, boldog családok. Pléden piknikezve kínálták körül a finomabbnál finomabb szendvicseket, amiket otthon készítettek. Ám a kép hamar összetört, amikor úgy érezte, falba ütközött. Ezzel egyidőben átjárta testét a jeges felismerés. Érezte, hogy mellkasán végigfut valami hideg. Ez gyorsan észhez térítette. Egy kis elkalandozás, és máris kész a baj. Nézte, ahogy a gyümölcslé hatalmas foltot hagyva folyik végig rajta. Mintha vizespóló-versenyen lenne, csak nincs víz. Átázott ruháján átütő melltartója szinte meztelenné tette. De akkor most mi is történt? A kábulatból nagyon gyorsan felocsúdva vett észre maga előtt egy körvonal. Egy magas, körülbelül 180 centis körvonalat. Beletelt pár másodpercbe, amíg teljesen kitisztult a kép. Meglátta azt a kék szempárt, amely már a pillantásával is próbált bocsánatot kérni. Barna haja tökéletesen keretezte arcát. Lazán kigombolt inge, ami betekintést engedett hibátlannak tűnő mellkasához, a zakóval inkább egy úriembert láttatott. Liv azonban most sem tudta meghazudtolni magát, és az események hatására érezte, hogy zöldes szemei villámokat szórnak. Gondolatban már kezdte összerakni, hogy milyen cifraságokkal fogja útbaigazítani az idegent. Mielőtt azonban szóra nyithatta volna a száját, megszólalt a férfi:

– Nagyon, nagyon sajnálom! Őszintén! Engedje meg, hogy kárpótoljam! Veszek még egy üdítőt! Miben tudnék segíteni? – Erős, férfias hangjában volt valami megnyugtató, amit még a lány sem értett igazán. De a hirtelen gerjedt haragja valamelyest alábbhagyott, helyette a kínos kétségbeesés vette át a szerepet.

– Nem, nem kérek másikat! – Érezte, hogy a napsütés ellenére fogai vacognak, mert a gyümölcslé igencsak hideg volt. Valahogy így érezhette magát délelőtt Dagi Joe. Na, tessék, visszacsapott a karma! – gondolta magában. Ekkor vette észre, hogy sötétbarna hajából is folyik a nedű. Az járt a fejében, hogy mérgelődhetne itt még egy darabig, de átértékelte, és a helyzet inkább lett komikus, mintsem lehangoló. Meglátta a benne rejlő lehetőségeket, és mosollyal az arcán folytatta:

– Még egy kis hajpakolást is kaptam! Nem árt neki egy kis vitamin! – nevette el magát. A férfi hirtelen elcsodálkozott, hogy az előbb szinte a pillantásával ölő nő egyik pillanatról a másikra megváltozott, és egy kicsit meg is nyugodott, hogy talán nem fog nekiállni veszekedni vele ezért. Nézte a nevető arcot, és azon kapta magát, hogy hosszasan elidőzött a gyönyörű képen. Ez a mosoly, ezek a zöldes szemek, a tökéletesen ovális arcforma, a csatakos haj, a foltos póló összképe lenyűgözően hatott rá. Szerette volna ezt a nőt megismerni, így elhatározta, hogy ezért mindent el fog követni. Ám még nem tudta, hogyan...

Észre sem vették, hogy körülöttük az emberek igencsak jót derültek a látottakon. Mindketten úgy érezték, mintha már találkoztak volna valahol, valamikor. Pár másodpercre megszűnt számukra a külvilág. A férfi tért először magához, látva a lány szájának remegését.

– Hadd adjam oda a zakómat! Látom, hogy nagyon fázik – és már vetette is le, majd a vállára terítette.

– Igazán nem szükséges, inkább gyorsan beülök a kocsiba és hazasietek – igyekezett a zakótól megszabadulni, hogy visszaadja. Közben érezte a férfi bódító illatát, amit a ruha árasztott. Szinte belekábult, úgy hatott rá.

– Akkor legalább a kocsihoz hadd kísérjem, majd ott leveszi. De mindenképpen kárpótolni szeretném, jóvá akarom ezt tenni – erősködött. Liv már nyitotta is a száját, hogy ellenkezzen, de beléfojtotta a szót:

– Szeretném este elvinni valahová... vacsorázni, vagy tulajdonképpen bármiben benne vagyok. Jó lenne, ha megismerne, mert akkor rájönne, hogy általában véve nem vagyok ám ilyen béna. – Itt megint elnevette magát, és a lány is vele tartott.

– Igazán nem szükséges ezért bármit tennie. Bárkivel előfordulhat! – búgta szelíd hangon, szinte kéretve magát.

23

– Nézze! A jóvátétel mellett azért van egy kis hátsó szándékom is! – kezdte, és a lány hirtelen ijedt arcot vágott. A férfi azonnal felismerte a helyzetet, és próbálta menteni a menthetőt. – Nem, ne értsen félre! Nemrég érkeztem ebbe a városba, még senkit sem ismerek, és azt hiszem, a lehető legjobb emberrel találkoztam össze. Tudja, ide szólított a munkám. – A munka szó hallatára Liv összerezzent. A férfi is csodálkozott, mi roszszat mondhatott, hogy a lány így reagált. Nem is kellett sokáig várnia a válaszra:

– Ha kérhetném, ne is említse még a *munka* szót sem! – közölte zaklatottan, majd folytatta: – Hogy megértse, miért reagáltam így... Azért van, mert pont ma küldtek kényszerszabadságra. Jó ideje nem voltam, és nem is akartam, úgyhogy ez most nagyon rosszulesett. Imádom a munkámat, a hivatásomat! Erre ez... – mondta lemondóan. – Így, ha megígéri, hogy elkerüljük ezt a témát, akkor szívesen megiszom magával este egy italt. Egyébként Liv vagyok.

A férfiből egy hatalmas levegőtömeg távozott abban a pillanatban, ahogy a lány beleegyezett, hogy találkozzanak. Olyan volt, mintha eddig végig benntartotta volna, amíg a válaszra várt. Nagy megkönnyebbülést jelentett ez neki. Liv. Még a neve is milyen szép, és illik hozzá – jegyezte meg magának. De bolond vagy, csak állsz itt, nyújtsd már a kezed, és szépen mutatkozz be te is – dorgálta magát.

– Colin vagyok! – és kezet fogott a lánnyal. Érezte, hogy egy kicsit ragad még az üdítőtől. Ezt nagyon sajnálta, de úgy tett, mint aki ezt észre sem veszi. – Esetleg ha kaphatnék egy telefonszámot, akkor a későbbiekben akár pontosíthatnánk is, hogy mikor menjek kegyedért. – Erre a szóra Liv megint csak összerezzent. Nem szerette.

– Én azt mondanám, feltéve, ha nem veszi tolakodásnak – kezdte, és a férfi kíváncsian nézett rá –, hogy ha az este egy részét úgyis együtt töltjük és megiszunk pár italt – nekem egyébként is ez volt a tervem –, tekintve a mai szörnyű napot... nem lehetne, hogy megelőzzük az illemet, vagy nevezzük bárhogy? Az első italnál úgyis meginnánk a pertut; ezt, ha nem gond, megelőzhetnénk. Akkor talán elkerülhetném azt is, hogy még egyszer „valaki" kegyednek nevezzen – fejezte be a gondolatmenetét. A *valaki* szót alaposan megnyomta, így nagyon hatásosra sikeredett, mert Colin elnevette magát.

– Részemről ennek semmi akadálya, és igen, igazad van, ez úgyis bekövetkezett volna. És elnézést a nem megfelelő szóhasználatért.

Igencsak derűs állapotban értek Liv autójához, a pici ezüsthöz. A színe ezüst volt, a lány pedig elnevezte – francia gyártmány lévén – Petit-nek, ami lefordítva kicsit jelent. Ezután számot cseréltek, Liv visszaadta a zakót, és az esti viszontlátásig elbúcsúztak egymástól. Colin elindult a bolt felé, de még visszanézett, mert biztosra akart menni, hogy ott van még a lány, és nem csak képzelődött. Régóta nem volt olyan nő, aki az első pillanattól kezdve ennyire felkeltette volna az érdeklődését. Egyáltalán nem is volt nő, hiszen a munkája mellett ezt nem engedhette meg magának. De érezte, a mai este más lesz. Nem tudta, hogyan fog alakulni, mi fog történni, de ez a nő kell neki! Mindig az első benyomás és az első megérzés híve volt. Nagy tapasztalattal rendelkezett ezzel kapcsolatban már más területen. Hitte, hogy most rámosolygott a szerencse, és már nem is bánta, hogy ezért a kisvárosért ott kellett hagynia a nagyvárosi, nagyvilági életet. Lehet, hogy itt talál rá az igazi boldogság?

A lány beszállt a kocsiba, majd a tőle megszokott stílussal ellentétben békés kocsikázásra indult hazáig. Közben végig a férfin járt az esze. Lehet, hogy mégis csak a legjobbkor jött ez a pár nap pihenő. Ha dolgozna, nem ment volna a boltba, vagy csak valamivel később. Ha dolgozna, nem lenne így ideje, még egy italra sem. A lehető legjobbkor volt jó helyen. Egy pillanatra pánikba is esett: Mi van, ha minden jól alakul, és Colin még találkozni szeretne, de ő a jövő héttől már nem nagyon fog ráérni? Nem kell mindig a legrosszabbra gondolni – szidta magát. Még az is lehet, hogy ez nem fog összejönni. Vagy tényleg csak azért akar találkozni, hogy csillapítsa a lelkiismeretét, amiért nyakon öntötte a gyümölcslével. Na, erre még jobban megijedt, és már kezdett azon agyalni, mivel rázza le a férfit, ha az hívja telefonon. Súlyos gondolatok voltak ezek, és a lány erre nem volt felkészülve. Hasonlóról még csak álmodni sem mert. Amíg ezek kavarogtak a fejébe, észre sem vette, hogy rutinszerűen hazavezetett, leparkolt, kiszállt, kipakolt, kinyitotta a lakása ajtaját, és belépett. Az előszobába lógó nagy tükör előtt megállt, és ahogy belenézett, a látvány rögtön visszahúzta a valóságba. Meglátta magát, és egy pillanatra elborzadt. A haja összeállva, kócosan, világos pólóján pedig ott virított egy hatalmas paca. Összességében szörnyű volt ránézni. Ettől újra eszébe jutott, hogy már biztosra veheti, hogy Colin csak azért hívta el, hogy jóvátegye, ami történt.

– Nyugi kislány! – biztatta magát a tükörben. – Nézd a dolog jó oldalát! Elmész vele, és jól érzed magad! Amúgy is elmentél volna, és ha már Amy nem ér rá, kaptál helyette egy Colint. Legalább nem egyedül kell menned. Mi lehet a legrosszabb? Hogy többet nem fogtok találkozni! Esetleg a boltban összefuttok? Na és? Élj a mának, és ne törődj vele, hogy mi lesz, vagy nem lesz holnap! – ezzel magára mosolygott, és nyugtázta, hogy ez mindenképpen így lesz!

Kipakolta a vásárolt holmikat, betette a fagyasztóba, ami oda való. A húst, a zöldségeket és gyümölcsöket a pulton hagyta. Ezután a gyümölcsöket belepakolta egy tálba, szépen, ízlésesen elrendezgette, hogy öröm legyen belőlük enni. Volt ott alma, banán, barack, és a kedvence, az ananász. Majd a tekintete a húsra esett. Biztos, hogy ma kell elkezdenie kísérletezgetni? – gondolta. De aztán meggyőzte magát, hogy igen, pont most van itt az ideje, mert máskor úgysem fog ráérni. És, ha jól sikerül, legközelebb meglepheti Amyt.

Kibontotta a húst, gondosan megmosta, és keresett hozzá valaミféle fűszert. Talált is egy keveréket a szekrény eldugott sarkában. Átolvasta a címkét, hogy jó-e még, és hogy mit tartalmaz. Még éppen szavatossági időn belül volt. Meghintette, majd olajjal is átitatta a vacsorája remélhetőleg fő darabját. Amíg ez egy ideig állt, addig elment lezuhanyozni és hajat mosni. Jó volt végre kimosakodni a ragacsos léből. Szinte felüdülést jelentett számára. Élvezte, ahogy a meleg víz végigfolyik hibátlan testén.

Bőrén táncot jártak a szappanbuborékok. Ott állt még egy darabig, és nem azért, mert még habos lett volna, hanem mert képletesen is le szerette volna mosni magáról ennek a napnak minden egyes fájó percét. Szerette volna még a gondolatokat is kimosni zakatoló agyából. Kavargott benne minden. Minden rossz, és minden jó is. Elzárta a csapot, megtörölközött, haját törölközőbe csavarta. Egyből jobban érezte magát. Kilépett a fürdőből, és ekkor megszólalt a telefonja. A kijelzőjén megjelenő szám nem volt neki ismerős, de remélte, hogy a férfi hívja. Felvette és beleszólt:

– Halló! – Ennyit, csak így egyszerűen.

– Szia, Colin vagyok! – hallotta meg a hangját. Máris hívja? Mennyi lehet az idő? Mennyi ideig volt a zuhany alatt? – töprengett Liv.

– Szia! Gyors voltál! Miben segíthetek? – kérdezte lágyan.

– Mivel nem beszéltünk meg konkrét időt, ezt szeretném pontosítani. Mikor lenne jó neked? Mikor mehetek érted? Hova szeretnél menni? Nekem bármikor jó, akár most is – sürgette a lányt.

– Éppen most szálltam ki a zuhany alól. Sikerült kivakarnom magam a trutyiból – mondta nevetve.

Nem is tudom, mennyi most az idő.

Colin is elnevette magát. Ezzel, hogy a lány letusolt, eltűnt a lefolyóban a mai nap minden kínos pillanata. Szó szerint. Ma este új lappal indíthat.

– Rendben, nem akarlak sürgetni – mondta még mindig a nevetéstől fuldokolva. – Öt óra van. Ha hétre megyek, az jó lesz? – kérdezte bátortalanul.

– Tökéletes! – nyugtázta a lány. – Van egy hely tőlem pár utcányira. Liam pubja. Klasszikus ír kocsma. Amolyan régimódi. Tulajdonképpen a törzshelyem. Neked megfelel? – kérdezte, kicsit tartva attól, hogy a férfi extrább helyekhez van szokva.

– Bármi megfelel! Ha te sokat jársz oda, akkor biztos vagyok benne, hogy valóban jó hely lehet – válaszolta, majd a lány számára megnyugtatóan folytatta. – A helyszín tulajdonképpen nem fontos, más, ami igazán számít!

– Ó, ennek nagyon örülök! – Szinte elolvadt a telefonban.

„Nyugi, kislány, nyugi!" – figyelmeztette magát, és ebben a pillanatba hasított a tudatába, miszerint talán nem volt a legjobb ötlet, hogy Liamhez vigye a férfit, mert ő majd nem tudja tartani a száját azokról a dolgokról, amik ott történtek. Na, mindegy, ha ez elijeszti Colint, talán jobb is. – Figyelmeztetlek, hogy ezen a helyen bizony sok érdekes dolgot fogsz hallani. Bizony, sokat! – igyekezett viccesre venni a figurát.

– Tényleeeg? – kérdezte a férfi hitetlenkedve, majd így folytatta: – Már alig várom, hogy odaérjünk! Nagyon kíváncsi természet vagyok – nevetett. – Ne aggódj, mindenkinek van olyan a múltjában, amit szeretne elfelejteni! – nyugtatta.

– Végül is nem nagyon gáz egy sztori sem, de talán nem első randis történetek – csúszott ki a száján, pedig erről még szó sem volt. A férfi erre azonnal közbe is szólt:

– Randi? Azt hittem, csak megiszunk egy italt kárpótlásul! – ugratta a lányt, aki hirtelen nem is vette a lapot. Azon nyomban el is némult, ami fel is tűnt Colinnak. – Jól van, na! Én örülök ennek a legjobban! Randizni viszek egy angyalt! – Livet átjárta valami megmagyarázhatatlan érzés.

– Vagy inkább egy bukott angyalt! – vette fel nevetve a beszélgetés fonalát újra, de legalább a férfi valamilyen szinten megnyugtatta, ha már ennyire ostoba volt. Hangosan kacagtak fel mind a ketten. Ekkor ijesztően elkezdett korogni a gyomra. – Most megyek, eszem valamit, mert talán ma még nem is volt rá lehetőségem – igyekezett befejezni a beszélgetés Liv, de Colin közbeszólt:

– Elmehetünk vacsorázni is, ha van kedved – vetette fel.

– Nem, most nem, de köszönöm! Erre most éppen más tervem van, de majd elmesélem, ez is egy jó kis történet! – vágta rá azonnal.

– Rendben, nem erősködöm! Akkor hét órakor ott vagyok! – jelentette ki határozottan, és a lánynak bekapcsoltak a villogói. Honnan tudja, hova jöjjön? Talán követett a bolttól? Lehet, hogy valami pszichopatával van dolga? Azok szoktak ilyen kedvesek lenni eleinte. Hallott már a pályafutása alatt nem is kevés ilyen jellegű elbeszélést. Ijedt és megfélemlített nők, akiknek a csillagot is lehozták volna a barátaik, férjeik az égről még az első pár hónapban, de utána elszabadult a pokol, és csak rendőri segítséggel lehetett véget vetni a kapcsolatoknak. Általában ezeket a nőket az ilyen pasiknak pár hét után sikerült mindennel visszacsalogatni, aztán egy idő után megint kezdődött minden. Végeláthatatlan harc addig, amíg a nő nem áll a sarkára. Amíg nem tudatosul saját magában, hogy nagyon is értékes ember, és hogy sokkal jobbat érdemel.

Ha valóban nem kérdezi meg, és megjelenik este, akkor tényleg elkezdhet aggódni. Akkor a lehető leggyorsabban befejezettnek fogja ezt nyilvánítani, bármilyen ürüggyel.

– Oké, várlak! Szia! – fejezte be a lány.

– A mihamarabbi viszontlátásra – köszönt el Colin.

És nem kérdezte. Most mi lesz? Tudja a számát, tudja, hol lakik. Egyetlen fegyvere van vele szemben: hogy nem tudja, mit is dolgozik, és ennek így is kell maradnia. Kivár, és hátha az ölébe hullik egy újabb gazfickó. Még csak meg sem kell erőltetnie magát ezért.

Amíg ezeken törte a fejét, ismét megszólalt a telefon. Ugyanaz a szám, most már jó lesz elmentenie!

– Ismét szia – kezdte.

– Bocsánat! – vágott a közepébe a férfi, majd így folytatta: – Pontosan hova is kellene mennem érted? Mindent meg sikerült beszélnünk, de ez valahogy elmaradt.

Liv előző gondolatai egy szempillantás alatt el is tűntek. Kezdte visszanyerni lélekjelenlétét.

– Ja igen, tényleg, elfelejtettük! Még jó, hogy eszedbe jutott! A végén még azt hittem volna, hogy felültettél! – válaszolta vigyorogva. – Fő út 1107. Könnyen meg lehet találni.

– Rendben, köszönöm! Megtalálom. Most hagylak enni! Akkor, viszlát! – és kinyomta a telefont.

Hát ez gyors volt, töprengett, de legalább van még esély, hogy valóban jó ember lehet. Első körben az ösztönei is ezt súgták, és azok sosem hazudtak.

Éppen kezdte megtalálni a nyugalom mezsgyéjét, amikor ismét csörgött a telefon. Rá sem nézett a kijelzőre, ki keresi, mert szinte sejtette.

– Na, mit felejtettél már el megint? – szólt bele.

– Én semmit, csak tájékoztatni szeretném a dolgok állásáról, Preston! – dörmögte a kapitány a vonal másik végén. Liv úgy megijedt, hogy majdnem elejtette a telefont.

– Üdv, főnök! Bocsánat, azt hittem, valaki más, és nem néztem meg, hogy mégis ki keres – mentegetőzött. – Kérem, mondja, hogy valami eget rengető dolog történt és szükség van rám! – kérte esdekelve.

– Nem, Preston, ne reménykedjen! – vágott közbe. – Csak hivatalosan is közölni akarom, hogy hétfőn a bíróságon kezd! Dagi Joe ügyvédje csak kijátszotta ezt a kártyát is – mondta lemondóan. – Pedig már majdnem megúszta. Egész délután ment a kihallgatás, ment az alkudozás. Miután a jelentése, és egy csomó közvetlen bizonyíték áll rendelkezésre a gyanúsított ellen, az ügyész nem tétlenkedett, azonnali vádemelést javasolt. Ez volt Joe utolsó kapaszkodója, hátha valaki megsajnálja – mesélte el röviden a kapitány.

– És Dereck? Ugye neki nem kell jönni? – kérdezte.

– Nem. Rogers valami csoda folytán megúszta. Én sem értem, miért. Egyedül kell helytállnia. Tudom, hogy menni fog, bízom magában! – Liv hallotta, hogy mosolyog. Ismerte ezt a hanglejtést. Bár szavakkal sosem mondta ki, de ez ilyenkor azt jelentette, hogy nyert ügyük van, a lánynak egy haja szála sem fog meggörbülni, bárhogy szeretnék a történteket elgörbíteni. – Tehát, Preston, hétfő reggel 8 órakor van a meghallgatás. Addig is pihenjen! – szólt parancsoló hangon. – Jövő héten várom! További szép estét! – és ezzel le is tette a telefont.

– Viszont, főnök, viszont! – szólt még bele Liv, bár valószínű volt, hogy ezt már nem hallhatja.

Na, még ez is! – gondolta magában. Végre valahogy kiszépült ez a rettenetes nap, erre csak sikerült elrontani. Úgy elment a kedve az este hátralévő részétől is, hogy megfordult a fejében, lemondja a Colinnal való találkozást. De aztán gyorsan elhessegette a gondolatot, mert rájött, van olyan italmennyiség, amivel majd mindent elfelejthet. Igen, ez volt mára az egyes számú terv, és ezt tartani is fogja. Ezzel a férfi is teljesen tisztában van. El szeretné végre felejteni ezt a szörnyű napot, úgy, ahogy van. Csak ezt a pár napot élje túl! A helyszínt és a dátumot kis papírra jegyezte, és kirakta mágnessel a hűtő ajtajára, nehogy elfelejtse.

Ilyen és hasonló gondolatok közepette újra korogni kezdett a gyomra, ami emlékeztette, hogy ideje volna elkészíteni végre a vacsorát. Kitámolygott a konyhába, elővett egy serpenyőt, és elkezdte felmelegíteni. Amikor kézrátétellel megállapította, hogy az már elég forró, óvatosan belehelyezte az előzőleg befűszerezett, olajban tocsogó húsdarabot. A hangos sistergés is megerősítette abban, hogy valóban forró a serpenyő. Visszavett a lángból, nehogy ismét a tűz martalékává váljon a vacsorája. Fedőt helyezett rá, ahogy azt a különféle főzős műsorokban látta. Amíg a hús sült, készített hozzá némi zöldségből salátát. Mikor ezzel kész lett, megfordította a sültet, hogy a másik oldala is szépen megpiruljon. El volt ájulva magától, amikor meglátta, milyen tökéletes lett az egyik oldala. Ha a másik is ilyen jó lesz, és még az ízére sem lesz panasza, Amy biztosan nagyon büszke lesz rá. Tányért és evőeszközt készített magának. Egy pohárba vizet töltött, melyből pár kortyot azonnal ivott is. Benézett a fedő alá, és a művét ezennel késznek ítélte meg. Kiszedte a tányérjára némi salátával. Rárakott egy darabka vajat a még forró húsra, ami azon nyomban elkezdett ráolvadni. Ezt a trükköt is a tévében látta. Még mielőtt hozzálátott volna, gyorsan készített pár fotót bizonyítékként, amit majd elküld Amynek. Felvágta a gőzölgő húst, majd megkóstolta. Hmm, nem is rossz, sőt magamhoz képest ez maga a csoda – gondolta. Nagyon, de nagyon büszke volt magára. Ki is húzta magát a széken, és azt érezte, 168 centije hirtelen két méterré változott. Jó volt neki ebben a tudatban lenni, hogy meg tudja csinálni, és hogy máskor is ehetne normális ételt, nem csak a mirelit, a dobozos és a rendelt vackokat. Pont annyi idő volt ezt elkészíteni, amennyi idő alatt futárral ideérne. Elhatározta, hogy ezt még sokszor meg fogja ismételni.

Jóízűen elfogyasztott mindent a tányérról, közben pedig elküldte a képet Amynek az alábbi felirattal: „Én csináltam, teljesen egyedül!!!", és beszúrt még egy imádkozó kezek emotikont is, jelezvén, hogy csak meg tudta ezt tenni. Mire befejezte az evést, azt érezte, mindjárt kipukkad. Így jár az, aki napközben elfelejt enni – vélekedett. Ivott még pár korty vizet, ami még inkább eltelítette. Jólesően nyújtózott egyet, majd megrezzent a telefon. Nem kellett sokáig várnia barátnője válaszára. „Ez igen, kislány! Legközelebb nekem fogod ezt megcsinálni!" – írta. Liv gyorsan pötyögte is, hogy „ez csak természetes". Ekkor ránézett a telefon órájára és megdöbbenve vette észre, hogy már fél hét. Te jó ég, mindjárt itt lesz Colin, ő meg még a fején lévő törölközővel bohóckodik a konyhában. Azonnal bedobálta a mosogatóba a koszos edényeket, és már ment is hajat szárítani. Míg az száradt, átgondolta, mit is kellene felvennie. Nem szeretett volna kiöltözni, de slamposnak sem akart tűnni. Talán „a kevesebb több" elvét kellene követni. Egy szürke vászonnadrág mellett döntött, ami még nem elegáns, de nem is a farmer kategória. Egy kellemes zöld színű, V kivágású pólóval megfelelő lehet az öltözet. Sokáig tartott, mire ezt az összeállítást választotta, de ennyi idő kellett a hajának is. Gondosan kifésülte selymesen csillogó sötétbarna haját. Feltett egy kis sminket is, de nem vitte túlzásba. Nem akart ezzel kitűnni, nehogy még a férfi azt gondolja, ezzel előtte akar tetszelegni. Hibátlan bőrére nem kellett púder, csak egy kis szempillafestéket és némi szemfestéket kent fel. A szájára leginkább csak ajakápolót használt. Nagyon különleges helyre kellett ahhoz mennie, hogy rúzst rakjon fel. Előtúrt a fiókból egy fehér melltartót, és egy hozzá illő, fehér, francia jellegű csipkés bugyit. Gyorsan felhúzta a nadrágot és a pólót is. A póló egy pillanatra beleakadt a nyakláncán lévő érdekes médálba. Rögtön ki is szabadította, és kívül hagyta: csak munkaidőben szokta a felsője alá rakni. Tett magára némi parfümöt, de csak nagyon keveset. Bízott abban, hogy a férfi is így tesz, és remélhetőleg ugyanazt fogja használni, amit a zakójából kiérzett. Kiszaladt az előszobába, közben rápillantott a nappaliban lógó órára. Van még öt perce. Egy fehér színű, sportosabb cipő mellett tette le a voksát. Belenézett a nagy tükörbe. A két órával ezelőtt benne látott kép megrémítette, ám most elégedetten nyugtázta, hogy klasszisokkal jobban néz ki. Nézte az összhatást. Sportosan elegáns, vagy elegánsan sportos. Nem tudta, hogy melyik lehetne az igaz, de azt igen, hogy a zöld felsője még inkább kiemeli szemeinek zöldes színét, amelyek most inkább smaragdszínben tündököltek. Felhúzta a kiskabátját, ez is jól állt rajta. Kézbe vette a táskáját, beledobta a telefonját, amire még ránézett, hogy mégis mennyi lehet az idő. Kereken hét óra, és a férfi még sehol. Lehet, hogy nem találja a házat? Pedig egyszerű volt rálelni. Kinézett az ablakon, de az út szélén csak a szokásos autókat látta. Ekkor jelent meg egy nagy fekete autó a kapufelhajtón. Ő az! Most mégis mit csináljak? – kérdezte magától. – Ha kimegyek, akkor tudni fogja, hogy tűkön ülve vártam. Inkább meglesem, mit csinál, és ha nem száll ki és nem csenget be, pár perc múlva kimegyek – határozta el. De amíg ezen törte a fejét, gondolatait a csengő hangja szakította félbe. Ez az! Dilemma megoldva! Nyugalmat erőltetett magára, és kinyitotta az ajtót.

⊹ 3 ⊱

– Szia! – üdvözölte. – Mehetünk?

– Jó estét! – kezdte hivatalosan, majd folytatta: – Feltétlenül! Hölgyem, a kocsija előállt! – és ezzel egyidejűleg meghajolt a lány előtt. Az öltözéke hasonló volt, mint a délutáni, csak kicsit sötétebb összeállításban. Sötétkék farmer, fekete cipő, fekete sportzakó. Ahogy meghajolt, lazán kigombolt világos inge bepillantást engedett izmos mellkasához. Liv hangosan elnevette magát, ezzel is elterelve a figyelmét a látványról, majd a férfi is csatlakozott hozzá. – Azt mondtad, hogy régimódi helyre megyünk, akkor legyek már egy kicsit én is az! – incselkedett.

– Igen a hely eléggé régies, de nem a múlt századba megyünk vissza – válaszolta a lány még mindig nevetve.

– Igenis! Értettem! De nem is azt mondtam, hogy a „hintója"!

Erre megint kitört belőlük a kacaj, és Liv akkor abban a percben nagyon hálás volt Colinnak, hogy ennyire oldani tudta a feszültségét. – Menjünk, mert már tényleg nagy szükségem van egy italra – váltott át az arca inkább nyúzottra.

– Történt valami? – kérdezte kissé ijedten.

– Igen, de munka, arról meg ugye nem beszélhetünk. De ne félj, remélhetőleg lesz még alkalom, amikor a nyakadba zúdíthatok minden rosszat. – Megint érezte, hogy túl messzire szaladtak a szavai. Ó, te jó ég! Most tényleg a jövőről kezdett el beszélni? Ez bizony a férfinak is feltűnt.

– Tényleg? Lesz olyan, hogy legközelebb? – húzta vékonyra a szemeit, és közben hamiskásan mosolygott. Majd enyhült az arca, szinte kifinomodott. – Nagyon örülnék neki!

– Inkább várd ki a ma este végét! – csattant fel a lány mosolyogva, az egyik szemöldökét kérdőn felhúzva.

Colin nem állt le vele további szócsatára, mert úgy sosem tudtak volna elindulni. Odalépett az autóhoz, majd előzékenyen kinyitotta a lány előtt az ajtaját. Azért még odavette:

– Hölgyem! – és a bal kezével a kocsi belseje felé mutatta az irányt. Liv mosolyogva rázta meg a fejét, miközben beszállt. Becsatolta a biztonsági övet. Mire végzett, a férfi is megérkezett mellé. – Mondd az utat, ha kérhetem! – váltott vissza normál emberi hangnemre. A lány megpróbálta betájolni az irányt, hiszen háttal ült az úttestnek.

– Jobbra, vissza a központ felé – igyekezett kétféle információval is megerősíteni a férfit, aki kihajtott a feljáróról, és végre elindultak. – Itt majd a következő lámpánál szintén jobbra. – A lámpa pirosra váltott, mintha még ez is csak hátráltatni szeretné őket. Jó pár percet kellett várniuk, míg újra el tudtak indulni, de szerencsére a többi utcában már nem volt lámpa. Esetleg a gyalogosforgalom, ami akadályozni tudta volna őket, vagy ha messzebb találnak parkolóhelyet. – És itt, a következő lehetőségnél fordulj balra! – próbált meg utánozni gépies hangon egy navigációs rendszert. Erre a férfi fel is nevetett.

– Igenis! – vágta rá, majd befordultak.

– Hamarosan meg is érkezünk, pár háztömb. Kezdjük el szemmel keresni a lehetséges parkolókat, mert itt még ilyenkor is nehéz találni – figyelmeztette. Megérkeztek a pub elé. Egy kocsi épp kifelé indexelt, tehát azonnal be is tudtak állni a helyére. Micsoda szerencse! Akkor tehát nem véletlen, hogy az előbb piros lámpát kaptak. Ez pont annyi idő volt, ami nekik kellett. Véletlen lenne? Márpedig véletlenek nem léteznek!

– Csodálatos! – tört ki üdvrivalgásban Liv. – Még csak gyalogolnunk sem kell.

Kiszálltak a kocsiból, lezárták, és elindultak az aznap esti kalandjuk felé. Hatalmas, ódon épület alsó szintjén, sötét, vaskos ajtó mögött volt a kocsma, mely felett a cégtábla is ezt volt hivatott jelezni: Liam's Pub. Liv ment előre – nem mintha a férfi udvariatlan lett volna, inkább mert tudta, hogy a lány számára nem ismeretlen. Ahogy belépett, hangos köszönések érkeztek a lánynak minden irányából. Tényleg jól ismerték. Ő barátságosan vissza is köszönt mindenkinek. Liam is észrevette, és mar messziről hangosan kiabált, így azok is észrevették őket, akik eddig esetleg még nem látták, hogy megérkeztek:

– Nézzétek már, ki jött meg! A kocsmám legnagyobb csillaga! – és az arcán széles vigyorral már nyúlt is egy üveg felé. Mire odaértek a pulthoz, már tette is Liv elé talpas borospohárban a száraz vöröst.

– Mi a helyzet, csillagom? Hogy vagy? Régen láttalak már erre! Nem dolgozol? – Inkább volt ez számonkérés, mint kedves gesztus.

– Helló, Liam!– üdvözölte, majd a leghatározottabban közölte: – Nem, nem dolgozom! – és röviden elmesélte, mire utasították. – Úgyhogy kérlek, munkáról egy szót sem, szórakozni jöttünk! De hadd mutassam be – fordult kísérője felé –, ő itt Colin. Colin, ő itt Liam, de gondolom, erre már magadtól is rájöttél – viccelődött. A két férfi kezet fogott, majd Liamet furdalni kezdte a kíváncsiság:

– Nem vagy ismerős, még nem láttalak erre, pedig nagyon jó az arcmemóriám. Mit adhatok inni? – kezdte.

– Jó lesz, amit Liv iszik, köszönöm. És valóban nem láthattál még, mert új vagyok a városba, és... – Szerette volna folytatni, de Liam közbevágott:

– Hát, öcsém! Nagy bátorság kell ahhoz, hogy valaki szabadon válassza ezt a helyet! – mondta, és közben a fejét rázta, megerősítve a mondanivalóját, hogy nem ért egyet egy ilyen döntéssel.

– Nem szabad akaratomból jöttem, itt kaptam munkát – védte meg magát.

– Mondtam, hogy ma este sem a *munka*, sem a *dolgozik* szót, sem egyéb szinonimát nem szeretnék hallani! – ugrott be a lány. Olyan erélyesen fejezte ki magát, hogy mind a ketten azonnal elnézést kértek. Liam törte meg a csendet pár pillanat gondolkodás után:

– Te, Liv! Ha ez nem pont, pont, pont – és mindenki tudta, mire gondolt a pultos – utáni lazítás, akkor ez egy randi? – kérdezte pontosan úgy vigyorogva, mint egy magát produkáló csimpánz. A teljes fogsora látszott. – Mondjátok, hogy ez egy randi! – szólította fel őket sziszegve a még mindig egészében látszó fogsora mögül. – Ezer éve jársz ide – fordult a lány felé –, de még egy pasival sem jelentél meg. Még csak soha nem is ismerkedtél itt. Minden közeledni próbáló hímnemű példányt elüldöztél! – fejezte be a gondolatmenetét. Colin e szavak hallatán először meglepődött, majd jó érzéssel töltötte el, hogy ilyen megkülönböztetett figyelembe van része a lány irányából. Egyből ki is húzta magát Liv mellett, és rögtön a megmentésére indult, mit egy igazi hős.

– Tulajdonképpen igen, ez egy randi! – A szeme sarkából látta, hogy a nő mennyire megkönnyebbült.

– Ezt is csak nagy nehezen sikerült kicsikarnom, kárpótlásként a délutáni bénaságomért. – Liam kérdően nézett rá, és Colin a legnagyobb részletességgel elmesélte a délután történteket. Külön fejezetet szánt annak a ténynek, hogy elvarázsolta a nedves póló, és az azon átvillanó domborulatok látványa. Ahogy a lány hallgatta a két férfi eszmecseréjét, leginkább női mivoltáról, hirtelen kiitta a poharát és hangos koppanással rakta le a pultra, jelezve, hogy töltsék újra. A tulaj megtöltötte, de egy pillanatra sem lehetett kizökkenteni a Colin által taglalt sztoriból. Nem is leplezte, hogy ez mennyire jó kedvre deríti, szinte felvillanyozza. – És így történt az, hogy ha a pont, pont, pontról – utánozta Liamet – nem esik egyetlen szó sem, akkor bevesz az esti terveibe, mert csak egyedül búslakodott volna a pont, pont, pont miatt – nyomta meg a végét kísérője.

– Elég legyen! – A nyomaték kedvéért még a pultra is csapott. – Ezt a szót is rá fogom tenni a tiltólistára, ha nem hagyjátok abba! – mondta olyan ingerülten, hogy mindkét férfi arcáról lefagyott a mosoly. Mérgében ismét nagyot kortyolt, erre megint kiürült a pohara. – Inkább erre figyelnél, és töltenél meg rendesen! – tolta a pultos orra elé az üres poharat. – Vagy ez valamiféle különleges bor, ami hihetetlen gyorsan tud párologni? – Liam szó nélkül megtöltötte, s mivel látta, hogy valóban nagy lehet a baj, ami érte, gyorsan mellé helyezte az üveget is. Finoman megkérdezte:

– Jó lesz így? – mosolygott a lányra. Többet nem mert mondani, nehogy még jobban kihúzza a gyufát.

– Egyelőre – válaszolta Liv. – Kezdheted kántáltatni a következőt. Vagy mit. Na, mindegy, csak nyisd ki és levegőztesd! – utasította a lány.

– Dekantálásnak hívják! – javította ki. – Mondjuk ahhoz speciálisan kialakított üveg kellene, hogy a bort szépen átöntsük, megszabaduljon az üledéktől, és a levegőztetés hatására az ízek, zamatok jobban ki tudjanak bontakozni – magyarázta Liam kellő udvariassággal.

– Nem bánom, hogy mi a neve és hogy mit kell vele csinálni, mert jelen pillanatban, ha kell, akkor szájon át fogom lélegeztetni! Erre a két férfi egymásra nézett, és szinte egyszerre bugygyant ki belőlük a nevetés.

– Jó kis hely ez – kezdett a mondanivalójába Colin –, és ha ilyen szórakoztatóak a törzsvendégek, még én is az leszek! – jelentette ki. Erre Liam pacsira emelte a kezét, és a két kéz összecsattant.

– Csillag barátja az enyém is! Bármikor szívesen látlak, az ajtó szinte mindig nyitva van! Erről jut eszembe! – fordult a lány felé. – Hol van Amy barátnőd? – Erre a kérdésre a pult vége felől megszólalt egy viszonylag illuminált állapotban lévő alak:

– Hát ez az! Én is várom! Minden este csak várok, hogy mikor lesz már megint valami jó kis műsor, amit csináltok! – Hirtelen elhallgatott, mert Liam ráripakodott:

– Fogd be, Emett! Nehogy már erre fogd azt, hogy mindennap ide jársz sörözni! – A mondat végét inkább elröhögte. Igazából nem is haragudott, csak nem szerette, ha beleszólnak a nagyok dolgába. – Töltsek még egyet? – Az öreg válasz helyett bólintott. Erre gyorsan csapolt még egyet, és odatolta. Ezután visszalépett a párhoz.

– Szóval, hol van Amy? – kérdezte vigyorogva, és ezzel sem rejtette véka alá, mennyire bejön neki a lány.

– Amy elment a vőlegényével a családjához, elutazott. Ezért is nem tudott ide elkísérni, de üdvözöl, és nagyon sajnálja, hogy most nem lehet itt – füllentette, hogy Liam kicsit jobban érezze magát, mert látta, hogy mennyire rosszulesett neki, hogy Amy most kivel van. – Legközelebb már együtt jövünk, ígérem! – Még a karját is esküre emelte.

– Mondja már meg nekem valaki – szólalt meg Colin is –, mi is volt ez a műsor, amit itt mindenki emleget? – nézett Livre a feje elfordítása nélkül, csak a szemeivel, sunyi mosollyal. Liv rögön látta, mire megy ki a játék: bizalmas információhoz akar jutni. Érezte, nem igazán lesz jó vége, ha Liamtől tudja meg, aki nem is váratta meg a válasszal, de előtte egy hangosat horkantott, ami már-már törvénytelen röhögésbe csapott át.

– Óóóó! – Hirtelen csak ennyit bírt mondani, de ahogy csillapodott a jókedve, folytatta. – Csak annyit mondok, hogy egyszer a két csaj annyira jól érezte magát, olyan jó volt a hangulatuk, hogy megszentségtelenítették ezt a drága pultot! – Finoman meg is simította az említett berendezési tárgyat, mintha egy nőt simogatott volna. Egy ronggyal gyorsan át is törölte, ezzel is mutatva, hogy mennyire fontos neki. Pedig láthatóan nem volt mai darab, erről árulkodott az a sok karika, melyet az italos poharak talpai hagytak beleivódva a fába. – Éppen „sakáltanyásat" játszottak, és egy egész műsort lenyomtak itt! – A ronggyal rácsapott a pultra. – A részleteket rád bízom, képzelj bele bármit!

Liv érezte, hogy az egész mese alatt egyre kisebb és kisebb lesz. Nem számított semmi jóra Colintól. Óvatosan a férfira pillantott, hátha le tudja olvasni az arcáról, mégis mit gondol, de semmi; semmit sem látott rajta. Szinte rezzenéstelen volt, mintha nem is érdekelné, mit hallott az előbb. Erre újra kiitta a poharát, és töltött egy újabbat. Pedig csak Liam javaslatára esett gondolkodóba. Látta lelki szemei előtt, ahogy Liv, meg valaki, akit még nem ismer, ezért csak egy arc nélküli alakot képzelt el, finom, lágy csípőmozgással, ringatózik a kocsma pultjának tetején. Azon járt az esze, hogy noha még nem igazán ismeri a lányt, de eddig csak pozitív benyomása volt róla. Még ezt a sztorit is inkább viccesnek és szexinek gondolta, nem volt benne rossz érzés. Mindenkinek szüksége van kikapcsolódásra, és ha az nem alpári vagy nem sért meg másokat, senkinek nem lehet kifogása ez ellen. Nem is roszszallóan beszéltek róla. Szinte sztárrá magasztalták. Fiatal még, most van ennek az ideje, de amilyen karakán nő, ezt akár még húsz, sőt harminc év múlva is meg fogja ismételni. Felsejlett gondolataiban az idősebb Liv, és ez azonnal mosolyt csalt az arcára.

– Hát ezt most valóban elképzeltem, és mindenre számítottam, de erre nem! Húúú, aztaaa... – mondta széles jókedvvel. Erre a kijelentésre és a látható arckifejezésre a lány hirtelen megnyugodott. Megkönnyebbülését a férfi is észrevette, és a kezére tette a kezét, biztatva, hogy nem zavarja a dolog. – Látom, hogy a helyzet feszültté tett, de nincs miért izgulnod. Majd alkalomadtán én is mesélek, ital hatására meg szokott eredni a nyelvem. De most annyit nem ihatok, mert tudod, én hoztalak autóval. – Olyan kedvesen nézett a lányra, hogy az majdnem elolvadt. – De te igyál nyugodtan, nem zavar, sőt! Ha ennyire huncut leszel, az kifejezetten tetszeni fog. Ha kell, majd én töltögetek neked! – Hihetetlenül kaján arckifejezését látva Liv elröhögte magát.

– Rendben, hidd el, arra nem lesz panasz. Addig, amíg vigyázol itt rám, és tisztességesen még haza is viszel, akkor igyekszem többet nem befeszülni – ígérte meg, és erre a megerősítésre újra nagyot kortyolt. Abban a pillanatban arra gondolt, hogyan lehet ilyen szerencséje. Évek óta nem érezte ezt, ennyire még egy férfi sem keltette fel az érdeklődését. Hirtelen mindent tudni szeretett volna róla, még azokat a dolgokat is, amit az előbb említett, de aztán az is eszébe jutott, hogy vannak olyanok, amiről nem beszélhetnek, és ezzel nagyon korlátozottá vált a beszélgetés témáinak köre, hiszen a lány szinte csak a munkájának élt. Nem is tudta, mi másról beszélhetnének még. Majd kialakul.

– Nem ülnénk át végre egy asztalhoz? – kérdezte, mert már csak magának akarta a férfit, és szeretett volna egy újabb rémes történetet elkerülni Liam szájából. Az igazat megvallva, leginkább ez motiválta. Hiába kapott a Colintól bátorítást, mégis tartott attól, hogy a tulaj esetleg eltántoríthatná tőle, és akkor nem lesz holnap. Nem lesz másik alkalom, amikor a férfi nyílna meg neki. Ha ezt az egészet elszúrja, azt inkább szeretné saját maga csinálni. Liam valószínűleg olvasott a gondolataiban, mert rávágta:

– Itt akartok hagyni? Pedig még tudnék mesélni a két őrült libáról! – fordult Colin felé, és titkon remélte, hogy újra fel tudja piszkálni a lányt, de nem tudta; maga volt a megtestesült nyugalom. Ez lehetett a bortól, vagy Colin előbbi szavaitól, nem tudta meghatározni pontosan.

– Szerintem maradjon legközelebbre is! Akkor is szeretnék valami hasonlón ilyen jól szórakozni! – A lány nem igazán ilyen válaszra számított; azt hitte, fel szeretné deríteni múltja minden zavaros és ciki részletét. Mámorította a tudat, hogy a férfi így áll a dolgokhoz, pedig tulajdonképpen már semmi sem érdekelte. – Tudod, most randin vagyunk! Első randin! – figyelmeztette, és egyúttal próbált évődni a lánnyal is. Óvatosan oldalra is sandított, és látta, hogy a nyugalom teljes szélességben telepedett rá.

– Megértem, fiatalok! Hajrá! – Kezével közben az üres asztalok és bokszok felé mutatott.

Colin kapott is az alkalmon, hogy ez ilyen könnyen sikerült. Jól érezte magát ezen a helyen, bár a tulaj valamelyest arrogáns stílusát néha tenyérbemászónak tartotta, de összességében szimpatikusnak ítélte meg. Nagydarab termete szőke, bozontos hajával, dús arcszőrzetével először ijesztő látványt volt. Másodszorra is, de majd megszokja. Meg kell szoknia, hiszen be kell illeszkednie az új környezetbe. Ebben a pillanatban eszébe jutott, milyen hálás a lánynak. Ha nincs az a szerencsétlen találkozás, valószínűleg nem ismert volna meg ilyen könnyen ennyi embert. És a legfontosabb, hogy most nem beszélgethetne egy ilyen gyönyörű nővel. Megvolt benne minden, amit eddig keresett. Minden, amire eddig vágyott. Legszívesebben most azonnal hazavitte volna, és megmutatta volna neki, mi is az igazi boldogság. Hogyan tudná minden vágyát, minden kívánságát kielégíteni. Erre a gondolatra hirtelen szűkebbnek érezte a nadrágját. Inkább gyorsan felpattant, és egy üres asztalhoz vezette a lányt. Előzékenyen kihúzta neki a széket, és óvatosan alátolta.

– Ez még talán belefér? – szólalt meg a lány, és a választ meg sem várva megtöltötte a férfi szinte üres poharát. Erre Ő elnevette magát.

– Igen, ez talán még bele – válaszolta –, de tudod, vigyáznom kell rád! – incselgett.

– Ja, igen, igen! A fenébe, pedig le akartalak itatni – viszonozta a lány.

Egy darabig csak szótlanul nézték egymást, elveszve egymás látványában. Közben többször is a szájukhoz emelték a poharat. Ahogy ott bámulták egymást, szinte egyszerre jutott eszükbe az a gondolat, hogy a délutáni találkozás végül is a lehető legszerencsésebben könyvelhető el. Hogy délelőtt még nem is tudták, hogy a másik a világon van, most meg itt ülnek szótlanul, mert szinte szavak nélkül is megértik egymást. Mind a két ember fejében kavarogtak a gondolatok. Livnek már egy kicsit jobban, meg is törte a csendet:

– Ha nem haragszol, most kimennék egy pillanatra a mosdóba – jelentette ki.

– Nem, persze, menj csak – válaszolta a férfi.

A lány gyorsan felpattant, és sietősen hagyta ott Colint. Hiába, ha szólít a természet, akkor menni kell! Beért a mosdóba, felkapcsolta a villanyt, majd meglátta magát a régi, kopott tükörben, ami kicsit torzított is. Meglátta azt, amit még a tükör sem tudott elváltoztatni: arca kipirult, szemei valami elképesztő módon csillogtak. Maga sem hitte el a látványt. Vajon mi válthatta ki ezt belőle? A férfi? Vagy az italok? Az egyiknek egy bizonyos részétől mindjárt meg is fog szabadulni, azzal eltűnt az egyik kis kabin ajtaja mögött. Igazából maga sem értette igazán, hogy a fenébe férhetett belé ennyi folyadék. Nagy sokára végzett, kilépett a fülkéből, kezet mosott. Kétszer is. Nem azért, mert a mosdó koszos lett volna, hanem mert valahol félt visszamenni. Ő, Liv, félt! Mi van vele? Mitől is fél? Újra a tükörképére pillantott, és hangosan dorgálta magát: – Menj már vissza, bolond lány! Menj vissza, és tündökölj, hogy mindenki Colint irigyelje, amiért az ő asztalához ülsz vissza! Indulj már! Ha nem mész, sosem tudod meg, mi lesz ebből!

Összeszedte minden bátorságát és elindult vissza. Mire kiért a mosdóból, azt látta, hogy Colin a pultnál áll, és Liam megint osztja az észt, amitől a két férfinak féktelen jó kedve támadt.

– Látom, milyen jól szórakoztok mind a ketten! Talán zavarok? – Kérdőn Colinra pillantott. – Végül is, hívhatok taxit – jelentette ki, azzal egyedül, de drámaian visszasétált az üres asztalhoz. Kicsit még féltékenynek is érezte magát, hogy a két férfi ilyen jól elvan egymással, majd legbelül hangos röhögésben tört ki, mert rájött, hogy úgy viselkedik, mint egy durcás kisgyerek. Végül is teljes mértékben viselkedhet így, mert bármibe le merte volna fogadni, hogy ők ketten megint rajta szórakoztak ilyen jól. Nem is vette észre, hogy azok sóbálvánnyá meredve nézték végig a kis jelenetét. Colin tért először magához, és már ugrott is a lány után. Meglepő gyorsasággal huppant le a székére.

– Ne haragudj! – nézett rá bocsánatkérően. – De miután már egy ideje kinn voltál a mosdóban, Liam finoman tájékoztatott, hogy ez a taktikád a legtöbb férfi ellen. Kimész, és jó hosszú ideig váratod őket, amíg meg nem unják, és már sikerült is lepattintani mindet. – Vett egy mély lélegzetet, majd folytatta: – Egy pillanatig megfordult az én fejemben is ez, de gyorsan rájöttem, hogy ezt velem biztos, hogy nem fogod megcsinálni! – Látta, hogy a lány arca enyhülni kezd. – Én csak megkérdeztem Liamet, van-e ablaka a mosdónak, és ha van, akkor mekkora az esélye annak, hogy kiférsz rajta. Hidd el, ezen nevettünk, és nem rajtad! – győzködte a lányt, aki erre el is mosolyodott.

– Van ablaka, és ki is férnék rajta. Ez mekkora ötlet! Hogy ez eddig nem jutott eszembe? – Majd mind a ketten hangosan elröhögték magukat. – Mennyi, de mennyi kínos pillanatot megúszhattam volna! – közölte még mindig fuldokolva. – Te, Liam! – kiáltott a pult felé. – Nyitható a mosdó ablaka? – Ennek a kérdésnek a hallatán a tulaj is velük tartott féktelen jókedvükben, és közbe hevesen bólogatott, jelezvén, hogy igen. – És én ezt eddig miért nem tudtam? – dobott rá még egy lapáttal a lány. El kellett telnie néhány percnek, hogy picit csillapodjanak a kedélyek, és bárki is meg tudjon szólalni. Olyanok is becsatlakoztak ebbe az egészbe, akik szintén sokat járnak oda, és ismerték a lány ezen oldalát. Tudták a trükkjét, de ezek a mondatok előttük is új dimenziókat nyitottak meg. Ahányan voltak, mind elképzelték, ahogy Liv a kicsi ablakon át menekül egy újabb hódoló elől.

A lány is igazán viccesnek ítélte meg a helyzetet. Maga sem gondolta volna, hogy ennyire kellett már neki ez a kikapcsolódás. Régen volt már az, amikor ennyire jól érezte magát. Amikor ilyen jóízűen és szívből tudott nevetni. Most minden teher elszállt róla. Könnyebbnek és könnyedebbnek érezte magát. Már nem haragudott Liamre sem, inkább hálás volt, hogy ennyi örömteli percet szerzett neki. Eltűnt belőle minden feszültség, minden rossz.

– Colin! – hallotta meg a tulaj dörmögő hangját, ami visszarántotta a valóságba. Csak remélni merte, hogy nem egy újabb sztorival áll majd elő, ráadásul a pultból kiabálva, hangosan. – Érted már, hogy miért ő a hely sztárja? – és megint kivillantotta a fogsorát, mint egy majom.

– Ó, igen! Határozottan értem! – tért magához Colin is, és olyan bámulattal nézett a lányra, hogy az újra belepirult. Zavarában ismét nagyot kortyolt. – Egyre és egyre több részlet világosodik meg előttem veled kapcsolatba. Érdekes egy nő vagy te! – Szemében ott bujkált valami megmagyarázhatatlan áhítat.

– Ajaj! – jegyezte meg a lány.

– Mi a baj? – kérdezte a férfi meglepődve.

– Ha valakire azt mondják, hogy érdekes, akkor azt általában nem a szó pozitív értelmében szokták használni – oktatta ki. Colin ezt azonnal megértette.

– Ne kezdd! Egyáltalán nem a negatív értelmére gondoltam. – magyarázta, de nagyon is jól tudta, hogy a lány leginkább csak húzni akarja. – Akkor újrafogalmazom. Még sosem találkoztam ilyen nővel, mint te, aki egyszerre szép, okos és vicces. Nálam ezt jelenti az érdekes, hogy jön valaki, aki ennyire felkelti az érdeklődésem. Így jobb? – kérdezte.

– Igen, sokkal! – bólogatott Liv.

– Hol voltál eddig? – Ezekre a szavakra a lány majdnem leolvadt a székről, de aztán gyorsan összeszedte magát és válaszolt.

– Hol? Hát itt! Tudod, én egész életemben itt éltem. Szeretem ezt a várost. Szeretem benne, hogy nem olyan nagy. Hogy nem kellenek órák, amíg egyik pontjából átjutsz a másikba – kezdte, és szinte belevágott élete történetébe. – Na persze dugók azért ki szoktak alakulni, de kibírható. A lényeg, hogy mindig időben indulj el! – figyelmeztette a férfit, majd saját magára gondolt, hogy nem szégyelli magát ilyen kijelentést tenni, mikor ő maga az, aki ha időről van szó, mindig vékony jégen táncol. Ez a felismerés ismét fejbe kólintotta, és hogy ne csináljon hülyét saját maga előtt is saját magából, azért még hozzátette: – Én nem igazán szoktam, pedig tudom, hogy ezt kellene tennem. Mindig késésben vagyok – vallotta be szégyenlősen. A férfi arca erre a fancsali arckifejezésre ismét felderült.

– És soha nem szerettél volna innen elmenni? – faggatta.

– Nem, soha. Soha nem gondoltam erre. – Elmerengett. – Mindig is itt éltem, a szüleim is. Imádtam őket. A legjobb szülők voltak! – jelentette ki mély meggyőződéssel. – Egyedüli gyerekként mindent megkaptam tőlük. Minden szeretetük is csak az enyém volt. Így voltunk egy csapat.

– Voltak? – kérdezte félve Colin.

– Igen, sajnos csak voltak – hajtotta le szomorúan a fejét, és a férfi teljes mértékben együtt érzett vele.

– Pár évvel ezelőtt apám vadászbaleset áldozata lett. Anyám, aki a végtelenségig szerette, még hónapok múlva sem tudta magát ezen túltenni. Szó szerint belehalt a fájdalomba. – Könnybe lábadt szemmel folytatta: – És majdnem én is. Azt el sem tudom mondani, milyen iszonyatosan rossz volt elveszíteni mindkét szülőmet egyszerre. Szó szerint így történt, mert apám halála után anyám már nem volt ugyanaz. Meghalt a lelke, csak a teste mozgott még pár hónapig. Nagyon szerették egymást, jó volt rájuk nézni nap mint nap, hogy állandóan csillogott a szemük, amikor egymás mellett voltak. Pontosan ez az, amit én is keresek. Egy ilyen végtelen szerelmet, egy ilyen különleges kapcsolatot. Senki nem volt még, aki ezt a mértéket megüthette volna – próbált a fájdalom ellenére, amit a bor még inkább felerősített, mosolyt erőltetni az arcára. Ismét nagyot kortyolt, és a pohár ki is ürült. Colin azonnal a rendelkezésére állt és szó nélkül megtöltötte, miközben kérdőn nézett rá, mert szerette volna tovább hallgatni a lányt. Jó volt hallgatni… na, nem a szomorú történetet, hanem hogy hasonlóan megered a nyelve ital hatására, néha-néha már bele is akad a szavakba. Pont, mint neki. Ha ő is ennyit ivott volna, mint a lány, akkor nagy valószínűséggel reggelig itt sztorizgattak volna.

– Látom, hogy ez mennyire fájdalmas neked. Ha nem akarod, nem kell tovább mesélned – mondta Colin megnyugtatóan, de Liv úgy érezte, ha már belekezdett, folytatja, ilyenkor amúgy sem tudja leállítani a szavak áradatát:
– Nem, nincs baj, csak ezt Amy barátnőmön kívül nem tudja senki. Még nem meséltem senkinek – vallotta be, és a férfi örült, hogy ennyire megtiszteli a bizalmával. Hogy ennyire bevezeti lelkének legmélyebb, titkos kamráiba. – Tudod, ez egy nagyon nehéz időszak volt számomra. Akkor megjártam a pokol legsötétebb bugyrait. Még visszagondolni is nehéz, és rohadtul fáj, de eltörölni nem lehet. Az élet megy tovább – magyarázta, majd folytatta: – Eléggé fiatal vagyok még, és az élet máris felruházott a legnagyobb bölcsességekkel. Megajándékozott egy nagy kinccsel, a túlélés ösztönével. Le kellett foglalnom magam, hogy ne legyen időm gondolkodni, belevetettem magam a... – és itt hirtelen megtorpant, mert nem szerette volna kiejteni a munka szót, de mégis folytatta, ezt kikerülve: – Ha jobban belegondolok, azóta nem voltak ilyen szabadabb napjaim! – Csak sikerült neki kikerülni azt, amit nem szabad kimondani. Colin azonnal megértette, hogy mire is gondol a lány. A munkába menekült, és onnantól minden napja azzal telt. Hirtelen megértette, miért fontos ez a nőnek, mert ha támad egy kis szabadideje, mint ahogy most is, eszébe jutnak azok a fájó emlékek, amiket legszívesebben szeretne örökre kitörölni az emlékezetéből. Nagyon együtt tudott érezni vele. Amíg ezen gondolkodott, Liv folytatta: – Mindezek ellenére hálás vagyok, mert itt vagyok, és most már keményen bele tudok állni bármibe. Egyedül tanultam meg küzdeni. Nagyon jó mesterem volt, aki az alapokat adta! – Az arca valamelyest felderült, ami azt is jelenthette, hogy nem ilyen szomorú történetek következnek. – Édesapám vadász volt, ez is lett a veszte, de addig is minden napját élvezte. Imádta, amit csinált. Inkább hobbinak tekintette, mint... – és megint elhallgatott, mert majdnem kimondta a tiltott szót. Erre Colin elnevette magát. – Szóóóval, mint egy pénzkereseti lehetőséget? – nézett kérdőn a férfira, hogy ez még belefér-e. Ő csak bólintott. – Mint minden férj,

apa leginkább fiút szeretett volna, ezért engem is hasonlóan nevelt. Számtalanszor vitt magával vadászni, így korán megtanultam, hogy melyik vadon élő állat micsoda. Melyik a hím vagy a nőstény fácán, milyenek a szarvasok, őzek, vaddisznó. Ötéves koromban már lőni tanított. Ez később heti, majd napi rutinná vált. A maroklőfegyvereken át egészen a hatalmas vadászpuskákig. Akkoriban alig bírtam el – nevetett. – Nagyon gyorsan meg kellett tanulnom, hogy melyiknek mekkora a rúgása. Viszont a mai napig képes vagyok bármilyen fegyvert szétszedni, kitakarítani, és összerakni. – Ezt olyan büszkén mondta, még a széken is kihúzta magát, ami nem volt jó ötlet, mert egy pillanatra megszédült. A férfi tágra nyílt szemmel bámulta, és nem hitt a fülének, mikre képes. Közben észrevette, hogy valami nincs rendben.

– Jól vagy? – kérdezte őszinte aggodalommal.

– Igen, csak picit megszédültem – és a pohárra mutatott, amit meg is fogott, és kiitta az maradékot. – Mára legyen ez az utolsó! – jelentette ki, de még odatolta Colin elé, jelezve, hogy töltse csak meg, mert ő arra gondolt. Kicsit megrázta a fejét, de nem ellenkezett. Tette ezt annál is inkább, mert azt akarta, hogy Liv meséljen még. Úgy sejtette, amíg itt iszogat, addig hallgathatja. Úgyis nemsokára haza kell vinnie, ha kiürül a pohár. Ebben a pillanatban nem tudta teljes bizonyossággal, hogy akar-e még vele találkozni. Mert ő akart! Holnap, holnapután, azután, és azután. Sokat, nagyon sokat. Tisztában volt azzal, hogy ez nem csak rajta múlik. Be kellett vetnie egy kis kegyes gonoszságot, hogy az este tovább tartson. Ennek érdekében a poharat alaposan túltöltötte, majd még hozzá is tette:

– Uh, bocsánat, egy kicsit megszaladt a kezem! – Egy pillanatra ezért el is szégyellte magát, de mindent csak a jó ügy érdekében tett. Ezzel meg is nyugtatta saját magát. – Ne haragudj, folytasd, kérlek! – kérlelte a lányt. Liv megrázkódott, és már észre lehetett venni, hogy az alkohol hatására most éppen teljesen más járhat a fejében, vagy éppen ellenkezőleg – semmi sem. Colin hangja repítette vissza.

– Hol is tartottam? – nézett a férfira kérdőn.

– A fegyvereknél. Hogy bármikor bármelyiket szétszeded és összerakod – igazította útba.

– Ja igen! – Úgy tett, mint aki képben van, de valójában fogalma sem volt már róla, miről is beszélt. Majd hirtelen derengeni kezdett valami. – Igen – húzta tovább az időt, hogy összerakjon valamit akkorra már eléggé kábult elméjében. Hirtelen felsejlett emlékeiben a rengeteg céltábla, a rengeteg verseny. Á, ez az! Verseny! – Nagyon korán kiderült, vagy csak korán kezdte el apám a képzést, de célba lövés terén őstehetség vagyok! – Ismét magasra emelte fejét, hogy igen, lehet ehhez gratulálni. – Apu nagyon sok ilyen jellegű megmérettetésre elcipelt, amiket a saját korosztályomban rendre meg is nyertem, de nem szerettem lőni... állatokra soha nem is tettem. Csak táblára. Nagyon sok időbe telt, míg rájöttem, hogy apám sem csak kedvtelésből vadássza le a jószágokat. Pedig sokat magyarázta, hogyha ez vagy az az állomány elszaporodik, nagyobb lesz a természeti kár, mint az, hogy én rosszul érzem magam egy-egy elpusztult állat láttán. Ez volt a feladata, ezt kellet tennie. Sokat jártam vele az erdőt, végignéztem sok-sok haláltusát. Én inkább mókusokat etettem. Imádom a mókusokat! De a jó levegőn voltam, csodás környezetben, és ami a lényeg: vele. Ez teljes mértékben boldoggá tette – nyugtázta le az egészet, de a szóáradat nem állt meg: – Amikor elértem az előírt korhatárt, onnantól nem volt megállás. Verseny verseny hátán. Az ország különböző pontjain. És én mentem és csináltam. Szinte mindenhol a legjobbként. De nem a saját dicsőségemért tettem, az pont nem érdekelt. Talán ezért is nyertem sokat, mert nem érdekelt, és nem voltam befeszülve. Egyetlenegy dolog miatt szerettem a dobogó legfelső fokán állni: akkor élhettem át, hogy a szüleim – főleg apám – milyen nagyon büszkék rám. Fantasztikus érzés átélni ez a fajta szülői szeretetet. Amikor gratuláltak neki a többi fiúgyerek szülei, legszívesebben az összes arcába beleüvöltötte volna: „Legyőzött egy lány! Hehe!". Sokszor volt az is, hogy a dobogón állva éppen átadták a díjat, és meghallottam a hatalmas tömegből apám hangját: „Az én lányoooom!"

Na, hát ezért csináltam – fejezte be a történetet.

– És édesanyád? – kérdezte Colin hirtelen.

- Anyu? - Megmarkolta a nyakában lévő lánc medálját. - Mindenben támogatott. Nem is tehetett mást, hiszen az volt, amit apám elhatározott.

- Tőle van? - biccentett fejével a lánc felé.

- Igen - válaszolta. - Így mindig itt van velem. És apám is, mert anyám tőle kapta. Holdkő. Ez a rák jegyűek egyik köve, egyébként meg a legfe-mii-nin-eebb ásvány, ezért a nők kövének is nevezik - tört bele a nyelve. - Mindig mellettünk állt, bár amíg nagyon kicsi voltam, addig nagyon féltett. Emlékszem - meredt ismét a múltba -, minden alkalommal, amikor a Bratt-erdőbe mentünk, figyelmeztette apámat vagy ötször is, hogy nagyon vigyázzon rám. Ő erre mindig azt válaszolta: „Jobban vigyázok rá az életemnél is!". - Még a hangját is elváltoztatta, férfias, mély tartományba vitte. Majd nevetett, Colin pedig vele tartott. Majd ismét elszomorodott: - A sors fintora, hogy az a hely, amit a legjobban szeretett, az okozta a vesztét. Egy szerencsétlen, banális vadászbaleset. Az egyik puska véletlen elsült, és apámat már nem lehetett megmenteni. Elvitte az erdő.

- Bratt-erdő? Az merre van? - kérdezte a férfi, hogy ha csak kis mértékben is, de elterelje a lány gondolatait, viszont a témánál maradva.

- Bratt erdő? - Kérdezett vissza a lány. - A város keleti szélével határos, de eredetileg nem ez a neve. Tulajdonképpen már senki nem is emlékszik rá, hogy mi is a neve.

- Miért? Akkor miért ez? - értetlenkedett Colin.

- Réges-régen az erdőben élt egy remete, Sebastian Bratt. Állítólag csak gyerekeket ijesztgetett, de többen állították, hogy tudnak valakit, aki tudnak valakit, akik ismertek valakit, akinek a gyereke eltűnt általa. - A gondolatmenetét alig lehetet követni. - Biztosak voltak benne, hogy Bratt keze volt a dologban. A legendák a mai napi élnek. Hát, innen a neve - mondta kicsit megzavarodva, mert hirtelen rájött, hogy már jó ideje csak róla és az életéről beszélnek, és ő még semmit nem tud a férfiról.

- Értem - szögezte le, és úgy érezte, hogy itt vége is a történetnek. A bor is mindjárt elfogy, lassan menniük kéne. Csak abban bízott, hogy a lány nem kezdi el faggatni, ám nem így történt.

– Most már elég ennyit rólam! Mi a helyzet veled?– kérdezte, de látható módon már alkalmatlan volt a különféle információk befogadására. Nem volt kedve a férfinak kétszer is mesélni magáról, mert amit most mondana, azok kútba dobott szavak lennének, a lány holnapra úgyis elfelejti. Örült, hogy érdeklődik iránta, de most nem fog neki válaszolni. A lehető legdiplomatikusabban próbálta elterelni ezt az egészet. Legalábbis mára.

– Édes! Szerintem ezt a történetet hagyjuk egy következő alkalomra. Annál is inkább, mert nem olyan érdekes, mint a tied, és szerintem már épp itt az ideje, hogy hazavigyelek. – Minden egyes szava után figyelte a lány reakcióit, aki épp a szája mozgását nézte, mint aki arról akar olvasni. A megszólítás már fel sem tűnt neki.

– Rendben, édes! – válaszolta, és itt rájött, hogy mégis. A lány már-már incselkedett. Na, megállj csak! – gondolta magában.

Colin felállt az asztaltól, visszavitte a poharakat és az üveget. Liammel váltott még pár szót, aki természetesen fogsorát mutogatva vihogott. Kifizette a számlát, majd visszasétált a lányhoz, akinek már elég laposan pillogtak a szemei.

– Mehetünk? – kérdezte, de választ nemigen várt.

– Hát hogyne! – rebegte Liv, majd még hozzátette: – Azt hiszem, hogy a mai foglakozás is elérte a célját. – A szavak aranyosan akadozva hagyták el a száját, és ahogy próbált felállni, a lábai sem igazán engedelmeskedtek. Még jó, hogy volt kire támaszkodni. Megpróbált belebújni a kabátjába, de valahogy mindig beleakadt. Colin annyira komikusnak látta az egészet, ahogy a lány ittas mámorban beszél és mozog, hogy nem bírta türtőztetni magát, és hangosan felröhögött. Nagyon tetszett neki a bohózat. Ennek a nőnek még ez is jól áll. De Liv, ahelyett, hogy vele tartott volna, a jókedvét egy meglehetősen csúnya pillantással viszonozta.

– Gyere, segítek! – és ráadta a kabátot. – Na, így jobb, nem? – kérdezte, amikor a lány már készen állt. Ezzel elindultak kifelé. Liv a pult felé fordult, csókot lehelt a tenyerébe, majd odadobta Liamnek, aki szintén végignézte, hogy a lány már megint mit össze nem szerencsétlenkedik. Hatalmas vigyorral az arcán viszonozta a köszönést:

– Jó éjt, csillag! Vigyázz magadra! – tette még hozzá azért, mert a lány jelenlegi állapotára szeretett volna utalni. – Jó éjt, Colin! Örülök, hogy megismerhettelek! Gyere máskor is! – fordult most a férfihoz.

– Te meg vigyázz rá! – vicsorgott még mindig.

Kitámolyogtak a kocsmából, és a férfi a kocsihoz kísérte a lányt. Ott nagyon óvatosan beültette, bekötötte, mint egy kisgyereket. Tetszett neki, hogy most gondoskodhat valakiről. Liv, ahogy megérezte az autó kényelmes ülését, belekuckózott, és lehunyta a szemeit. Beszívta a kárpitból kiáradó illatot, amibe Colin ellenállhatatlanul jó illatú parfümje már beleivódott. Ekkor hirtelen nagyon erős fáradtság lett úrrá rajta. – Csak egy kicsit pihenek hazáig – gondolta. Ahogy a férfi megkerülte a kocsit és beszállt, észrevette, hogy ő már berendezkedett és szundikál. Szép lassan indult el, nehogy megrázza a lányt. Nem tudta eldönteni, hogy valóban alszik-e, a kimerítő este után csak lecsukta a szemét, vagy csak az éjszakai lámpák vakító fényét nem szerette volna nézni. Kíváncsisága nőni kezdett.

– Liv! Alszol? – kérdezte, hogy fényt derítsen a titokra. A lány erre egy elfojtott „ehmmm" hanggal válaszolt, ami talán a nemet jelentette. Most vagy soha! Felteszi azt a kérdést, amit még meg szeretett volna tudni. – Elárulod, hogy hány éves vagy? – Látszott rajta, hogy fiatal, de biztosan tudni szerette volna.

– Hááromiinc – hangzott el a lassú és bonyolult válasz. Colin jót derült a furcsán kimondott szó hallatán, és nem igazán tudta eldönteni, hogy ez most harminc, vagy harminchárom. Nagyjából ennyire saccolta, de a pontos számhoz még így sem jutott közelebb. Mellette a szuszogás egyre egyenletesebb lett, ebből tudta, hogy partnere elaludt. Időközben megérkeztek a házához. Leparkolt, majd kitapogatta a lány zsebeit, vajon hol lehet a lakáskulcsa. Csak remélte, hogy rábukkan valahol, mert a táskájában nem szívesen kotorászott volna. Szerencséje volt; a kiskabát egyik zsebében kidudorodott valami kemény, kulcsokra emlékeztető valami. Gyorsan elővette. Valóban az volt. Telefonján bekapcsolta a zseblámpa funkciót, kiszállt, a bejárat közelében keresett valamit, amivel világosságot csinálhatna, de nem talált. Ekkor elkezdte nézegetni a kulcsokat, vajon melyik nyithatja az ajtót. A karikán négy kulcs volt: két nagyobb, egy közepes, és egy kisebb – talán lakathoz való. Kettőre szűkült a kör. Kipróbálta, melyik illik a zárba. Sietnie kellett, nehogy valamelyik szomszéd, aki nem tud aludni, meglássa és azt higygye, hogy be akar törni. A kopottabb kulcs mellett döntött, és láss csodát, valóban az volt. Kinyitotta az ajtót, és most a kis előszobában keresgélt villanykapcsolót. Nagy örömére gyorsan meg is találta. Felkapcsolta, körülnézett. Csak egy ajtó volt, amerre indulhatott. Bízott benne, hogy a nappali lesz, ahová be tudná cipeli az alvó lányt. Benyitott, és igen, az volt. A félhomályba meglátta a kanapét. Kiszaladt a lányért, aki akkorra már rég az igazak álmát aludta. Nagy nehézségek árán kibogozta, táskáját a saját vállára akasztotta, kihúzta a kocsiból. – Na, gyere, te „istencsapása" – gondolatokkal kapta fel, és becipelte a házba. Finoman a kanapéra fektette. Kiment, bezárta az autót, bezárta a bejárati ajtót. Mégsem hagyhatja itt ilyen állapotban a lányt... Ismét felderítette a tudat, hogy együtt fognak ébredni, és másnap újra láthatja. Most sem bírta ki, hogy ne nézzen rá. Meredten bámulta a nőt, aki édesdeden, néha ki-kinyújtózva, apró horkantások közepette aludt. – Na, még horkol is! – jegyezte meg magának viccesen, majd elnevette magát. Körülnézett, merre lehet a hálószobája. A nappali mellett volt a konyha összenyitva, csak egy pulttal elválasztva. Ebből a helyiségből további 3 ajtó nyílt. Az középső félig nyitva volt, de még a sötét ellenére is jól ki lehetett venni, hogy az a fürdő. Felkapcsolta a kanapé melletti kis állólámpát, és remélte, hogy fénye nem zavarja meg a lányt, de az meg sem mozdult. Igen, a középső ajtó mögött valóban fürdő volt, látta meg most világosban is. De vajon melyik lehet a háló? – tette fel a kérdést magának. Csak úgy derítheti ki, ha kinyitja valamennyit. A bal oldalival kezdte, de nagy meglepetésére rengeteg dobozt és nagy kupit látott. Mintha valaki most költözött volna be. Akkor marad a harmadik ajtó. Lassan benyitott, és alaposan végigpásztázta a szobát. Itt viszonylag nagy rend uralkodott, ellentétben az előző helyiséggel. Biztosan az a lomtár – jegyezte meg magának. Odalépett az ágyhoz, felhajtotta a takarót, hogy a lányt bele tudja fektetni. Egy pillanatig elmélázott azon, hogy végül is aludhatna ő is itt, a lány már úgyis kényelmesen elhelyezkedett a kanapén, de ezt az ötletet hamar el is hessegette, mert valahogy érezte, abból még reggel nagy bajok lehetnek. A hálóban lámpát nem gyújtott, éppen elég fény szűrődött be a nappaliból ahhoz, hogy lásson. Kiment, óvatosan alányúlt a lánynak, majd felemelte. Liv egy elnyújtott nyöszörgéssel fejezte ki nemtetszését. Pihekönnyűnek érezte; nem lehetett több ötven kilónál. Finom léptekkel vitte be a szobába, és ugyanilyen óvatosan fektette le az ágyra. Megpróbálta levenni a nadrágját, mert úgy gondolta, hogy sokkal kényelmesebb lesz így aludni. A lány nem ellenkezett; hogy is tehette volna, jelenleg azt sem tudta, hogy melyik bolygón van. Valószínű akkor sem tudná, ha hirtelen mégis felébredne. Nagy nehezen sikerült megszabadítani a nadrágtól. Ekkor alaposan megnézte a talpától a csípőjéig. Hibátlannak ítélte meg, és a bugyiját anynyira szexinek találta, hogy alig bírta türtőztetni magát. Itt a vége, Colin! – figyelmeztette magát, majd gyorsan betakarta, hogy eltűnjön előle a látvány. Ekkor ismét hangos horkantgatást hallott, amelynek köszönhetően végleg kizökkent az előző gondolatokból. Leginkább nevetni támadt kedve, és nemcsak a horkoláson, hanem ezen az egész szituáción. Nem tartotta kínosnak, sőt! Nagyon jól érezte magát egész este, nagyon bejött neki az egész nő, kezdve a kinézetétől a cserfes, éles nyelvén át a komikumba torkolló végkifejletig. Ez így volt tökéletes. El tudná képzelni minden napját mellette.

Kiosont a hálóból, és kényelembe helyezte magát a kanapén. Sokáig nem jött álom a szemére, mert fél füllel még mindig lányra figyelt. Hallgatta a torkából néha-néha feltörő hangot. Kavarogtak a gondolatok a fejében. Azt az egyet tudta, hogy meg akarja hódítani a lányt bármi áron. Aztán eszébe jutott, hogy miért is került ide: az új munkája, és hirtelen minden a fejére állt. Hasonlóan Livhez, ő is munkamániásnak vallotta magát. Hogy fogják majd ezt az egészet összeegyeztetni? Lesz-e egymásra elég idejük? Képesek lesznek-e megoldani bármit? Bármit is dolgozik a lány, képesek lesznek-e minőségi munkát végezni? Neki ez fontos. Úgy gondolta, Livnek is. És egyáltalán méltó-e arra, hogy egy ilyen nő álljon mellette? Akkor és ott úgy gondolta, hogy igen, és bármi lesz, bármi történjék is, ha a lány mellette fog állni, nincs olyan akadály, amit együttes erővel ne tudnának elhárítani. Az ilyen és hasonló dolgokon töprengett még egy darabig, majd álomba zuhant.

·» 4 «·

Másnap reggel Colin fülsértően felturbózott autómotor hangjára ébredt. Nem tudta pontosan, mennyi az idő, de a tavaszi nap már beragyogta a nappalit. Félig kinyitott szemmel körbekémlelt. Hol is van most? – Hirtelen nem emlékezett, majd rájött. Sehol senki. A lakásban csend uralkodott. Ki akarta nyitni a szemét teljesen, de nem tudta, mert enyhe fejfájást érzett. Ó, pedig csak három pohárka bort ittam – elmélkedett. Megnézte a telefonját – na nem azért, mert hívást vagy üzenetet várt volna –, az órára volt kíváncsi. Nyolc óra – nyugtázta. Liv biztosan még az igazak álmát alussza. Szeretett volna benyitni, szerette volna látni, hogy minden rendben van-e. Könyörgöm, csak legyen fájdalomcsillapítója! – imádkozott. Csak előtte legyen elég ereje felkelni. Összeszedte magát, de először csak óvatosan felült. Végül is nem vészes ez a fejfájás, na, majd a lánynak! – hasított belé a tudat. Meg kell keresnie azt a gyógyszert. Remélte, hogy mint minden normális ember, a fürdőben tartja. Felnevetett magában, mert rájött, hogy a lány nem az. A maga bohókás stílusa elkápráztatta. Alig várta, hogy felébredjen.

Körbenézett a nappaliban. A falon megannyi gyermekkori kép, nagy valószínűséggel, a szüleivel. A kicsi lány hatalmas serleggel a kezében, mögötte a büszke szülők. Minden kép alá oda volt írva, hogy mikor készült. „Liv 11' 2002.", „Liv 13' 2004.", és így tovább. Tehát az első szám lehet a kora, a második a dátum. Gyors fejszámolással máris ki lehet deríteni, hogy mit jelentett előző este az az ákombákom. Harminc. A további képeken szülinapok, vadászatok. Egyet sem látott, ami mostanában készülhetett.

Átment a konyhába megnézni, mit tudna készíteni reggelire. Kinyitotta a hűtőt, de legnagyobb megdöbbenésére az szinte üres volt. Némi zöldség, vaj és tej árválkodott benne. Sehol a tojás, a felvágott. Úgy gondolta, hogy ebből nem lesz reggeli, esetleg gyümölcs, ami a pulton van. Visszacsukta a hűtőajtót, és egy cetlin akadt meg a szeme: „Hétfő 8:00, bíróságon kezdeni". Elgondolkozott. Ááá, ez az! Ügyvéd vagy ügyész lehet! Vagy bíró. De nem, bíró nem, mert azok általában egész nap ott vannak, nem kell kiírni. Bármelyik lehet, amilyen jól forog a nyelve. Ekkor meglátta a kávéfőzőt, és nagyon megörült, hogy legalább van. Mellette egy nagy doboz, „kávé" felirattal. Belenézett, s valóban az volt benne. Illatos, őrölt kávé. Kihúzta az üvegényt, hogy a gépet feltöltse vízzel, de talált benne még a fekete folyadékból. Nem is keveset. Vajon a lány elfelejtette meginni? – töprengett. Úgy döntött, hogy főz inkább frisset, és a másnapos löttytől megszabadul. Öreg hiba volt!

Lefőzte az éltető nedűt, és amíg kortyolgatta, elhatározta, hogy elugrik, hoz valamit reggelire. Sőt feltölti azt a hűtőt. Összekapta magát, magához vette a kulcsokat, és már indult is. Nagyon sietett, nehogy Liv felkeljen. Gyorsan meg is járta. Hozott péksüteményeket, felvágottakat, szalonnát, sonkát, tojást, kenyeret, kész palacsintát többféle öntettel. Ki szeretett volna tenni magáért. Kipakolt mindenből egy keveset tányérra, a többit elrakta. Ahogy az egyik szekrényt kinyitotta, szemben találta magát egy fehér dobozzal. A felirata alapján láz- és fájdalomcsillapító. De jó, még keresnem sem kellett! – ujjongott magában. Ekkor halk nyöszörgést hallott a hálóból. Gyorsan főzött friss kávét, magához vett két szemet a pirulából, és óvatosan benyitott. Liv a két kezét a fejére tapasztva, jajgatva hánykolódott.

– Üdv a másnaposok táborában! Jó reggelt! – köszöntötte.

– Mi a fene? – nyílt azonnal tágra a szeme. Ekkor meglátta a férfi kezében a bögréjét, s folytatta: – Hogy kerülsz ide? És én, hogy kerültem ide? Mi történt? – értetlenkedett, és a szemei olyan villámokat szórtak, hogy Colin azt hitte, el kell ugrania előlük. Ekkor Liv benézett a takaró alá, és észrevette, hogy még a nadrágja sincs rajta. – Ugye nem? Ugye nem? Ugye neeeem? – Az utolsó szónál olyan frekvenciát ütött meg a hangja, hogy azt csak a denevérek hallhatták. Mindeközben a férfi odanyújtotta a kávét a jobb kezével, a balt kinyitva megmutatta a gyógyszert. A lány elvette, de tomboló dühe nem hagyott alább. Megbicsakló hangon újra érdeklődni kezdett:

– Áruld már el, mi van! – sziszegte a fogai közül, és ez inkább volt felszólítás, mint kérdés.

Colin egy pillanatig hezitált, hogy vajon mit is mondjon. Elhitethette volna vele, hogy volt valami, és ha már így megtört a jég, akkor lehetne folytatás is. De az arcából olvasva ebben nem reménykedhetett. Jobb az egyenes út, döntötte el.

– Hol a kávém? – kiáltotta a lány.

– Ott van a kezedben! – válaszolta a férfi.

– Eeeeez nem az! – ripakodott a férfira.

– De igen, a kávédból főztem az előbb – magyarázta nyugodtan.

– Mondd, hogy megittad, ami a főzőben volt? – Úgy emelkedett a mellkasa, mit egy felbőszült bikának.

– Azt még meg akartad inni? Nem volt friss! Nem örülsz ennek? – mutatott a bögre felé.

– Rohadtul nem! Az az én kávém! Én úgy szeretem! – hadarta, és ha a fájdalomtól fel tudott volna pattanni, akkor a férfinak már rég vége lett volna. – Kiöntötted? A kávémat? Itthon sosem iszom meg a friss kávét! – üvöltötte, és most ölni tudott volna. – Tudom, hogy így egészségtelen, tudom, hogy így keserűbb, de így szeretem! Az élet ilyen! Keserű! – nyomatékosította fröcsögve, miközben újra a fejére tapasztotta a kezeit.

– Ne haragudj! – sajnálkozott Colin, és egy kicsit meg volt ijedve, hogy a lány egy teljesen más arcát látja. – Hogyan tehetném jóvá? – kérdezte.

– Hogy végre elmeséled, mi történt! – Fellebbentette a takarót, rámutatva csupasz alsó testtájára. – Volt... valami? – Nem tudta eldönteni, az bántaná-e jobban, hogy a férfi kihasználta a kiszolgáltatott helyzetét, vagy az, hogy momentán nem emlékszik semmire. Egyet tudott: nem tudott semmit.

– Az igazat megvallva… – kezdett bele Colin, és rájött, hogy az előbbiért itt a visszavágó ideje. Megérdemli a lány, hogy ha csak pár másodpercig is, de rosszul érezze magát. – Még az életemben nem volt ilyen jó éjszakám! Ezt köszönöm! – Tulajdonképpen nem is hazudott, mert az első része valóban jól sikerült. A kanapén eltöltött éjszakára sem panaszkodhatott. Ahogy kiejtette ezeket a szavakat, látta, hogy Liv arca elkezdett fehéredni, majd bíborvörösbe váltott át a dühtől. Szemét nem tudta levenni a lány által mutatott alsó testtájról. Ezt Liv is észrevette, és rögtön betakarózott. Még egy olyan arckifejezéssel is párosította ezt az egészet, hogy „hú, ez igen".

– Nagyon szívesen – méltatlankodott a lány. – De folytatnád! – Úgy furdalta az oldalát a kíváncsiság, hogy az már fájt. Ekkor gyorsan be is vette a két bogyót. Kávéval. Úgy biztosan jobban hat.

– Tehát – folytatta Colin – még soha nem volt ilyen jó éjszakám nővel. – Megállt egy pillanatra nézni a hatást, és Liv feje szemlátomást elkezdett nőni. Abba kell hagynia, mert mindjárt felrobban – gondolta. – Illetve nőnél, akinek ilyen kényelmes a kanapéja – fejezte be a mondatot. – Megígértem, hogy vigyázok rád, hazahoztalak, ágyba tettelek, lehúztam a nadrágodat, hogy kényelemben legyél, de a bugyidat nem! – Ezért inkább kitüntetést várt volna, mit további szidalmazást. Majd folytatta: – A bugyidat nem! Tisztességesen viselkedtem, kávét is főztem! Bocsánat, ha nem így szereted, de ezt nem tudtam. Ha tudtam volna, és hogy ezt kapom érte, hidd el, nem teszem! Még reggelit is hoztam. Bármit, amit kívánsz, mert tudtam, hogy a reggeled nem lesz éppen egy leányálom. Még a gyógyszerről is gondoskodtam. – Szerette volna folytatni, hogy mennyi mindent megtenne érte, de akkor kifogyott a szavakból. Ha a lány ilyen elutasító, akkor fájó szívvel, de hagynia kell.

Liv szó nélkül végighallgatta, és rájött, hogy teljesen igaza van. Összeszedte minden erejét és kivánszorgott utána. Meglátta a terített asztalt, s rájött: a férfi ezt érte tette. Úrrá lett rajta a lelkiismeret-furdalás. Tényleg megkapott mindent aznap reggel, mindent, és ő úgy viselkedett, mint egy hisztis liba. Valahogy jóvá kéne ezt tennie. Zavaros volt még előtte a kép, vajon mit is szeretne, de azt érezte, nem engedheti el, így nem! – Ne haragudj, sajnálom! – kezdte. – Még nem tudod, de az ébredés utáni első kávém előtt hihetetlen hisztis tudok lenni – hajtotta le a fejét. – Fantasztikus vagy, hogy ezt így összehoztad! – Ne haragudj! – fejezte be ismételve magát.

Colin látta, hogy mennyire megbánta, és nem tudott haragudni. Sosem tudna rá haragudni. Ahogy a lány ott állt egy szál pólóban, bugyiban, csak egy gondolata volt: felkapni és visszavinni az ágyra. A pár métert, ami elválasztotta Livtől két lépéssel meglépte. Magához húzta és úgy megcsókolta, hogy a lány lábai elvesztették maguk alól a talajt. Ezt akarta első pillanattól kezdve, amióta leöntötte. Olyan erővel szorította magához, mint aki az jelzi, innen többet nincs menekvés. Liv érezte, hogy a csípőtájékánál valami nyomja. Ez az lehet? Így hat rá? – kérdezte meg magától. Hagyta, hogy a férfi ölelje, simogassa, és abban a pillanatban tudatosult benne, hogy igen, ő is ezt akarta. De hirtelen Colin elengedte, eltolta kissé magától. A lány nem igazán értette, hogy mi is van. Kicsit beleszédült ebbe az egészbe, kellett pár másodperc, amíg felfogta, mi is történik.

– Édes, abba kell ezt hagynunk – törte meg a varázst a férfi. – Nem azért, mert nem szeretném, semmi mást nem szeretnék jobban, mint visszacipelni az ágyadba és tested minden egyes pontját kényeztetni a végsőkig... – Kicsit megállt, és a lány arcát vizsgálta, hogyan reagál. Minden reakcióra fel volt készülve, majd folytatta: – Mivel említettem már, hogy én egy tisztességes férfi vagyok, ezért ezt a helyzetet sem szeretném kihasználni. Most úgy érzed, hogy megbántottál, és ezzel szeretnél kiengesztelni, de ennek nem most van itt az ideje. Lesz még rá nagyon sok alkalom, ha mind a ketten úgy akarjuk.

Liv szemében megjelent valami, amivel azt hivatott jelezni, hogy mennyire hálás most neki, mert a jelenlegi állapotában valóban nem ez a legcélszerűbb ötlet. Zakatolt az agya a fájdalomtól, mintha a feje minden szegletében törpék bányásztak volna csákánnyal. Szemeit kicsit össze is húzta, így tompítva a nem szűnő érzést. Colin ezt is felismerte. – Látod, még a fejed is fáj. Egyél pár falatot, majd bújj vissza az ágyba és pihend ki magad. Nekem most el kell mennem, mert sok a dolgom az új lakásomban, és néhány dolgot még el is kell intéznem – jelentette ki. Tudta, ha most nem indul el, akkor amit mondott, mind semmivé lesz. Finoman megsimogatta a lány arcát, és csókot lehelt a homlokára. – Szia, később jelentkezem! – mondta, és távozott. Liv még hallotta, hogy beindítja a motort, majd az ablakból nézte, ahogy elhajt.

Az ablakon betörő fény nem kedvezett a fájdalomnak, és pontosan tudta, hogy Colinnak igaza volt. Visszafekszik, és addig pihen, amíg a feje meg nem nyugszik, és az eltorzult formájáról vissza nem vált normálisra. Bebújt az ágyba, lehunyta a szemét és elmélkedett. Hálás volt a férfinak, hogy tényleg igazi úriember volt, és nem használta ki a kiszolgáltatott helyzetét. És ő? Ő pedig először valóban a háborgó lelkiismeretét szerette volna megnyugtatni. De ahogy ott pihent a karjaiban, átjárta valami megnyugtató érzés. Nagyon jól érezte ott magát, és abban a pillanatban tudta: megérkezett. Ezekkel a gondolatokkal gyorsan el is aludt.

·» 5 «·

Pár órával később felébredt, és nyoma sem volt a fájdalomnak. – Köszönöm! – rebegte bele csak úgy a levegőbe. Keservesen feltápászkodott, mert még minden tagja el volt gyötörve. Innia kellett egy kávét, és csak remélte, hogy maradt valamennyi az edényben. Kiment a konyhába, és célba vette a kávéfőzőt. Nagy megelégedettséggel nyugtázta, hogy maradt. Kitöltötte, megmelegítette. Két pötty pici tej, és hogy teljes legyen az élvezet, tett bele egy pici fahéjat is. Miközben kortyolgatta, ránézett a telefonjára is. Két nem fogadott hívás, öt üzenet. Dereck hívta mind a kétszer. Még két üzenetet is küldött: „Szia! Csak érdeklődnék, hogy mi van veled, hogy bírod?", „Benn minden oké, nélküled sajnos rohadt nagy a nyugi.", és érzett némi iróniát is a szavak mögött. A másik hármat Colin küldte: „Kellemes ébredést, remélem, kipihented magad!?", „Ugye örülsz a kis meglepetésemnek?", és a mondat után sok vigyori fejjel jelezte, hogy inkább valamiféle tréfáról van szó. „Ahogy tudok, jelentkezem!"

Meglepetés? Miféle meglepetés? Körülnézett. Nem tűnt fel neki semmi. Az asztalon még mindig ott sorakoztak azok az ételek, amiket a férfi hozott. Liv elkezdett csipegetni ebből is, abból is, majd nekiállt elpakolni, nehogy az étel megromoljon. Ahogy pakolt, észrevett három üveg különböző gyümölcsökből készült üdítőt, de mind a háromnak azonos volt a színe: narancssárga. Rajtuk egy cetli – „Bőven kárpótoltalak!" –, és egy szívecske. A lány elnevette magát, mert ez eszébe juttatta találkozásuk kellemetlen pillanatát. A kellemetlenből végül kellemes lett. Ahogy végzett, elhatározta, vesz egy forró és habos fürdőt. Vizet engedett, telefolyatta mindenféle illatos kencével, majd alámerült, és élvezte a nyugtató meleget. Becsukta a szemét és mélyeket lélegzett. Pontosan nem is tudta, hogy mennyi ideig fekhetett ott, de mire kinyitotta a szemét, a víz kicsit kihűlt, és a hab nagy része is eltűnt. Nagy nehezen kikászálódott a kádból, megtörölközött és köntösbe bújt. Indult vissza a konyhába, hogy még eszegessen valamit, de ekkor csöngettek. Kitárta az ajtót, és nagy meglepetésére Colin állt ott.

A férfi, ahogy meglátta, hogy egy szál köntösben van, és megérezte az illatát, már nem tudott uralkodni magán. Egész nap a nő járt az eszében; hogy mikor ölelhetné megint át. Azt, hogy ilyen fogadtatásban részesül, álmában sem gondolta volna. Nem is húzta az időt sokáig: most vagy soha! Remélte, hogy nem fogja eltolni magától. Úgy, ahogy volt, köszönés nélkül egy szempillantás alatt odalépett, és mint oroszlán a prédájára, rávetette magát. Száját a szájára tapasztotta, és simogatni kezdte. Az ajtót a lábával tette be maga mögött, mert egy pillanatra sem akarta elengedni. Félt, ha megteszi, Liv hátrálni fog, jelezve, ez még neki túl korai. De nem! A lány úgy adta át magát a férfi karjainak, mint egy szelíd kiscica. Engedelmesen belesimult az ölelésbe. Vad vágyainak ettől a ponttól már semmi sem szabhatott határt, már semmi nem volt, ami megállítsa őket. Mindkettejük teste remegett, várva az elkerülhetetlent. Colin észrevette, hogy a köntös alatt valóban nincs semmi, és a keze a ruha alatt még mélyebbre vándorolt. Érezte bőrének bársonyos tapintását, a habfürdő kellemes illatát. Ahogy simogatta, a vágyaik olyan szintre korbácsolódtak, hogy majdnem felrobbantak. Mindeközben a háló felé araszolgattak. A férfi megragadta a lányt, az ágyra fektette, és végigcsókolta teste minden területét. Érezte, hogy Liv nem bírja már tovább, gyorsan megszabadult a ruháitól, majd még picit kényeztette, mielőtt a két test egyesülhetett volna. Egy darabig együtt vonaglottak teljes szinkronban, és a fellegek közé is együtt jutottak el...

A kéjes mámor vad hullámai között még jó ideig feküdtek egymás karjaiban. Nem akarták elengedni a másikat. A boldogság átjárta minden egyes porcikájukat. Colin felsőteste tényleg olyan volt, ahogy azt Liv elképzelte: tökéletes. Mélyet sóhajtott. A férfi erre rögtön felfigyelt.

– Valami baj van? – kérdezte, mert azt hitte, a lány megbánta, hogy ismerkedésük ezen rövid szakaszába már meg is történt az, aminek csak később kellett volna. De nem tudtak magukon uralkodni, az ösztön erősebb volt náluk.

– Nem, dehogy! Honnan veszed? – válaszolta.

– Olyan nagyot sóhajtottál – itt egy másodpercre elhallgatott, majd halkabban folytatta –, azt hittem, megbántad. Vagy valamit rosszul csináltam. Nem szeretnék csalódást okozni! – vallotta be.

– Nem, minden így volt tökéletes, ahogy. – Elpirult. – Csak már elképzeltem a tested a ruha alatt, de nem csalódtam. Sem ebben, sem másban! – nyugtatta meg a férfit. – Ja, és amúgy szia! – emlékeztette, hogy ez teljesen elmaradt, majd rámosolygott. Viszonzásra lelt.

– Szia! – és megcsókolta.

– Nem tudom, te hogy vagy vele, de nekem megjött az étvágyam. Meg kellene látogatni a konyhát. Maradt egy csomó minden abból, amit hoztál – nézett kérdőn Colinra.

– Remek ötlet! – vágta rá az határozottan.

Magukra kaptak egy-két ruhadarabot, hogy legalább most az evésre tudjanak koncentrálni. Liv kinyitotta a hűtőt, és azonnal a narancsszínű üdítőt vette elő:

– Megkínálhatlak? – fordult a férfi felé kaján vigyorral a szája szélén. Amikor az meglátta, hogy mi van a kezébe, elnevette magát.

– Nem, nem kérek! – Még a fejét is rázta hozzá.

– Én viszont igen. – Pohárba töltötte a hideg levet. – Nagyon bízom benne, hogy most a pohárban is marad! – cukkolta, majd kipakolt minden mást is, és jóízűen vacsorázni kezdtek.

Étkezés közben megbeszélték, ki milyen ételeket szeret, miket nem. Milyen különlegesebb ételt kóstoltak, és merre. Kiderült, hogy Colin még sohasem evett vadhúst. Liv elmesélte azon főzésének bizarr történetét, amikor majdnem leégette a konyháját, majd azt is, hogy az előző esti próbálkozása – meglepő módon – hihetetlen jól sikerült. Meg is beszélték, hogy másnap este a lány ezt megismétli.

Mikor befejezték és elpakoltak, alig várták, hogy újra ágyba bújjanak, és ott folytassák, ahol az imént abbahagyták. Nem tudtak betelni egymással, de előttük állt az éjszaka, az élet.

Másnap reggel Colin ismét korábban kelt, és már jól tudta, hogy mivel kell vigyáznia. Kiment a konyhába, kiöntötte Liv kávéját egy bögrébe, majd főzött magának frisset. Még meg sem merte kóstolni, hogy így milyen, nehogy számon tartsa, menynyi volt. Ennél a nőnél mindenre fel kell készülni.

Ránézett az órára és rájött, hogy mennie kell. Nem akarta felébreszteni, ezért írt egy cetlit, de azért még benézett, hátha ébredezik. Nem így volt. Fájó szívvel hát, de estig ott kellett hagynia.

Mikor Liv felébredt, nem találta a férfit maga mellett, ettől nagyon éberré vált. Hol lehet? Nem hallott semmilyen hangot, de még neszt sem. Felkelt, és megindult a kávéfőző felé. Meglátta, hogy az üres. Na, már megint – kezdett el magában hisztizni, de ahogy közelebb ment, meglátta a bögrét, tele a kávéjával, és a Colin által írt üzenettel: „Nem akartalak felkelteni, de dolgom van. Itt a kávéd hiánytalanul! A vacsorát nem elfelejteni! Már alig várom." – és ismét szívecske.

Liv azon törte a fejét, mit is csináljon, amivel eltelik a nap. Elhatározta, hogy elugrik a boltba beszerezni a vacsorának valót, majd csinál egy alapos nagytakarítást. Jó ideje nem volt már. Így is tett. Vásárlás után a húst ugyanúgy bepácolta. Most több ideje lesz benne állni, így talán finomabb is lesz. A takarítást a konyhában kezdte, majd délután a fürdővel folytatta. Nagyon alapos volt. Arra gondolt, hogy Colinnak biztosan másnap is dolga lesz, így marad akkorra a háló meg a nappali.

A két helyiség ragyogott a nap végére, de ő már nem. Elfáradt az egész napos sikálásban. Vett egy jó kis zuhanyt, hátha az felüdíti. Valamelyest valóban így történt. Akár neki is állhatott volna az ételnek, de frissen és melegen szerette volna tálalni. Leült a kanapéra és keresett valami műsort, amíg várta, hogy a férfi megérkezzen. Nem is kellett sokáig várnia, és csöngettek. Ahogy kinyitotta, Colin ott termett előtte, és már ölelte és csókolta, csak ezután nézett rá:

– Jó estét édes!

– Szia! Már vártalak, mert nagyon éhes vagyok – jelentette ki a lány.

64

– Csak ezért, másért nem? – ugratta.

– Mindenre éhes vagyok! – Ez elég határozott kijelentés volt ahhoz, hogy tudja, mire is gondol a lány. A húst ugyanúgy sütötte, ahogyan az előzőt, és a saláta is hasonló módon készült. Közben újabb gasztronómiai élmények kerültek szóba, de minden egyes pillanatot kihasználtak, hogy amikor lehetett, egymáshoz tudjanak érni. Vonzották egymást, mint a mágnes és a vas. Az este jó hangulatához Colin hozzájárult egy üveg száraz vörösborral, bár nem volt biztos benne, hogy a lány ma rá tud-e nézni az italra. Meglepetésére nem volt kifogása ellene, de egy-egy pohárnál több nem fogyott. A vacsora is finomra sikeredett. Az este hátralévő részében szintén Liv ágyáé volt a főszerep. Szerették egymást, amíg végleg ki nem merültek, és egymás karjaiban aludtak el.

Másnap reggel ugyanaz volt a forgatókönyv. Colin elment, és amikor a lány felébredt és nem találta, még félálomban kiszaladt a konyhába, hátha van megint üzenet. Sokkal jobb volt ez, mintha telefonon kapta volna. A mai digitális világban már oly kevesen használják az írást, pedig milyen jólesik az embernek, hogy nem csak egy személytelen tárgyon jelenik meg pár szó. Ez neki többet ért. Derecknek is mindig így hagyott üzenetet. Dereck! Vajon mi lehet vele nélkülem? – gondolta. Hiányzott neki. A munka is, de most jutott eszébe, hogy az utóbbi két napban nem is gondolt rá. Hát lehet így is? – kérdezte magától, amit gyorsan meg is válaszolt: – Ez biztos Colin miatt van! Hogy ő minden gondolata napközben. Hogy vele fekszik, vele ébred. Hogy úgy érzi, valaki törődik vele, és ez mind csodálatos.

És megint ott volt az üzenet, de csak ennyi: „Később jelentkezem!", és egy szívecske. Úgy látszik, ez már elmaradhatatlan.

·» 6 «·

Nekiállt, hogy kitakarítsa a hálót és a nappalit. Könnyebb dolga volt, ezért közben pár mosást is elindított. Viszonylag gyorsan végzett, kiteregetett, mert a szárítógépet nem igazán szerette: elvette a ruhák kellemes öblítő-illatát. A lomos szobát használta erre a célra. Mikor már éppen végzett, megcsörrent a telefonja. Hirtelen nem is tudta, hol van. Mostanában nem is volt a kezében. Hogy is felejthette el? Megdobbant a szíve, mert azt hitte, Colin az. Dereck volt. Felvette:

– Helló, nagyfiú! Mi a helyzet? – szólt bele vidáman.

– Szia! Ne is kérdezd! – válaszolta bánatosan.

– Mi a baj? Veled van baj? Ha munka, inkább bele se kezdj, mert nem dolgozom, homokba dugtam a fejem. Hallani sem akarok róla – jelentette ki.

– Azzal kapcsolatos, de mégsem. Velem! – kezdte, és ez Livet kellően felcsigázta. Azt hitte, valami folyamatban lévő üggyel akarja traktálni, de a hangján érezte, hogy ez valami más lehet.

– Na, mondd, ne kímélj! Legfeljebb ha olyan, amiről most nem akarok tudni, majd közbeszólok. Ahogy szoktam! – nyomatékosította. Dereck hümmögve fejezte ki, hogy rendben. – De mielőtt belekezdenél, szeretnék elmondani valami nagyon jó hírt! – mondta örömittasan.

– Mi az? Na? Mondd már! – kérlelte nem leplezett kíváncsisággal.

– Van valaki, akivel... – Dereck közbeszólt.

– Egy férfi? Na végre! Ez az! Ideje volt már! – A lány hallotta, hogy mennyire örül ennek.

– Igen! Igen, az! – Ezután felületesen ugyan, nagy vonalakban, de elmesélte, mi történt vele. A fiú vele örült. Bízott abban, hogy most lesz valaki, aki ezt az elszabadult, vad kancát betöri.

- Ne haragudj - szólt végül a lány -, de nagyon boldog vagyok. Természetesen meghallhatom a te problémádat is, és ha tudok, segítek.

- Ne is mondd! - kezdte lemondóan. - Pár órára ma is és tegnap is benn volt az új kapitány.

A lány nem bírta ki, hogy ne szóljon közbe:

- Na, ne már! És én erről lemaradtam? - kérdezte elképedve. Szívesen megnézte volna ő is magának, és most nagyon bánta, hogy erről lemaradt. - Bocsánat, folytasd, kérlek! - biztatta.

- Williams mindenkit összehívott, és bemutatta. Sármos, megnyerő modorú, hihetetlenül jóképű. - Megállt egy pillanatra. - Érted, Liv? Ezt az arcot kell néznem! És akkor én? Ezután hogy készítem el a tökéletes toalettemet, ha van valaki, aki lehet, hogy jobban néz ki nálam? Ez így nem fair. Az öreget akarom vissza!

Liv rájött, miről beszél a fiú.

- Ne aggódj! Ismerlek, úgyis kitalálsz majd valamit! - biztatta a lány.

- Meglehet! - törődött bele. - Mi lehet a legrosszabb? Majd keresek új munkát - mondta lemondóan.

- Ne beszélj már hülyeségeket! - vágta rá. - Majd a legtöbb esetben én tárgyalok vele, nem kell mellé állnod, így más sem tud titeket összehasonlítani! - próbálta elviccelni.

- Könnyen beszélsz, most találtad meg álmaid pasiját, én meg itt tipródom. Nem igazán esik jól, hogy elveszik tőlem a helyi szépfiú szerepét - vetette oda. - De neked nagyon örülök, tényleg megérdemled! Én akarok ám lenni a keresztapa! - jelentette ki.

- Na, az még nagyon messze van, ne állj neki kelengyét készíteni! - nevette el magát Liv, és nagyon sajnálta a fiút.

- De azért majd bemutatod, ugye? - kérdezte.

- Természetesen! - nyugtatta meg.

- Most én is úgy fogok tenni a hétvégén, ahogy te tetted kedden. - Valamennyire felderült a hangja. - Elmegyek Liamhez, és kiirtok a fejemből minden gondolatot - határozta el.

- Nagyon helyes! Úgy is kell! Te is megérdemled! - helyeselt.

- Jó estét nektek, Liv! Hétfőn találkozunk! - ezzel letette a telefont.

A lányt nagyon rosszul érintette társa bánata. Még sosem hallotta így beszélni. Ilyen lelkesen, ugyanakkor teljesen reménytelenül. Elválasztotta őket valami, és az nem holmi tér vagy idő, vagy a távolság. Azokat bármi áron, de át lehet hidalni. Még szerencse, hogy neki most erre nem lehet panasza; itt van Colin. Ahogyan ezt végigjátszotta az agyában, megint megcsörrent a telefon. Ő volt az, és Liv határtalan boldogságot érzett, mert már azt hitte, elfelejtette.

– Szia, édes! – szólt bele. – Kapd fel a legszebbik ruhádat, vacsorázni viszlek. Persze csak akkor, ha nem készültél megint valamivel – tette hozzá.

– Szia! Nem. Gondoltam, majd kitaláljuk együtt, mit ennénk – válaszolta. – De, ha nem gond, inkább nem mennék. Nem igazán értékelem az ilyen dolgokat. – Amikor ezt kijelentette, várt egy kicsit, milyen hatása lesz.

– Bármit, amit szeretnél! – használta ki a csendet Colin.

– Akkor inkább hozz vagy rendeljünk valamit – adta a tudtára. – Jobban örülnék egy bekuckózós, filmezős estének. De ha ez gond, már öltözöm is – vágta rá, mert a telefonba nem szólalt meg senki.

– Óhajod számomra parancs! Tökéletes esti program, ha van valaki, aki megosztja a kanapét – hangzott a megnyugtató válasz. – Mit ennél? Mit vigyek? – kérdezte.

– Bármit, ami állatból van! – nevetett bele a mikrofonba, és nagyon tetszett a férfinak, hogy sok nővel ellentétben nem veti meg a finom falatokat. Másoktól ilyenkor a „csak salátát kérek" mondatot hallotta leginkább. – Lepj meg!

– Na, arra ma este sem lesz panasz!

Mindketten tudták, hogy már nem csak a vacsoráról van szó...

– Egy óra múlva ott vagyok!

Liv alig várta. Gyorsan letusolt, belebújt valami kényelmesbe, és így várta a férfit. Többet kellett rá várni, mit egy óra, de nem sokkal. Valószínű ez nem rajta múlott. Csengetett, és a lány röpült ajtót nyitni. Hatalmas zacskóval a kezében állt ott.

– Jó estét, édes! Elnézést a késésért, de sokáig tartott a vacsora készítése – magyarázkodott.

– Szia! Semmi baj, erre gondoltam – nyugtázta. – Mit hoztál? – kíváncsiskodott, és nagyon jó illat csapta meg az orrát. – Mindent, amit parancsoltál! – adta meg magát, majd szájon csókolta üdvözlésképpen. Beléptek a konyhába, majd kipakolt. Volt ott steak krumplival és némi zöldséggel, és a végére csokitorta. Liv szájában összefutott a nyál, ámulattal nézte a sok finom falatot. Colin meg volt magával elégedve arckifejezése láttán.

– Imádom! Köszönöm! – borult a férfi nyakába.

– Ennek nagyon örülök. Nem is olyan sokára megmutathatod, mennyire! – Huncut mosolyával mindezt alá is támasztotta. Mindketten pontosan tudták, mire akart célozni.

Jóízűen rávetették magukat a finomságokra, csak úgy tömték magukba, mert akkor hamarabb vethetik magukat egymás karjaiba is. Már nem is számított a film, amit elterveztek: a lehető legjobb műsor vette kezdetét. Az este főszereplői voltak, és addig alakították a szerepeket, amíg a kifáradt testük álomba nem parancsolta őket.

Másnap reggel szinte egyszerre ébredtek. Szó nélkül összebújtak, jó reggelt kívántak egymásnak. Pár percig feküdhettek így, amikor is Liv a kávéjáért kezdett könyörögni.

– Behozom! – ajánlotta fel Colin, de a lány azonnal rávágta:

– Nem kell! Gyere, megmutatom, hogyan szeretem, és ha már tudod, akkor legközelebb élni fogok a felkínált lehetőséggel! – jelentette ki, majd kimászott az ágyból és elindult a konyhába. Ott fogott egy csészét, beleöntötte a kávét, két szem édesítő tablettát, megmelegítette, pici fahéjjal felkeverte, és kevés tejet öntött hozzá. Közben figyelte a férfit, hogy megfelelően tanulmányozza-e a folyamatot. Majd érdeklődött:

– Megjegyezted? Nagyon fontos a helyes sorrend.

– Igen – válaszolta. – És ha tejjel melegítem, úgy nem jó?

– Most mondtam, hogy ez a helyes sorrend! – emelte fel a hangját úgy, ahogy egy tanár azzal a diákkal, akinek már ötször magyarázta el az anyagot.

– Igenis! Értettem! – és még tisztelgett is, mint a katonák. – Most viszont mennem kell, tudod, dolog van – jelentette ki úgy, mintha a lánynak tudni kéne. Egyáltalán nem emlékezett, hogy mondta volna, hova siet mindennap, de ezek szerint említette. Na, én is jól figyelek ám! – gondolta. – Rendben, menj a dolgodra! – mondta nemes egyszerűséggel. – Viszlát este! Ma biztosan nem megyünk sehova! – kacsintott a lányra, aki nem igazán tudta mire vélni ezt a kijelentést, de ha itthon maradnak, kell valami vacsora, vagy megteszi a mirelit is. Amíg ezen gondolkodott, a férfi visszanézett a kocsitól és odakiáltotta: – Ma ne készülj semmivel, csak várj! – és csókot dobott felé. Na, akkor ezen sem kell tovább gondolkodni.

A nap többi részében nem tudott magával mit kezdeni. Kitakarított, kimosott, főzni sem kell, így vásárolni sem. Hirtelen felindulástól vezérelve nekiállt átnézni a lomos szobában lévő dobozokat, hogy mi az, amitől már rég meg kellene szabadulnia, mert felesleges kacat. Átnézett mindent, és pár igazán szívhez szóló apróságon kívül nem talált semmit, amit meg kellene tartania. Szinte az egész szoba kiürült. A végére nagyon megörült, hogy lett egy üres szobája, amit úgy rendez be, ahogy akar. Lehetne akár gyerekszoba is... Gyorsan el is hessegette a gondolatot, mert azt még nagyon korainak találta. Még egy komoly kapcsolatra sem volt felkészülve, nemhogy egy gyerekre, de most a szoba üres, és jöhet bármi...

Az idő azalatt, hogy elfoglalta magát, nagyon gyorsan telt. Gyorsan letusolt, hogy lemossa magáról a port. Amikor végzett, felöltözött, kényelmesen elhelyezkedett a kanapén és bekapcsolta a tévét. Keresett egy jó filmet, amíg a férfi nem érkezik meg. A film tényleg jó volt, és már éppen vége lett volna, amikor csöngettek. A lány sajnálta, hogy nem látja, de az sokkal izgalmasabb volt, ami az ajtó előtt várta. Sietve kinyitotta, és azt látta, amire számított. Az észvesztően jóképű férfi nagy barna bolti tasakkal érkezett, másik kezében pezsgő, amit fel is mutatott, ahogy meglátta Livet:

– Szombat esti bulira fel! – kiáltotta örömittasan. A lány nem tudta mire vélni ezt a nagy lelkesedést, és felhúzott szemöldökökkel, kérdőn bámult rá. Colin ezt észrevette, és folytatta:

- Kész lett a lakásom! Teljesen! Minden kikötve, bekötve, kifestve, átfestve, berendezve, kitakarítva! – sorolta el ujjongva egy szuszra. – Érted? Most már fogadhatok hölgyvendégeket! – jelentette ki, és Livnek akkorára tágult a szeme, hogy a férfi azonnal kapcsolt. – Hölgyvendéget! Bocsánat! Hölgyvendéget! Csak egyet! Egyetlenegyet! – és sietve szájon csókolta, még mielőtt valami csúnya szaladt volna ki a rajta. – Menjünk be, hogy végre lepakolhassak.

- Mi ez a sok holmi? – érdeklődött a lány.

- Ez a mai vacsora! Meglepetés! – válaszolta. – Annál is inkább, mert én, vagyis hogy mi fogjuk elkészíteni.

- És mégis micsodát? – hitetlenkedett. – Nem lehetne, hogy ide leülök, és csak nézlek, milyen ügyes vagy? – próbált meg egyezkedni.

- Nem, egy kicsit segítened kell! – utasította. – Például a gombát megpucolni. Remélem, szereted. Vagy van kifogásod ellene? – kérdezte, mert arra nem gondolt, hogy sokan nem szeretik.

- Nem ugrálok érte, de megeszem, ha kell.

Nem ez volt az a megnyugtató válasz, amit Colin várt volna.

- Ó, sajnálom, de hidd el, finom lesz! – Kipakolta mellé a szeletelt húst, ami talán sertés lehetett. Ekkor a férfi keze megállt. – Ugye nem vagy zsidó?

A gomba után már kezdett megrémülni. Liv elnevette magát:

- Nem vagyok! Bármit megehetek! – nyugtatta meg.

- Hú, már megijedtem – és pakolta tovább a holmikat. Előkerült még sütőben is süthető fagyasztott krumpli, és gyorsrizs. – Nem tudtam eldönteni, melyiket szeretnéd. Rizs vagy krumpli?

- Egyértelműen krumpli, ha lehet választani, de a rizst is szeretem.

Itt legalább nem lőtt mellé.

- És mégis mi lesz ez?

- Ez egy olyan étel, amit Németországban kóstoltam először – magyarázta. – Fiatal koromban sokat utaztam, akkor találkoztam vele. A neve Jägerscnitzel, ami pontosan lefordítva annyit tesz, erdőszelet, vagy erdész szelet. Mert ugye a gomba ott nő leginkább. Általában sült krumplival fogyasztják. – Liv ámulva nézett rá, miket tud. – És most, hogy már okosodtál is – nézett rá kajánul –, megtanulod a gombát megpucolni. Rendes krumplit is hozhattam volna, de az egy napra már sok lenne. – A szeme sarkából figyelte, ahogy a lány felháborodott.

– Mi van? Ennyit nem nézel ki belőlem? – heveskedett. – Mint leendő betanított munkás, mindjárt sztrájkba lépek, vagy fel sem veszem a munkát – és poharakat vett elő a pezsgőhöz. – Ezzel fogom indítani! – emelte magasba a poharat.

– Értettem a célzást! – nevette el magát a férfi, és már nyitotta is az italt, mely apró pukkanással jelezte, hogy a dugó eltávozott. Kiöntötte, majd odanyújtotta a Livnek, aki így szólt:

– Az új életedre!

– Inkább ránk, mert az új életemben ez a legfontosabb, a többi nem számít! – Ahogy a lány szemébe nézett, tekintete elárulta, hogy komolyan gondolja. Nagyon komolyan!

Colin nekiállt az étel elkészítésének, Liv csak a főnök szerepét vállalta, aki inkább dirigál, mit hogyan kellene, pedig a java részéről halvány fogalma sem volt – de úgy csinált. A férfi ezt határozottan élvezte; hallgatni a csacsogását. Miután elkészült az étel, jó hangulatban meg is ették. A nő még meg is jegyezte közben, hogy biztosan azért sikerült ilyen jól, mert ő adta az utasításokat. Még a gombát is megdicsérte, hogy ilyen módon elkészítve még nem evett, de szeretné, ha ezt máskor is közösen megfőznék.

Későre járt, mire végeztek, és bár mind a ketten meglehetősen elfáradtak, azért még maradt annyi erejük, hogy a hálóban megadják a másiknak azt, ami járt, és bár nem szerették volna abbahagyni, de a kimerültség nagyobb úr volt. Úgy gondolták, lesz még nagyon sok idejük erre, és maradjon még későbbre is a szenvedélyből.

Másnap reggel meglehetősen sokáig aludtak. Nem is volt reggel; a nap már javában tartott. Colin volt az, aki hamarabb éberebb tudott lenni, és képes volt kikelni az ágyból. Liv csak nyöszörögve kínlódott, amíg meg nem kapta a férfitől a kávéját. Az előző napi oktatás nagyon jól sikerült: olyat kapott, amit szeretett. A reggeli ital fogyasztása közben tervezték el a vasárnap délutánt. Az utolsó, szabadságon töltött délutánt.

72

A Bratt-erdőre esett a választásuk. Megebédeltek az előző esti maradékból, majd összecsomagolták, amire szükségük lehet, és útra keltek. Liv alig várta, hogy megérkezzenek: imádta az erdőt, gyermekkorának egyik legerősebb bástyája volt. Mutatta az utat, merre kell menniük. Az erdő szélén megálltak, és innen gyalog indultak tovább. A lány egy szép kis tisztásra vezette Colint. Leterítették a plédet, leheveredtek. A férfi átölelte. Élvezték a jó levegőt, a fák susogásának hangját, a köztük élő és röpködő madarak csipogását. Liv tudta, hogy most a lehető legjobb helyen van, az egyik kedvenc helyén, és egy olyan férfi karjaiban, akinél jobbat nem is kívánhatott volna.

– Tetszik? – kérdezte.

– Igen, nagyon! – bólogatott. – El tudnám ez a nyugalmat viselni mindennap, de majd szakítunk rá időt, hogy néha ki tudjunk jönni – tette hozzá, és a lány jól tudta, miről beszél. Másnap mindkettőjüknek megindul a munka.

– Ne is mondd! Amennyire rosszul indult a hét, annyira vált csodálatossá! – S hogy még inkább tudatosítsa, mire is gondol, mélyebben befészkelődött a férfi karjaiba. Ő is szorított az ölelésén, majd a szájuk egyként olvadt össze. – De ma még ma van, és ezt nem ronthatja el semmi – jegyezte meg halkan, mikor ajkuk szétvált, hogy levegőt tudjanak venni.

Ott feküdtek jó darabig, közben alig bírták türtőztetni magukat, nehogy egymásnak essenek. Csak a Nap állásából következtettek arra, hogy már későre jár. Gyorsan összeszedték a holmijukat, és visszaindultak.

Ahogy beléptek a lány lakásába, azonnal rávetették magukat egymásra. Nem volt kérdés, hogy a késő délután maradék része miként fog folytatódni számukra. Mire végre el tudták engedni egymást, minden sötétségbe borult. Colin felkapcsolta az éjjeli lámpát, majd Livhez fordult:

– Ne haragudj, édes, a ma éjszakát nem tölthetem itt. – Mély levegőt vett. – Pedig semmi másra nem vágyom jobban, de ha maradok, ezt nem tudom nem folytatni – mosolygott sejtelmesen. A lány némán hallgatta. – Holnap mind a kettőnkre elég nehéz nap vár, és ki kell pihenni magunkat. De már várom is, mert megtörik végre a jég, és lehet beszélni róla. – Elkezdett felöltözni, majd utoljára megölelte, megcsókolta a lányt, és nehéz szívvel ugyan, de távozott. Liv tudta, hogy igaza van, ezért nem is ellenkezett. Igen, holnap minden kiderül, mert azért őt is furdalta a kíváncsiság, hogy Colin miért is jött ide. De a megállapodás az megállapodás. Kiment a konyhába, bekapott még pár falatot vacsora gyanánt. Amikor mindent visszapakolt a hűtőbe és becsukta annak ajtaját, meglátta a cetlit, amin figyelmeztette magát a másnap reggeli bírósági meghallgatásra. Azonnal elfehéredett. Ezt Colin is biztosan láthatta. Vajon most mit gondolhat róla? Bár nem így viselkedett volna, ha fenntartásai lennének. Végül is bárki, bármikor, bármilyen okból mehet a bíróságra. Nagy valószínűséggel erre célzott, amikor a holnapi nehéz napot említette.

Mire letusolt és ágyba bújt, teljesen megnyugodott, és bár a vágyódott férfi után, hamar elaludt.

Reggel korán, fél hétkor csörgött az ébresztője. Legszívesebben aludt volna még tovább, de nem lehetett, mert várta a tárgyalóterem, és ma nem akart késni. Jó színben szerette volna magát feltüntetni. Gyorsan megitta a kávéját, majd miután felöltözött és elkészült, ivott még egyet. Sötét nadrágot és fehér inget vett fel, mert az utána jó lesz a munkába is. Nem akart kiöltözni, az úgysem volt az ő stílusa. Bekapott pár falatot reggelire, aztán gyors fogmosás, és már indult is.

Mikor már nyolc óra felé közelített az idő, a forgalom is kezdett megerősödni, így ha nem indult volna el időben a belvárosba, biztosan elkésett volna. De éppen odaért. Már várták. A teremben Dagi Joe az ügyvédjével, a bíró és az ügyész is jelen voltak. Hárman felváltva kérdezték a megtörtént eseményekről. Liv részletesen beszámolt mindenről, és hozzátette, ha nem kötnek vádalkut, akkor szívesen elmondja ezt a bíróságon is. Természetesen próbálta egy-két mondattal a saját bőrét is menteni... az is a kezére játszott, hogy a bírónak egészen jó kedve volt. De Dagi Joe-n még ez sem segített.

Megköszönték a megjelenését és a beszámolóját, majd hozzátették: értesítik, ha tárgyalásra kerül a sor. Mielőtt azonban elment volna, megkapta a szokásos fejmosást, hogy lesz szíves legközelebb finomabban bánni a gyanúsítottakkal. Ő erre újra megígért mindent. Köszönt, majd távozott. A háta mögött még hallotta, hogy Dagi Joe és az ügyvédje fel vannak háborodva, amiért semmilyen büntetést nem kapott, de a bíró csendre intette őket. Liv megnyugodva hagyta el a bíróság épületét.

Útközben arra gondolt, hogy jó lesz Derecket újra látni. Na meg Williamst. Már alig várta. Eszébe jutott, hogy ma megismerheti az új kapitányt is, és erre kíváncsi izgalom lett úrrá rajta. Vajon olyan lesz-e, ahogy a társa leírta? Lehet, hogy neki nem is az esete. Ahogy ezeken elgondolkodott, nem is vette észre, milyen hamar átért a sűrű városi forgalomban az őrsre. Az óra már fél tízet mutatott.

Amikor belépett, mindenki üdvözölte, és ő vidáman és jó kedvvel viszonozta mindenkinek. Sokan érdeklődtek, hogy miért nem látták az elmúlt pár napban, viszont akik tudták, hol van, megkérdezték, hogy jól telt-e a pihenő. Ahogy válaszolgatott a kérdésekre, meghallotta a jól ismert, dörmögő hangot:

– Preston! Az ég áldja meg, merre járt? – kérdezte mérgesen. – Ki kellett volna pihennie magát, mégis mit csinált, hogy megint elaludt?

– Én is örülök magának, főnök! – mondta szemtelenül, és puszit nyomott az arcára. A körülöttük lévők hangos huhogással adták tudtukra, mennyire tetszik nekik a jelenet. – Na de főnök, a bíróságon voltam! Nem emlékszik, hogy ma reggel nyolcra odarendeltek Dagi Joe ügyében? – Williams arca megkönnyebbülni látszott, amikor felocsúdott a puszi miatti sokkhatásból.

– Preston, egyszer maga visz a sírba! – jelentette ki, de már az orra alatt megjelenő enyhe mosollyal. – Nem, elfelejtettem. – Ám az iménti szidás miatt nem kért bocsánatot.

– Na, erről én nem tehetek, erre vannak ám egészen jó gyógyszerek! – folytatta a kapitány ugratását, aki erre az ég felé emelte a szemeit, mintha imádkozna, hogy ennek mikor lesz már vége.

– Jöjjön az irodámba, most! – dörrent rá.

– Igenis! – S mint jó közlegény, még tisztelgett is. – Ezeket gyorsan ledobom az asztalomra – mutatta fel a táskáját és a kabátját. A kapitány bármilyen válasz nélkül hátat fordított, és otthagyta.

Liv, amilyen gyorsan tudott lepakolt, és már éppen indult volna, amikor Williams az irodája ajtajából visszakiáltott neki:

– Preston! Hozza már el Dereck asztaláról a Weylon-féle aktát.

Liv nekiállt keresni, ám ekkor eszébe jutott, hogy hol is lehet a fiú. Csak nem szabadságra ment, vagy beteg lett, vagy csak „beteg" lett. Ahogy meglett az akta, már indult is az irodába.

Útközben még odaköszönt Marilynnek, Williams titkárnőjének. A hölgy nem volt már éppen fiatal, de a kora ellenére látni lehetett, hogy főnöke bogaraitól mennyire megviselte az élet. Bekopogott, majd kinyitotta az ajtót és belépett. A látvány, ami fogadta egyszerre volt meglepő és kellemes. A kapitány a székében ült, és az asztalához lehajolva egy férfi éppen papírokra írt. Liv csak a hátsóját látta, ami elég formásnak tűnt a nadrágon keresztül. Éppen olyan markolni való – gondolta, és magában nevetett. Lehet, hogy az új főnök?

– Na végre, Preston! – teremtette le ismét a kapitány. – Talán az egyetlen itt, aki még nem ismeri. Olivia Preston, hadd mutassam be Taylor kapitányt! Taylor kapitány, a nyomozó, akiről már sokat meséltem.

A férfi felegyenesedett, és a lány felé nyújtotta a karját oda sem nézve, szinte rutinszerűen, mint akinek már elege van abból, hogy ezt mindenkivel el kell játszania. Majd mégiscsak ránézett. Szemei tágabbra már nem is nyílhattak volna. Liv lábai is a földbe gyökereztek. Csak álltak ott egymás kezét fogva, némán. Nem hitték el, amit láttak. A lány volt az első, aki magához tért a hirtelen felismerésből:

– Üdvözlöm, kapitány! Olivia Preston nyomozó – jelentette ki olyan határozottsággal, hogy maga sem hitte el. A férfi kénytelen volt belemenni a játékba: nem volt más választása ezekre a szavakra.

– Colin Taylor. Nagyon örülök, hogy végre megismerhetem. Sok szépet hallottam a munkásságáról. – A szavak szinte meg-megakadtak a torkán. Liv erre felhorkantott, majd még mormogott az orra alatt:

– Azt elhiszem! – Ennél ironikusabb nem is mondhatta volna. Majd, hogy minél hamarabb szabaduljon ebből az iszonyatos helyzetből, sarkon fordult, és mielőtt bármelyik egyetlen szót is szólhatott volna, villámgyorsan elhagyta az irodát. Williams még utánaszólt, de úgy csinált, mint aki nem hallotta. Az öreget, aki már sok évet megélt ezen a pályán, sok mindent látott és átélt, nem lehetett megvezetni. Feltűnt neki, hogy kettejük között valami nem stimmel.

– Colin! Mi volt ez az egész? – kérdezte. – És ne akarj a válasz alól kibújni, mert nem tudsz. Még mindig vágni lehet a feszültséget! – A karjával is tett egy függőleges mozdulatot. De ő nem szólalt meg; nem is tudott volna mit mondani, teljesen leblokkolt. Hallotta, mintha távolból valaki szólítaná.

Mi az esélye annak, hogy megismer egy gyönyörű, vonzó nőt, aki minden tekintetben illik hozzá, aki szeretetre méltó, okos és vicces is egyben, és tökéletes a harmónia vele az ágyban is. Hogy úgy passzolnak össze, mint borsó meg a héja. Erre a főnöke lett. Siralmas helyzetében egyre elkeseredettebb arcot vágott. Williams figyelmét ez sem kerülte el, így újra felszólította:

– Colin! Föld hívja Taylort! – Látta, hogy még mindig máshol jár. Felállt a székéből, hátha a mozgás majd kilendíti a gondolataiból, és valóban így történt. A férfi meglepődve nézett rá.

– Tessék? Mit mondtál? – rázta meg a fejét, mintha mindent ki akarna üríteni. Jelen pillanatban ennek örült volna a legjobban.

– Azt kérdeztem, mi volt ez az egész? – ismételte. – Az az érzésem, hogy ez nem az első találkozás volt. Összefutottatok már valahol? Preston hozta a szokások formáját? Megbántott valamivel?

– Nem, dehogy – kezdett bele, és tudta, hogy nem beszélhet félre egy ilyen öreg rókának. Úgy döntött, elmondja az igazat, és ki tudja, hátha lesz valami ötlete, ennek az egész kavarodásnak a megoldására. – A hét elején véletlenül gyalog nekimentem valakinek az egyik parkolóban, aki emiatt magára borította a kezében tartott üdítőt. Amikor megláttam, milyen szépséges nő akadt az utamba, és tekintve, hogy még nem ismertem senkit, nagy nehezen sikerült meginvitálnom estére, hogy megigyunk egy italt. Kapóra jöttem neki, hogy nem kell egyedül mennie, mert a barátnője nem ért rá, és egyébként is ez volt a terve, hogy alkoholba fojtja a bánatát, mert iszonyatosan rosszul érintette, hogy a főnöke elküldte kényszerszabadságra. – Megállt, hogy mély levegőt vegyen, eközben az öreg lecsukott szemmel a homlokára csapott. Azonnal levágta a helyzetet, de Colin folytatta: – Az este nagyon jól sikerült, nagyon jól éreztük magunkat, vigyáztam rá, és hagytam, hogy a munka miatt érzett bá-

78

natát, ha kis időre is, de elfelejtse. Egyetlen kikötése volt: mivel megviselte, hogy kimarad a munkából, ezért egy szót sem beszélhettünk róla. A *munka* szó, és a vele járó minden végig tabu maradt. De tisztességesen viselkedtem, hazavittem, gondját viseltem. Másnap újra találkoztunk, és mindennap. Hihetetlen volt vele. Minden! – Ezzel a szóval mondta el Arthurnak, hogy már túlvannak azokon a dolgokon, ami egy férfi és egy nő között megtörténhet.

– És mégis, a mostani helyzetet ismerve, hogyan gondolod a továbbiakat? – érdeklődött mérges pillantással, de közben megértette a fiatalokat, és sajnálta is őket. Ismerte a lányt, és csak remélte, hogy nem most veri szét a parkolóban álló autók nagy részét, hogy levezesse a feszültségét. Valahol tombol, abban biztos volt. – Tudod, hogy ezt a szabályzat tiltja.

– Most valahogy nem érdekelnek a szabályok! – hadarta Taylor. – Az viszont inkább, hogy érzi magát Liv. Neki sem lehetett kellemes ez a felismerés. Láttad, hogy kiviharzott. Én lettem a felettese, és mégis félek vele találkozni.

– Ezt nagyon jól hiszed! – helyeselt Williams. – Ha valaki szembe megy bárkivel, ha valaki kitüntetést kapna az önfejűségért és a szabályok áthágásáért, az pont ő. Én sem bírtam vele, és ez a helyzet a benne lévő harcos amazont még inkább ki fogja hozni. Már előre sajnállak, milyen ráolvasást fogsz ezért kapni! – Szavaival még idegesebbé tette Colint. – Tudod, meséltem róla, ma reggel is a bíróságon kezdett, mert nem tudott uralkodni magán. Mindent bevet, hogy célt érjen. Bizonyítani akar. Amióta a szülei meghaltak, főleg. Azóta nem volt szabadságon sem, azért küldtem el.

– Ezeket mind értem, de te érted, hogy elsősorban miatta aggódom? Másodsorban a kapcsolatunk miatt. Hogy tudnám ezt helyrehozni? – kérte ki a bölcs öreg tanácsát.

– Te nem érted! – reagált, és Colin értetlenkedve nézett, mert tényleg nem. – Amilyen nehezen került ide be, amin ezután nem sokkal átment, amit átélt, és még így is azt mondom, hogy ha a statisztikát alaposan összeraknám és megvizsgálnám, messze a legkiemelkedőbb eredményt adná ki neki. Ezen a kis őrsön ő a legjobb, és ezt tudja is, ezért enged meg sokszor magának többet, mint itt más. És én is ezért hagyom, mert nem akarom szárnyát szegni. Túl jól végzi a munkáját, hogy keresztbe tegyek neki, bár a fejem sokat fáj miatta. Nagyon sokszor felfüggeszthettem volna, és igen, mielőtt megkérdeznéd, kivételeztem vele, mert tudtam, ha kiiktatom a képletből egy időre, mint most is, akkor miként reagál. Ezt láthattad. És az összeredmény is alaposan esne, mert ki tudja, milyen lenne a munkához való hozzáállása egy ilyen eset után. – Látta, hogy sokat zúdított az új kapitányra, azonban nem akarta abbahagyni, de az félbeszakította:

– Megismertem ezt az oldalát is, hogy milyen heves tud lenni a vérmérséklete, de még mindig nem tudom, hogy hova akarsz kilyukadni – szólt közbe.

– Mert ezekről nem esett szó, amikor róla beszéltem. Csak a munkáiról, ám mint emberről nem. Az emberről, és hogy mi húzódik a háttérben, arról nem. – Colin szemébe nézett. – Sosem vallanám be előtte, hogy ő itt a legjobb, pedig így van. De meg kell, hogy értsd a jellemét, az individuumát. Azért mondtam ezt el, mert ha arról van szó, hogy ha a kapcsolatotok vagy az általa felépített élet – amiben máig csak a munka volt – között kell neki választani, számomra nem kérdés, hogy hova fog húzni. Nem azért mondom ezt, mert rosszat akarok, de ahogy eddig megismertem, nem tudok mást elképzelni. És a kettőt egyszerre nem csinálhatjátok! – jelentette ki határozottan a beszéde végén.

– Nincs semmilyen ötleted, hogy megtarthassam mindkettőt? – kérdezte Colin félve, majd gyorsan hozzátette: – Jó lenne valamit kitalálnunk, mert ahogy elmondtad, Liv a munka felé hajlana, de én nem! Végre megtaláltam azt a nőt, aki mellett le tudnám élni az életem, és hidd el, nem fogom elengedni. Szeretem a munkámat, de nem minden áron. Ha kell, lemondom a posztot most azonnal, viszont amíg keresnek mást, addig maradnod kell! – Határozottsága még Williamst is meglepte, amit mondott, még jobban.

– Na ne! Ez övön aluli volt! – hitetlenkedett. – Így elvette az eszed ez a lány?

– Nem – nyugtatta meg –, de mögöttem is sok tapasztalat áll már, és szinte olvasni tudok emberekből. Amit adott, amit mutatott, mind azt súgja, hogy ő az! Megtaláltam! Az első perctől kezdve ezt éreztem. Ha nem csak egy hete ismerném, már rég megkértem volna a kezét! – Egy kicsit elkalandozott. – Sőt még most sincs későn!

– Megkérnéd ennyi... – A beszélgetést a telefon csörgése szakította félbe. – Williams – szólt bele egyszerűen...

8

Amint Liv távozott az igen kínosra sikeredett találkozóról, semmi másra nem vágyott, csak egy kis friss levegőre, ami talán kitisztítja az amúgy tornádóvá alakult agyát. Ahogy rohant kifelé, belebotlott Dereckbe. A fiú látta, hogy valami nincs rendben, ezért utánament. Az utcán Liv nagy levegőket vett, amitől meszsziről úgy nézett ki, mint egy felbőszült bika, aki éppen akkor indul neki a piros kendőnek. Amikor egy kicsit lecsillapodott, mert hozzá közelebb menni, de akkor sem túl közel, nehogy még rúgjon.

– Liv?– kérdezte bátortalanul. – Kérlek, Liv! Sosem láttalak még ilyennek, nagyon meg vagyok ám ijedve! – közölte. – Elvihetsz kocsikázni is, ha akarsz! – mondta végső elkeseredésében, pedig tudta, hogy maga alatt vágja a fát. Liv erre elnevette magát. Szegény Dereck nem tehet semmiről. Az jutott az eszébe, amit az új kapitányról mondott, és kezdett emiatt is pánikba esni. Mi lesz, ha kiderül a dolog?

– Ne haragudj! – kért megint bocsánatot.

– Mi történt? – Nem akarta annyiban hagyni, mert szerette a lányt, a társa volt. De erre az csak megrázta a fejét, tehát nem jutott közelebb a megoldáshoz. Pedig segíteni szeretett volna, de nem akart tolakodó lenni, sem erőlködni. – Kerestelek – mondta lemondóan – Tudtam, hogy a bíróságon vagy, de hoztam neked egy ajándékot.

– Ajándék? – ámult el, és meg volt lepődve a fiú figyelmességén. – És mi volt a hétvégén? – kérdezte, hogy ezzel is elterelődjenek a gondolatai.

– Jól sikerült! – mondta vigyorogva. – Belehúztunk egy kicsit a fiúkkal az éjszakába. Nagyon sokat dumáltunk férfias dolgokról, rengeteget hülyéskedtünk, de még annál is többet ittunk. –

Megállt, de nem végleg. – Rájöttem, nem is igazán érdemes ezen rágódnom. Valakinek ez jön be – mutatott végig magán –, valakinek az! – mutatott az iroda fele. – Jó volt, hogy előtte kiönthettem a lelkem neked, de már nem számít. Tekintsd tárgytalannak! – Határozottsága túlmutatott mindenen.

– Nagyon örülök! Végre! – Tényleg önfeledten tudott örülni a fiú boldogságának, és róla is lekerült ezáltal a teher. Nincs, és nem is lesz kedve magyarázkodni.

– Gyere! Odaadom a meglepetésed. – Ekkor tudatosult benne, hogy Dereck tényleg készült valamivel. Fejét lehajtva lépkedett utána. Nem szívesen ment vissza az épületbe.

Elmerengve kullogott a társa után. Nem tudhatta, hogy mikor botlik bele Colinba. Hirtelen nem tudta, hogyan tovább. Nem akarta elengedni, de az esze tudta, nincs más megoldás. A szíve viszont hatalmas harcot kezdett el folytatni vele. Álmában nem gondolta volna, hogy ez lesz, és erről az egészről csakis ő tehet. Ha nem makacskodik, hogy a munkáról ne is essen szó, már az első nap elejét vehették volna ennek. Ha tudták volna a másikról, hogy kicsoda, biztosan nem mentek volna bele egy ilyen kapcsolatba. Nagyon nehéznek érezte a testét és a lelkét is egyaránt. Most mihez kezdhetne? Mi szól ehhez a férfi? Jelen pillanatba ők a tűz és a víz. Észak és dél. Az a láthatatlan szál, ami ösztönösen összekapcsolódott köztük, elkezdett szétfoszlani. Vajon lesz-e rá megoldás, hogy ez megálljon? Vajon elég erősek-e, hogy megállítsák? Hogy együtt megállítsák?

Amíg ezeken töprengett, elértek Dereck asztaláig. Amíg kotorászott benne, Livnek eszébe jutott valami:

– Elvittem innen – mutatott az asztalra – a Weylon-aktát, ha keresnéd. A főnök kérte.

– Melyik? – kérdezte hamiskásan, célozva, hogy most kettő is van belőlük.

– Amelyik tudja, ki az a Bruce Weylon – célzott arra, hogy a régi.

Ekkor Dereck előhúzott egy ajándéktasakot, és átadta a lánynak.

– Tekintsd elő-szülinapi ajándéknak! – jelentette ki büszkén.

Liv előhúzott a tasakból egy olyan hőálló, lezárható utazóbögrét, amire az ő arca és neve volt nyomtatva. Nagyon tetszett neki, és ezt nem is leplezte. Örömittasan ugrott a fiú nyakába. – Nagyon tetszik! Nagyon örülök neki! – mondta, és hálás szívvel mosolygott a fiúra.

– Nos... – kezdte – nem véletlenül kaptad ám! – Az arca olyan sejtelmes volt, hogy Liv szemei összeszűkültek. Vajon mit akarhat mondani? – Ezt most hazaviszed, és ha legközelebb nekem kell mennem érted reggel, a kávédat már automatikusan ebbe kell töltened, így nem tudod húzni az időt. Egy újabb akadály megoldva. – Mindkettőjükből egyszerre robbant ki a röhögés. Ezen jókedvüket a kapitány ideges hangja törte szét.

– Prestooon! Jöjjenek! – ordította, és Liv kifejezetten örült, hogy a hívás nem csak neki szólt. Először megrémült a neve hallatán, mert nem tudhatta, milyen beszélgetés folyt kettejük között Colinnal. Mit tud, és mit nem? Beavatta-e Colin a kettejük dolgába? Ha igen, akkor biztosan azért kap egy kis eligazítást. De Dereckkel kell mennie, és ez jó. Ettől függetlenül remegő lábakkal indult el az iroda felé a fiú után. Belépve látták, hogy mindketten nagyon feszültek.

– Preston! Most érkezett egy hívás a Bratt-erdő főerdészétől. Női holttestet találtak turisták, pontosan itt – és rámutatott az asztalon fekvő, részletes térkép azon pontjára, ahova menniük kell, hogy így jobban be tudják határolni, melyik útvonal a legjobb, honnan tudják a legkönnyebben megközelíteni a helyszínt. – A járőrök, akik biztosították a helyszínt, már kinn vannak. A helyszínelők úton vannak, sőt a Doki is. Siessenek, nehogy lemaradjanak valamiről! Ahogy végeztek, kérem a jelentést! – tette hozzá, mert a két nyomozó már indulni is akart.

– Ha nem gond, én is mennék! – szólt közbe Colin, és ez nagy ijedtséget keltett Livben. A kapitány észrevette a rémületet a lány szemébe, és bár tudta, hogy erős, és nem keverné össze a munkát a magánéletükkel, mégis félt, hogy ez a helyzet majd mit hoz ki az amúgy is robbanékony természetű lányból.

– Nem, Colin! Rád itt van szükség! – határozott. – Legalább meglátod, ilyenkor hogy mennek itt a dolgok. Tudják ők, hogy mit csinálnak. Ez a dolguk, bár ilyen eset az utóbbi években ebben a körzetben nem igazán fordult elő. Még nem is tudjuk, mi történhetett vele!

Liv még hallotta, hogy a kapitány miket mondott a férfinak, és hihetetlen hálát érzett, amiért nem engedte el velük. Lehet, hogy látta az arcomon mit is érzek? – gondolta magában. Gyorsan beszálltak a kocsiba, hagyta, hogy Dereck vezessen. Ő úgyis a kis nyomorával volt elfoglalva. A fiúnak is feltűnt a lány szótlansága, pedig ez egészen érdekes ügynek nézett ki. Nem holmi rablás, garázdaság, hanem egy holttest. Lehet akár gyilkosság is.

– Liv! – törte meg a néma csöndet. – Ez az, amit akartál! Egy igazán érdekes ügy! Nem a szokásos. Mégis mi van veled? – kérdezte. – Nagyon megváltoztál, amióta visszajöttél. A szabadságodon történt valami? – A lány látta, hogy valóban őszintén aggódik. Egy néma bólintással jelezte az igent, de továbbra sem szólalt meg. Tudta, ha valakiknek kiöntheti a szívét, akkor az Dereck és Amy. A két bástya. Megbízható barátok, akik segítenek, támogatnak, ha kell, de kegyetlenül az ember arcába mondják az igazságot, ha a másik éppen hülyét igyekszik játszani.

– El akarod mondani? Kérlek, mondd el, hátha tudok segíteni! – kérlelte. – Nagyon ijesztően viselkedsz ám! – és ezzel a kijelentéssel sikerült némi derűt csalni a lány arcára.

– Bocsánat, nem akartalak megijeszteni – igyekezett minél hamarabb megnyugtatni. – El fogom mondani, de nem most. Most képtelen lennék rá. De tudom, ha kibeszélem, sokkal könnyebb lesz.

Már ez is sokat segített neki, hogy van, akire számíthat.

– És igen, nagyon örülök ennek a másmilyen ügynek, és első körben fel is villanyozott. De gondolj csak bele, Dereck – szólította fel –, hogy az a szegény nő – legyen gyilkosság vagy természetes a halál áldozata –, lehet valakinek a lánya, valakinek a felesége, és ami a legrosszabb, valakinek az édesanyja! – Elöntötték az emlékek, hogy mit is érzett, amikor elvesztette a szüleit. Árvának érezte magát, pedig már benne volt a felnőttkorban bőven. A legnagyobb ellenségének sem kívánta ezt, senkinek sem, hogy ezt átélje.

Ahogy megérkeztek, már messziről lehetett látni az elsőként kiérkező, helyszínt biztosító járőrök autójának villogóit. A terület már körbe volt kerítve a rendőrségi szalaggal. A két nyomozó villámgyorsan pattant ki a kocsiból, és már szaladtak is felmérni a helyzetet. A fák között, a sötétebb aljnövényzetben világosabb folt volt hivatott jelezni a testet. Körülötte a rendőrök és a halottkém.

– Üdv urak! Helló, Doki! – köszönt rájuk, és azok viszont.

Oscar Walsh – avagy Doki – alacsony, köpcös, szemüveges ember volt, akit a külcsín szinte egyetlen jegyével sem vértezett fel a természet, de Liv mindig is jól érezte magát a társaságában. Morbid humorával üdítően tudott hatni rá még azon a helyen is, ahol állandóan megtalálható volt: a boncteremben. – Mit tudunk? – érdeklődött, és tekintetét az áldozatra emelte, aki körülbelül annyi idős lehetett, mint ő, és régimódi ruhát viselt. Szőkés, hosszú haja szépen el volt rendezve a feje körül. Első pillantásra mintha csak ott aludt volna. Majd közelebbről is megnézte, mert látta, hogy az arcával valami nincs rendben. Ahogy fölé hajolt, elborzasztotta a látvány. A szája össze volt varrva...

– Itt kell találkozni, drágaságom? Le sem dugod az orrod hozzám! – szólt Doki a szemüvege fölött a lánynak, egy kicsit orrolva ezért, majd visszafordult a test felé. – Első körben azt mondanám, hogy áramütés. Látod? – nézett Livre, mintha Dereck ott sem lett volna. – Itt a tenyereken megy be, és fut végig a fekete csík – emelte fel a karját. – Teljes megerősítést csak a boncolás és a vizsgálatok után tudok mondani. A halál idejét körülbelül két órával ezelőttre tenném. De van itt még egy érdekesség! Ezt is látnotok kell! – és felhúzta az áldozat ruhájának szoknyarészét. – Megnéztem, utal-e valami külsérelmi nyom a nemi erőszakra, ezért lehúztam a bugyiját. Ezt nézd! – Liv lehajolt, hogy jobban belásson a nő lába közé. Elképedve tapasztalta, hogy a nagyajkai, akár csak a szája, be vannak varrva.

– A rohadt életbe! – szaladt ki a száján. – Na, Dereck, beleszaladtunk egy durva gyilkossági ügybe! – nézett a fiúra, akin még látható volt a sokk jele.

– Erre vágytál, nem? – kérdezte szinte suttogva a szavakat.

– Igen – vallotta be töredelmesen –, de most még ennél is jobban vágyom arra, hogy elkapjuk azt a szemétládát, aki ilyet mert tenni egy nővel! – és a szemeiben feltűnt az a láng, amit Dereck oly jól ismert: az elhatározás tüze.

– Doki! – fordult ismét felé. – Azonnali boncolást kérek, a ruhát, a varratot, és minden más bizonyítékot vizsgáljanak meg alaposan a technikusok. Ha bármelyik kész, rögtön kérem róla a jelentést. Ez az ügy most a legfontosabb, és gyorsan kell cselekednünk! – jelentette ki a legnagyobb határozottsággal. – Mi visszamegyünk az őrsre és végignézzük azokat az eltűnt személyeket, akire illik a profilja.

Mielőtt elindultak volna, Liv még odament a turistákhoz és az erdészhez, kérdezett pár dolgot, de csak a fejük rázták. Nem tudnak semmit, nem láttak senkit. Az erdész ekkor hirtelen elkiáltotta magát:

– Timy! – ordított egy körülbelül ötven méterre álló férfihoz. – Láttál valami szokatlant? – de az is csak a fejét rázta. – A fiú a helyettesem és a segédem, de csak akkor jár ki ide, amikor hívom.

– Viszlát! – majd sarkon fordultak, és sietve távoztak.

A visszafele út eleinte ismét néma volt. Liv nézte a fehér arcú Derecket.

– Jól vagy? – érdeklődött.

– Valamelyest! – válaszolta nem túl meggyőzően. – Tudod, nem a test látványa viselt meg, hanem az, hogyan képes valaki ilyet tenni – magyarázta, és Liv értette.

– Altereljem a gondolataidat, amíg odaérünk? – kérdezte. – Ha nem, akkor figyelmeztetlek, lehet, hogy olyat érzékelhetsz majd, amit nem tudsz hova tenni.

– Mesélj! – derült fel az arca, és még egy kis színe is lett a kíváncsiságtól.

– Nem lehetsz sem mérges, sem felháborodott! – Na, ő is jóval tud ám indítani, de Dereck bólintott.

– Nem tudom, mit akarsz mondani, de ígérem.

– Emlékszel a jó pasira, akiről említést tettem? Tudod, Liamnél voltunk. A nevén kívül, meg hogy mit szeret enni és a szabadidejében csinálni, semmit nem tudtam róla. Tulajdonképpen még a nevét sem igazán. Csak a keresztnevét – és Liv gyorsan összefoglalta, hogy akkor miért is nem esett a munkáról szó. – Egy idióta voltam!

– Mondd már, mi van? Valami eszement őrült? – kérdezte mosolyogva, és már mindent tudni akart.

– Rosszabb! Ma kiderült – és elhallgatott, mert még mindig nem volt teljesen biztos a dolgában.

– Liv! Az ég szerelmére, nyögd már ki, hogy milyen defektje van a pasinak?! – Már nagyon türelmetlen volt.

– Defekt? Az nincs! A legtökéletesebb férfi lenne... – húzta el a szavakat, majd villámgyorsan kimondta: – ha nem ő lenne az új főnök. – Csendben figyelte, Dereck hogyan reagál.

– Eeezt nem mondod! – vágott meglepett képet. – Te és Taylor?

– Nem! Ez már nincs! Ez már nem lehetséges! – mondta határozottan. – Ez a munka ezt nem engedi meg! Tiltja a szab...

– Jaj, Liv! Mikor a fenében érdekelt téged a szabályzat? – Felháborodását nem tudta leplezni. – Boldog vagy vele? Jó vele az ágyban? El tudod magad mellett képzelni életed hátralévő részében is? – Gyorsan elhallgatott, mert várta a választ, de válasz helyett a lány csak bólintott. – Akkor meg? Ragadd meg a kínálkozó alkalmat, mert nem biztos, hogy a közeljövőben találsz még egy ilyen tökéletes példányt. Addig vársz, amíg leketyeg a biológiai órád, aztán semmi esély, hogy esetleg babázz, ha akarsz. Carpe diem, anyukám! – Liv totál ledöbbent, mert még nem hallotta a fiút így beszélni. Rá sem ismert. Tényleg jót tett neki a hétvégi kikapcsolódás. Valahol igaza volt, de jelen pillanatban inkább a kivárásra játszott.

Mire a leesett állát össze bírta szedegetni, beértek az őrsre. Asztalukhoz rohantak, és lázasan nekiálltak keresgélni. Égett a kezük alatt a munka, mire megjelent a két főnök.

– Mi a helyzet? Mit tudunk? – érdeklődött Williams. Liv gyorsan felvázolta a helyzetet, és hogy most éppen min is ügyködnek. Egy pillanatra sem nézett Colinra.

– Találni kellene valami nyomot, amin elindulhatunk – mondta, és újra rámeredt a számítógép képernyőjére. – Ó, igen, igen! – jelezte, hogy valamit talált.

- Mi az? - néztek rá mind a hárman.

- Eltűnést senki sem jelentett - kezdte, és látta a körülötte lévőkön a csalódottságot -, de találtak egy táskát, benne iratokkal. - Betöltötte az adatlapot. - Igen, ez az! - kiáltott fel, majd mindenki a monitorra meredt. - Nézd, Dereck! Hasonlít, nem? - Egyértelműen! - döbbent meg. - A neve Ingrid West, helyi lakos. Bejelentett lakcím nincs. Már volt büntetve kábítószerbirtoklásért, de mindig kivitte egy bizonyos Johny White.

- Johny White? - szólt közbe az öreg. - Ismerős a neve; ha jól emlékszem, lányokat futtat. Igen, biztos vagyok benne. - Liv az adatlapja alapján ezt meg is erősítette. - Igen, ő lehet a lány stricije.

- Jackson, Bodin! Hozzák be Johny White-ot! - fordult két másik rendőr felé, akiknek épp akkor láthatóan nem volt semmi dolguk, csak a telefonjukon játszadoztak.

- Igen, kapitány! - pattantak azonnal.

Nem telt el sok idő, és a két rendőr megérkezett a gyanúsítottal. Azonnal a kihallgatóba vitték, majd mind a négyen utánuk mentek. Johny szétdobott lábakkal lazának akart tűnni, ahogy leült. A szájában lévő rágó és annak nagyfokú rágása még visszataszítóbbá tette az egész pasast.

- Mit akarnak? - kérdezte flegmán.

- Ismeri ezt a nőt? - rakták elé Ingrid képét.

- Hogyne! A Pillangóm! Én csak így hívom. A legjobb éjszakai pillangóm, ha értik, mire gondolok - magyarázta, és vigyorgása közben a rágó kilátszott a szájából a fogai közül. De felismerte a helyzetét, ezért komolyra váltott. - Mit csinált már megint? Megint behozták? Nem én adtam neki! - védekezett, és még a kezét is felemelte.

A nyomozó elé rakta a már halott lány képét, az összevarrt szájjal.

- És így is felismeri? - kérdezte Liv, de a strici a döbbenettől szóhoz sem tudott jutni.

- Mi történt vele? - és a szemein talán még könnyfátyol is megjelent. - Miért ő? Miért pont ő? Ki fog így nekem sok manit keresni? – és a nyomozóknak feltűnt, hogy nem a nőt siratja, csak a saját jólétét. Nagyon jól tudták, hogy lehúzhatják a gyanúsítottak listájáról, mert ebben a világban ritka az, amikor a saját jól tejelő tehenedet állítod ki a sorból. Johnynak fontosabb volt a pénz, mintsem hogy a lányt bántsa.

– Kik voltak a kliensei? Mit tud az elmúlt pár napjáról? – kérdezte Liv erélyesen. A férfi lázas gondolkodásba esett, és látszott rajta, hogy fáj neki ez a fajta tevékenység.

– Nem tudom, mindenki, aki erre vágyott – kezdte. – De most, hogy mondja, pár napja nem jelentkezett. Még gondoltam is, hogy nemtán beteg, de akkor is szólt volna. Számomra a lázas, forró puncinál nincs jobb, és ezt tudja – és a pofáján ismét megjelent az undorító, öntelt vigyor. – Vagyis tudta – nyugtázta szomorúan, hogy nincs többé.

– Most elmehet – szólt Williams –, de bármikor a rendelkezésünkre kell állnia! Gondolom, azért segíteni szeretne azon, aki a legtöbbet hozta a konyhára? – Johny nagyot bólintott.

– Bármikor rendelkezésére állok a rend éber őreinek! – húzta ki magát. – A viszontlátásra! – köszönt illedelmesen, kilépve a kihallgató ajtaján, azoknak is, akik behozták. – Viszlát, tutibiztos urak!

– Na, ezzel sem lettünk beljebb! – szólt az öreg.

– De! – jelentkezett Liv. – Doki az előbb üzent, hogy azonnal menjek.

– Na, akkor induljunk! – vágott közbe Dereck.

– Biztos, hogy jönni akarsz? – nézett rá a lány. – Házhoz mész megint a pofonért? – és most csak Colin volt az, aki nem értette, miről is lehet szó.

– Igaz, de ha mind megyünk, talán megúszom a beszólogatásait. Itt a főnök, sőt kettő is! – nézett rájuk, hogy majd talán megvédik.

– Na, jöjjön, Rogers, kócolja össze kicsit a haját – nevetett. – Akkor majd talán nem fog annyira irigykedni – és ezen mindhárman hangosan felnevettek. Csak Colin nem, mert még nem kezdte megérteni, miről is lehet szó. Amikor leértek a boncteremhez, meglátta a doktort, akihez képest Quasimodo elbújhatott volna szégyenében, és rájött, min is nevettek az előbb...

– Jaj, drágaságom, de jó hogy jössz! – Még nem vette észre a mögötte felsorakozó kíváncsi tömeget. – Ó, kapitány, de jó, hogy látom!

– Doki! – bólintott. – Hadd mutassam be az új kapitányt, így hirtelen! – fordult Colin felé. – Doki, Colin Taylor kapitány, Colin, ő a mi Dokink, Oscar Walsh. – Rendre bemutatkoztak, de kezet nem tudtak fogni, mert Dokin kesztyű volt.

A kórboncnok teljesen fel volt villanyozva, hogy a drágasága mellett megjelent mind a két kapitány is. Derecket vagy direkt nem vette észre, vagy nem akarta. Colin megsajnálta a fiút, és elhatározta, hogy ezt az ügyet le fogja rendezni. Ha marad…

– Mit tudtál meg, hercegem? – kérdezte Liv édesen, még a fejét is oldalra hajtva, hogy Doki majdnem szétfolyt gyönyörében.

– Nos – kezdte –, ahogy sejtettem, erős áramütés végzett az áldozattal. Nagy valószínűséggel egy székhez kötözhették, a tenyerén kapta az áramot, ami a végén teljesen leállította a szívműködést is. Nem szenvedett sokáig. A csuklóján vékony nyomok láthatók, valószínűleg az okozta, amivel megkötözték. – Kis szünetet tartva ivott pár kortyot, majd a hullát kissé megemelve folytatta. – Az itt látható két piros pöttyöt először nem tudtam mire vélni, de megvizsgálva valószínűleg sokkoló nyomai. Így vihette magával a lányt – feltételezte, majd folytatta, de először körülnézett, van-e valakinek kérdése. Látta, hogy szörnyülködve fogadják az információkat. – Nem éheztették, a gyomortartalom ezt támasztja alá – s felmutatott egy nagyobb üveget, félig darabos folyadékkal. – Erőszak jelei nem tapasztalhatók, pedig elsőre azt hittem a lenti varrásból. – Látta, hogy a kapitányok értetlenkednek. – Nemcsak a szája, de a szeméremajkak is össze voltak varrva, post mortem, azaz halál után. De Liv, ezt nézd meg! – fordult felé. – Ez mi lehet? – és a száj alsó ajkát kifordította. Azon egy fekete pacának látszódó valamit lehetett észrevenni.

– Tényleg, ez mi lehet? – kérdezte Liv. – Lehet ennek bármiféle jelentősége?

– Jobban megnéztem – szólt a Doki. – Mintha egy L alak lenne. Ráadásul mikroszkopikus sebek is láthatók… eléggé friss, mintha tetoválva lenne. Nagyon érdekes.

91

Mindenki kíváncsian megvizsgálta, és megerősítették, hogy valami hasonló, mint amire Doki gondolt. Elképzelésük sem volt, vajon az a véletlen műve, vagy van-e bármiféle jelentősége.

– Kösz, Doki! – mondta az öreg. – Van még valami?

– Sajnálom, uram, egyenlőre ennyi tudok mondani – válaszolta –, de a laborban vizsgálják a varratot, a ruhát, a haját, mindent. – Kérdőn néztek rá. – A haját azért küldtem el, mert találtam pár tűszúrást. Hátha ez is egy nyom.

Igaz, már tudták, hogy azon mit fognak találni: kábítószer nyomait.

– Köszönjük! Szuper vagy! – Liv puszit nyomott az arcára.

– Ugye ezt csak nekem osztogatod? – nézett körbe féltékenyen.

– Senki másnak! – nyugtatta meg.

Szomorúan ballagtak visszafelé, de azért örültek is, hogy végre megszabadulhattak a fertőtlenítőszer durva és irritáló szagától. Kellett egy kis frissebb levegő mindenkinek. Nem is értették, Doki hogy bírja ezt nap mint nap, reggeltől estig. Valószínűleg ez éltette. Menet közben Liv érezte, hogy rezeg a nadrágjában a telefonja. Megnézte.

– Főnök! – Colin és Williams is visszanézett, de Liv csak Williamsnek mondta, Colint teljesen semmibe vette, mintha ott sem lenne. Ez nagyon rosszulesett neki, és már alig várta, hogy vége legyen a napnak, és ezt megbeszélhessék. – Most üzentek a technikusok, megvannak az eredmények! – Felderengeni látszott némi fény, hátha ott sikerre tudnak jutni. Azonnal odaindultak. Gyorsan beértek a laborba. Az egyik szakértő már messziről integetett Livnek. Célba is vették.

– Helló, Alvarez! – köszöntötte Liv. – Van valami jó híred számunkra? – mutatott a népes csapat felé.

– Szia, Liv! Jó itt látni, főnök! – fordult Williams felé, aki gyorsan bemutatta az új kapitányt.

– Na, most, hogy tisztáztuk a viszonyokat, mije van? – kérdezte az öreg.

– Olyan fene nagy jó hírekkel nem szolgálhatok – kezdte. – A varrat sima, mezei cérna, bármelyik rövidáruboltban beszerezhető. A lány DNS-én kívül más nincs rajta. – Megállt figyelni a reakciókat, de azok olyanok voltak, amit várt: a szemekben látszott az elkeseredés. – Viszont van itt valami – folytatta –, a ruha! – Mondja már! Mi van a ruhával? – lett ingerült az öreg. – Nem mai darab. Az anyaga, a felhasznált cérna, a fazon, a színezésre használt technika körülbelül harminc vagy harmincöt éves lehet. Még a dohos szag is jól érezhető – válaszolta, majd kinyitotta a ruhát tartalmazó bizonyítékos zacskót, hogy beleszagolhassanak.

– Pfuj. Ez nem lehet a lányé! – vetette közbe izgatottan Liv.

– Nem, nem hiszem! – vágta rá egyből Colin, hátha legalább egy pillanatra ránéz a lány, de nem így lett.

– Lehet, hogy valaki ráadta ezt az őskövület ruhát? – kérdezte Liv, de inkább csak magától, és meg is válaszolta: – Vagy nem volt más, amit ráadhattak volna...

Ezzel a tudattal hagyták el a labort. Nem történt előrehaladás. Sehol semmi. Hogy lehetne így gyorsan eredményt elérni?

– Egy pillanatra, Alvarez! – fordult vissza Liv az ajtóból. – Mi van a fekete folttal?

– Á, igen, ezt el is felejtettem! A festék tinta, tetoválótinta – mondta.

– Tetoválótinta? – kérdezett vissza megrökönyödve. – Akkor az biztos, hogy nem véletlenül került a lány szájába. Köszi, Alvarez! – és becsukta maga mögött az ajtót.

Liv és Dereck még gyorsan megírták a jelentést, majd kimerülve távoztak. Igencsak túllépték a megszokott munkaidőt. A lány semmi másra nem vágyott jobban, mit befeküdni egy kád forró vízbe, enni valamit, amit talál, majd irány az ágy reggelig.

9

Mikor elhajtott a pici ezüsttel, még látta, hogy Colin fekete jár-
gánya ott áll. Remélte, hogy hosszú lesz az ő napjuk is. Rutin-
ból hazavezetett, és sietett a házba. Azonnal megtöltötte a ká-
dat, és belefeküdt. Élvezte a meleg víz lágy simogatását, az ölelő
habokat. Erről megint Colin jutott eszébe; hogy már sosem fog-
ja úgy ölelni, mint eddig. Ez mélységesen elszomorította. Saját
magát tudta csak ostorozni, amiért egy hete azt kérte, hogy a
munkáról egy szót se. Ez nem igazság, hogy végre talál vala-
kit, akit minden mozdulatával és mondatával el tudna fogad-
ni, akiben teljesen megbízik. Hogy jelen pillanatban úgy érzi,
egy óceán választja el tőle. Még így is kellett neki, noha valaki-
nek valamit fel kell adnia. De ki lesz az? Ki az, aki jobban tudja
a másikról, hogy teljesen alávetné magát ennek a kapcsolatnak?
Hogy számíthatna rá egy életen át? Hogy itt már nem számít a
pénz, a karrier, mert elfut az élet? Ha makacskodnak, és min-
denki maradni akar a helyén, ha senki nem tesz egyetlen lépést
sem, akkor vége. Mindkettőjüknek.

Nem volt sem jó, sem rossz megoldás, csak helyzet, amit meg
kellett oldani. Mindegy, hogy honnan nézte, érezte – legalább-
is Liv –, hogy nem véletlen találkoztak. Véletlenek nincsenek,
mindennek oka van. A legrosszabb dolgok is azért történek az
emberrel, hogy tanuljon, hogy fejlődjön. Akkor miért kell ellen-
állni annak az eseménynek, amiről tudják, hogy jó? Hogy jó le-
het? Hogy jó lesz!

Mialatt ezeken elmélkedett, besötétedett. Kimászott a kád-
ból, felvette a köntösét, és indult a hűtő felé, hogy valamivel meg-
töltse korgó gyomrát. Kinyitotta, de nem látott szinte semmit,
mert az előző gondolatok felíratként jártak táncot a szeme előtt.
Amíg megpróbálta elhessegetni, csöngettek. Hirtelen kiverte a

hideg veríték, mert tudta jól, ki állhat az ajtóban. Egy pillanatra megfordult a fejében, hogy nem nyitja ki, de akkor megint felugrottak a feliratok, és tudta, mit kell tennie – bár félt, nagyon félt, mit fog most hallani, mivel tudja a férfi a mai napot meg nem történtté tenni. De itt van, és ez akár jó is lehet. Eljött! Mi lehet a legrosszabb? Hogy maradnak Preston nyomozó és Taylor kapitány...

A csengőszó csak nem hallgatott el. Hol csak kicsit, hol hoszszabban szólt. Liv vett egy mély lélegzetet, és ekkor eszébe jutottak Derek szavai és a szabályok. Mégis kit érdekel más véleménye? Azok hozzájuk tartoznak, nem az enyémek! – gondolta, majd ajtót nyitott. Jól sejtette: Colin állt ott gondterhelt arccal. A lány várt volna némi magyarázatot, de ehelyett a férfi azonnal átölelte és megcsókolta. Liv hirtelen védekezni sem tudott a meglepő támadás ellen. Amint a szájáról elvándorolt a férfi ajka és kapott levegőt, ami oxigénnel töltötte meg az agyát, újra gondolkodni tudott, és így reagálni is. Eltolta magától, és még egy lépést hátrált is, jelezve, hogy itt a vége a mókának.

– Ez mi? – kezdte. – Mégis hogy lőhettünk ekkora bakot? – törte meg a csendet. A férfi valamilyen szinten tudta, hogy nem ő volt az, aki ezért felelős, ezért támadásba lendült:

– Mi micsoda? – jött a rövid válasz, majd a hosszabb: – Mégis ki tehet erről? – majd gyorsan próbálta megnyugtatni. – Nem hibáztatlak, mert tulajdonképpen ketten teremtettük ezt a helyzetet. De megoldjuk! Szeretnéd, ha megoldanánk? – És Liv tudta, hogy semmi mást sem szeretne jobban. De ha mérlegre állítaná a munkáját és őt, nem tudta, merre billenne.

– Olivia! – szólt rá. – Mi jár a fejedben? Mit szeretnél? Én ahhoz alkalmazkodom! – Ez a kijelentés valamelyest megnyugtatóan hatott a lányra.

– Ezzel mire célzol? – kérdezte röviden. – Alkalmazkodsz? – hitetlenkedett.

– Mit szeretnél? – kérdezte még egyszer.

– Ebben a helyzetben? Nem tudom! Mindent. – Megállt, majd folytatta: – De így csak a semmi jut! Ez így nem mehet! – hajtotta le a fejét.

– Édes! Tudom, hogy meg tudjuk oldani! – nyugtatta. – Bárhogy! Bármi áron!

– Bármi áron? Ez mégis mit jelent? – érdeklődött. – Nem hinném, hogy ezt semmissé tudod tenni! – lépett fel határozottabban. – Hogyan tudnád ezt megoldani? Bakker, a főnököm lettél, és köt bizonyos szabály! – tért vissza a lélekjelenléte és harcias amazon-stílusa, nem hagyva a másikat szóhoz jutni: – Tudod jól, ez nekem nem egy munka, hanem a munka! Mindent szeretek benne! Imádom! – Majd, bár a legszívesebben Colinnak is ezt mondta volna: – De ez így összeegyeztethetetlen! Te is tudod! – Egy kicsit hagyta, hogy átjárják az érzelmek. – Érted? Ugye érted? – próbálkozott, és a férfi próbálta megérteni.

– És te érted? Mindent, amit kérdeztem vagy mondtam? – Liv itt kicsit összezavarodott, és így is nézett rá. Nem igazán volt tisztában azzal, hogy mégis mire gondol. Ezt a pillantást felismerte, és folytatta a lehető legőszintébben: – Liv! Olivia! Meg kell, hogy érts! Volt valaki az életemben, aki akkorát rúgott rajtam, hogy én is a munkába menekültem. – A férfi szavai megrázták Livet. – Ez volt az egyetlen út, ami elfeledtette velem, hogy mi történt! De most itt vagyok! Az utam ezen állomásán megismertem valakit, aki nemcsak szépséges, aki nem csak az alfelemet mozgatja meg, hanem, mint ma kiderült, az agyamat is! – Megállt, újabb támadást remélve, de Liv inkább hallgatott, mert nem tudta, mi lesz a vége.

– Williams mindent tud! – törte meg végül a csendet. – Elmondtam neki az első leöntött pillanattól, az utolsó szerelmes éjszakáig!

A lányban megint feltámadt valami:

– Hogy merészelted? Milyen jogon? Szerinted most mit gondolhat rólam? – ontotta rá.

– Mit? Hogy ember vagy! Egy nő!

– Milyen nő? Aki az első, szép szavakat búgó jöttmentnek odaadja magát? – Szavai hidegzuhanyként hatottak Colira. Tudta, hogy ezzel nagyon messzire ment, de a férfi hozta ki belőle. Meg szerette volna ezt beszélni, de nem tudta, hogy Williams kapitány már tájékoztatva lett ezen eseményekről.

– Na, álljunk meg! – szólította fel Colin. – Tehetek én róla, hogy felállítottál pár szabályt? Nézz már magadba! Ez nem történt volna meg! – mondta kicsit erősebben. – Ne engem okolj, hogy így történt! – Liv tudta, hogy igaza van. – Idejöttem, mondtam, hogy megoldjuk! De Liv – szólította fel –, ha ezek után még mindig nem érted, ha nekem kell rávezetni, hogy mindent megtennék érted – mindent –, akkor inkább elmegyek.

Liv nagy bociszemekkel állt, miközben hallgatta Colin kirohanását. Megadhatná magát neki, de akkor nem ő lenne. A jelen állás szerint még megsértve is érzi magát, pedig jól tudja, nincs igaza. Ha a szívére hallgatott volna, már rég a férfi magabiztos, mindent tudó kezei között lett volna, de az esze mindig is fontosabb volt. Csak tipródott az előszobában. Vele akart lenni, de mégsem, mert folyamatosan az villogott az agyában, hogy „velem mi lesz?". Ekkor felidézte Dereck szavait. Mégis mi lehet a legrosszabb, ha egy olyan férfinak adja át magát, aki a főnöke, csak ezt nem tudta előtte? Érezni akarta, azonnal, de a valóság minduntalan a földre húzta.

– Colin! – mondta végül. – Ez így nem helyes! Meddig lehetne ezt titokban tartani, főleg úgy, hogy már tudnak róla?

A férfi tisztában volt az állapotokkal.

– Ne vedd rossz néven, de ezt így nem folytathatjuk! – határozta el.

– Valóban? – kérdezte. – Egyelőre én vagyok a kapitány, a helyi szabályok rám tartoznak! – jelentette ki.

– Még nem! – folyt bele Liv. – Mégis hogyan gondoltad? Idejössz, megbonyolítod mások életét, majd mint aki jól végezte dolgát, nyugodtan hátradőlhetsz a kényelmes székedben? – jött az újabb hidegzuhany.

– Williams jól mondta, nagyon vigyázzak veled! – és várta a tomboló reakciót. Bántani akarta a szavakkal a lányt, de nem volt szíve, mert tapasztalatból tudta, hogy az sokkal nagyobb károkat ejthet. Az elején kijelentette: mindent szabad, ami a meghódításához kell! Máshoz folyamodott hát...

– Liv! Ugyanakkora törést hoztál az életembe, mint az, akiről beszéltem! Sőt rosszabb, mert nála nem volt javítási lehetőség sem, de itt lehetne, mégsem hagyod – kezdte meg a pszichikai hadviselést. – Nem hagyod, hogy megoldjam! Megoldanám! Két napig rólad beszélnek... mit számít? Ha megoldasz bármilyen ügyet, nem ez megy? Te vagy a főszereplő!

Figyelte a lányt.

– Akkor valami jó miatt beszélnek, de így? – válaszolta, hogy végre megértse.

– Igen, de ennek a végeredménye jobb. Sokkal jobb! – és megjelent az ellenállhatatlan mosolya. – Itt mindennap lesz happy end! Liv tudta, miről beszél, és inkább lehajtotta a fejét, hogy így ne lássa az arcát, nehogy bármit le tudjon olvasni róla. Némán csak nemet intett vele.

– Édes csillag! – A második szót alaposan megnyomta. – Az nem számít, hogy Liamnél az alkoholgőzös estéidet a mai napig emlegetik? Annak talán még örülsz is. De most, hogy a boldogságod, a jövőd múlik ezen, meghátrálsz? – Liv felemelte a fejét, és kérdőn nézett rá.

– Emlékszel, amikor az erdőben heverésztünk a pléden? Bólintott.

– Már ott szerettem volna veled beszélni a hosszú távú terveimről, amelyekben te is benne vagy. Nem egy futó kaland vagy! Veled akarok lenni, mindennap. Veled kelni, veled feküdni. Veled akarom leélni az életemet! Így már érted? – és egy lépést közelített felé. A lány nem hátrált, érezte homlokán a férfi meleg leheletét. Semmi másra nem vágyott jobban, csak hogy újra megcsókolja. Hogy behúzza a hálóba.

– Én még soha nem éreztem ezt, Liv! Soha! Mintha valaki itt lenne a fejemben, és amióta megismertelek, azt suttogná: „Igen, ő az, ne enged ki a kezeid közül!". Ezt érzem, az ösztöneim is ezt mondják. Le fogom zárni ezt a helyzetet, ha tetszik, ha nem. Lehet, hogy el kell hagynom azt a posztot, amit még el sem foglaltam, de nem érdekel! Lehet, hogy meg fogsz rám haragudni, de nem érdekel! – azzal csókot nyomott a homlokára, és sarkon fordult. – Jó éjt! Pihend ki magad!

Liv a felbúgó motor hangjára tért magához. Fejében kavarogtak a gondolatok. Jól hallotta? A férfi vele tervezi a jövőjét?

Mindent megtenne, hogy ők ketten nyugodtan egymás mellett élhessenek. De mégis mire gondolhatott, amikor azt mondta, hogy megoldja, még akkor is, ha megharagszik rá? Mi a fenét tervezhet? Ekkor egy kicsit elfogta a félelem – vagy inkább kíváncsiság volt, amit érzett? Nem volt egyértelmű számára, de valahol a szíve mélyén tudta, hogy nem fogja cserbenhagyni, mindig számíthat rá, és tiszta helyzetet fog teremteni. De hogyan – merült fel benne újra és újra a kérdés. Percek teltek el, miközben ezekről a dolgokról elmélkedett, úgy, hogy még mindig az előszobában állt. Gyorsan megrázta magát, majd elindult az ágya felé. Egyedül...

Sokáig nem jött álom a szemére. Hol a Colinnal való kapcsolatán tipródott, hol a meggyilkolt lány arca ugrott be neki. Egyelőre esélytelennek látta bármelyiket is megoldani, de bízott a férfiban. Talán még kezdte is neki elhinni, hogy meg tudja oldani ezt a helyzetet. Nem akart senki pletykájának céltáblája lenni, ha esetleg bárki bármit észrevenne köztük. Ha csak a gyanú kis szikrája is felmerülne bárkiben, azonnal elkezdenék kibeszélni a háta mögött. Sosem lenne vége. Még a munkájukat is elveszíthetik. Ilyen és ehhez hasonló gondolatok váltogatták egymást a fejében, de nagy nehezen sikerült elaludnia.

Másnap reggel úgy kelt fel az ébresztő hangjára, mint akit egész éjszaka vertek. Minden tagja nehéz volt, az elméjében óriási káosz uralkodott. Töltött gyorsan egy kávét, majd készített az új utazóbögréjébe is, mert érezte, még szüksége lesz rá. Felöltözött, nagyjából emberivé varázsolta az arcát, de a szeme alatt húzódó karikák arról árulkodtak, hogy nem vitte az alvást túlzásba. Egy meggyötört nő nézett vissza rá a tükörből. A lelki állapota hasonló volt. Így indult neki az új napnak...

10

Hamarabb érkezett, mint Dereck. Minél hamarabb át szerette volna nézni az összes jelentést, amit előző nap kapott a halott lányról, hátha feltűnik vagy beugrik neki valami világmegváltó ötlet. Úgy belemélyedt, hogy nem vette észre a mellé lehuppanó fiút.

– Jó reggelt! – mondta vidáman, de ahogy a lányra nézett, elkomorodott. – Mi történt? Jó szarul nézel ki!

A lány ettől a kijelentéstől egy cseppet sem nyugodott meg.

– Reggelt! – mondta morcosan. – Ez az, hogy semmi olyan nem történt, amivel visszaterelődne az életem a helyes mederbe. – Újra belemélyedt az aktába, és ezzel lezártnak tekintette a beszélgetést. Még az érkező Williams és Colin is elkerülte a figyelmét, amíg elmerült a papírok tanulmányozásában. Dereck látta, hogy feléjük intenek köszönésképpen, de Liv nem viszonozta.

Folyamatosan az járt a fejében, hogy miért ez a nő? Egy utcalány, aki a testéből élt, mégsem volt a halála előtt nemi aktus. Tehát nem ez volt az ok. Olyasvalaki tehette, aki valamiért nagyon haragudhatott rá? Vagy csak rosszkor volt rossz helyen? Amíg ezeken töprengett, megrezzent a telefonja, jelezve, hogy e-mailje érkezett. És Derecknek is. Akkor ez a szokásos körüzenet, melyet mindenki megkap, aki az őrsön dolgozik, a kapitánytól egészen a járőrökig. Ez volt a hivatalos üzenetküldés a dolgozók között. Zárt, jól ellenőrzött rendszer. Gondolta, ha a fiú elolvassa, úgyis szól, ha fontos, így felidézte, min is gondolkodott.

Egyre biztosabb volt benne, hogy a gyilkosság elkövetőjét nem a harag, vagy bármiféle sérelem vezérelte. Ha így lett volna, a testet kidobják valahol, ahogy esik, puffan alapon, nem pedig szépen elrendezik. Ezt az elméletet támasztotta alá az is, hogy másik ruhába öltöztették, és hogy napokig fogva lehetett tartva.

– Liv, olvasd el! – szólt a lányhoz, de az máshol járt, ezért kicsit oldalba lökte, hogy figyeljen rá.

– Mi van, Dereck? Gondolkodom! – tért magához, és ráripakodott. Eközben a körülöttük lévő kollégáktól érthetetlen mondatok érkeztek felé: „Na, végre, ideje volt már!", „Gratulálok!", „Jól csináltad!". Valahonnan fütyülést és tapsot is hallott. – Mi van? – nézett megint a fiúra. – Ezek teljesen megbolondultak? – Olvasd el az üzenetet! – állt fel. – Addig iszom valamit! Ez az, kislány! – vetette még oda, és a hátát is megpaskolta, és sietve távozott a lány közeléből, mielőtt az robbanna.

– Ez is bolond! – morogta utána, majd a telefonért nyúlt. Az e-mail a kapitány címéről érkezett. Megnyitotta, mert nem értette ezt az egészet. Ez állt a Colin által írt levélben:

„Tisztelt kollégáim!

Mivel a jövő héttől véglegesen átveszem Williams kapitánytól a posztját, néhány szóban szeretném felvázolni a körülöttem kialakult helyzetet. Most egy kicsit betekintést engedek a magánéletembe, és teszem ezt azért, mert a jövőben szeretném elkerülni az esetleges pletykákat, amik felmerülhetnek. A nő, akivel kapcsolatom van, egy önök közül: Olivia Preston. Megismerkedésünk korábbra datálódik, mintsem tudtuk volna, hogy ide kerülök, vagy hogy ő itt dolgozik. Nem szeretném, ha bármilyen rosszindulatú szóbeszédek kapnának szárnyra velünk kapcsolatban. Nem szeretném, ha bármilyen bántás érné a leendő feleségemet!

Ha bárkinek kifogása, hozzáfűzni valója vagy kérdése lenne ezzel kapcsolatosan, nyugodtan forduljon hozzám, de mindenkit biztosítok arról, hogy nem fogok kivételezni vele. Ha valamit elront, ő is megkapja a megérdemelt büntetést. Itt munka folyik, és ahogy eddig is, mindent megteszünk a hatékonyságért, tehát a kapcsolatunk nem fogja ezt befolyásolni. Itt főnök és beosztott leszünk.

*Úgy gondoltam, tudniuk kell, hogy korrekten állok bele ebbe a
dologba, hogy ne legyen titok! Köszönöm, hogy figyelmet szen-
teltek nekem! Üdvözlettel: Colin Taylor kapitány"*

Liv nem hitt a szemének; Colin kiteregette mindenkinek a kap-
csolatukat úgy, hogy őt meg sem kérdezte. Mégis, hogy tehette?
Abban a pillanatban nagyon haragudott rá, és legszívesebben
kitekerte volna a nyakát. Hogy hozhatta ilyen kínos helyzetbe a
többiek előtt? Óvatosan felpillantott és azt vette észre, hogy kol-
légái arckifejezése nem mutat semmiféle rosszallást. Eddig egé-
szen jó! – gondolta magában, de Colinnnál erre azért rákérdez...
Már indult is az iroda felé dühös arccal. Koppantott egyet,
mert úgy illő, de azzal a lendülettel már nyitott is be. A két férfi
meglepődött, mert látták a lány felindultságát.

– Jó reggelt, Preston! – köszönt az öreg.

– Reggelt! – viszonozta, majd Colin felé fordult, a telefonja
képernyőjét felé tartva a megnyitott üzenettel. – Ez mi? Mégis,
hogy képzeled? Miért nem tudok én erről? Egyáltalán így kell
megtu... – de a férfi közbevágott:

– Szia, Liv! Neked is szép napot! – Ezzel láthatóan még in-
kább felingerelte. Szinte látni lehetett a fülén és az orrán át tá-
vozó füstfelhőt. Próbálta megnyugtatni:

– Hogy mi? A problémánk megoldása! Mondtam, hogy elin-
tézem. Téged így nem érhet bántódás. – Várt egy kicsit, majd
folytatta: – Senki nem mondhatja, hogy sunnyogunk, hogy tit-
kolózunk. Tiszta helyzetet teremtettem. Ma még mi leszünk a
téma, de hidd el, holnapra elmúlik. Elfogadják, mert nincs más
választásuk.

– Liv! Colinnak igaza van – szólt bele az öreg lágy hangon. –
Nem azt mondom, hogy ez volt a legjobb megoldás, de nem volt
választása. Ha együtt akarnak maradni, márpedig látom, hogy
mindketten odavannak a másikért, akkor ezt csak így lehetett
megoldani.

A lány arcán látni lehetett, hogy valamennyire elengedte a hely-
zet okozta feszültséget. Kezdte belátni: igazuk van. Így valóban

el lehet kerülni az esetleges kellemetlenségeket. Egy kis mosoly suhant át az arcán, jelezve, nem lesz több kirohanás. Egyelőre...

– Van-e valami az üggyel kapcsolatban? – kérdezte Williams, hogy kizökkentse az előbbi helyzetből. – Mire jutott?

– Igazából sokat gondolkodtam rajta – kezdett bele. – Nem tudom, miért ez a nő. Ha azért, mert prostituált, miért nincs nemi aktusnak nyoma? Ha valaki haragból ölte meg, nem öltözteti át, nem eteti. Ha hirtelen felindulásból, akkor nem rendezi így el a testet – vázolta fel a korábbi elméleteit, és a két férfi elismerően bólintott.

– Igen, ez igaz! – mondták.

– De van itt még valami!

Kíváncsian néztek rá, mire jöhetett rá.

– Nem hagy nyugodni a szájában lévő tetoválás. Két dolog is motoszkál a fejemben... – meg is vakarta. – Az egyik az, hogy ha az valóban egy L betű, akkor ez lehet egy aláírás is a gyilkos részéről, amivel megbélyegzi az áldozatát, hogy „igen, ez az enyém, én csináltam". A másik viszont szörnyűbb, és még mindig az L betűből indulnék ki. A szavak ugye betűkből állnak öszsze, és ez csak egy – állt meg, hogy esetleg dereng-e már a kapitányoknak, hogy mire is célozhat –, tehát elképzelhető, ha ez a teória a helyes, akkor nem ez az utolsó áldozata. Minden betű egy áldozat, és ki tudja, mi lehet a szó? Milyen hosszú? Remélhetőleg nem a második elképzelésem lesz a befutó! – fejezte be a gondolatmenetét.

– Remélhetőleg! – helyeseltek mindketten. Hirtelen megcsörrent a telefon, és Williams felvette. Liv – további mondanivalója nem lévén – távozni készült az irodából, de csak intett, hogy kimegy, nem akarta az öreget megzavarni. Mire a kilincsért nyúlt, főnöke utánaszólt:

– Preston! Maradjon!

Amint a lány visszafordult, látta az arcán, hogy valami baj van. – Újabb női áldozatot találtak a Bratt-erdőben! Kirándulók bukkantak rá. Rögtön ide telefonáltak, mert sem az erdészt, sem a helyettesét nem érték el. Induljanak Rogersszel azonnal, Colin, te is velük mehetnél.

Most nem volt ez ellen kifogása, nem úgy, mint előző nap, amikor ő marasztalta ott a férfit.

– Igen, főnök, indulunk! Merre van pontosan? – kérdezte.

– Pár méteres eltéréssel ott, ahol a tegnapi volt. Tehát valószínű, hogy a tettes ugyanaz lehet – feltételezte, majd Colin és Liv elhagyták az irodát. Ahogy kiléptek, mindenki mosolygott rájuk, és a lány hirtelen nem tudta ezt mire vélni; csak az ügyön pörgött az agya. Odaintett Derecknek, jöjjön. Az látta, hogy baj van, így azonnal ugrott is. Amikor melléjük ért, Liv pár mondattal elmondta, mi történt. Ahogy kiértek az épületből, Colin odasúgta a lánynak:

– Láttad? Nem lesz itt semmiféle probléma! – célzott az előbb látott, mosolygó emberekre. Ekkor esett le Livnek, miért is volt az előbb az az egész. Már megint máshol járt az esze. A férfinak ismét igaza volt, és ezért hálás szemekkel nézett rá. Ha vége lesz ennek a borzalmas napnak, akkor este meg is mutatja neki, mennyire. El is mosolyodott, Colin pedig mintha megérezte volna, mire gondol. – Igen, úgy lesz, ahogy akarod!

Dereck vezetett, és Liv automatikusan mellé ült. Ránézett, és megkérdezte:

– Szeretnél ide ülni?

– Nem, maradj csak! – vigyorgott, és a lány ezt nem tudta mire vélni. Percekkel később jött rá, ahogy a férfi hátulról, mintha csak az ülésébe kapaszkodna, elkezdte piszkálni a haját. Livnek ez az aprónak tűnő mozdulat is igen sokat jelentett. Belefeledkezett a férfi érintésébe, és az utat szótlanul tette meg. Csak a két férfi beszélgetett számára teljesen jelentéktelen dolgokról. Nem is figyelt oda, inkább lehunyta a szemét és pihent egy kicsit. Rá is fért, hiszen éjjel nem sokat aludt, és nagyon bízott benne, hogy ma sem fog. Ez a nap is elég keménynek ígérkezett. Élvezte, ahogy Colin matatott a hajában. Elképzelte, ahogy a teste minden egyes pontját ugyanígy bejárja ujjaival. Boldoggá tette a tudat, hogy megoldódni látszik minden. Kicsit szégyellte is magát, hogy először így reagált, de félt, hogy mit szólnak mások. Még mindig benne van a pakliban, hogyha ez Colin felettesei fülébe jut, mire is számíthatnak. Talán nem így lesz. Nagyon szeretné előrepörgetni az idő kerekét legalább két héttel, mert ha addig nem történik semmi, akkor nagy valószínűséggel már utána sem fog. Most tényleg csak az számít, hogy ők ketten együtt vannak, hogy ezt fel merték vállalni. Hálás volt Colinnak, hogy meg merte tenni ezt a lépést, mert így kicsit megnyugodhatott. És a leendő feleségének hívta. Tényleg ennyire komolyan gondolja? Egy hete ismerték csak egymást, de első pillanattól tudták: egymásnak lettek teremtve. Ott, a bolt előtt, mikor egymás szemébe néztek. Akkor tényleg mire is kellene várniuk? Ha megkérné a kezét, nem kérdés, mi lenne a válasza.

Addig gondolkodott az élet nagy dolgain, amíg oda nem értek. A kép, ami a szemük elé tárult, megegyezett az előző napival. A helyszínelők már nagy erőkkel vizsgálták át a holttest körül a területet, hátha találnak valami nyomot, legyen az egy lábnyom, cigarettacsikk, vagy bármi, amit érdemes begyűjteni. Dereck előresietett, Liv sokáig próbált kikászálódni a kocsiból, mert még kicsit bódult állapotban volt. Colin megvárta, nem akarta otthagyni, és halkan meg is jegyezte:

– Fáradtnak tűnsz. Nem jól aludtál? – kérdezte aggódva.

– Nagyon rosszul, szinte alig – válaszolta. – A tegnapi nap minden pillanata újra és újra lepörgött az agyamban.

– Valahogy én is így voltam – nyugtatta meg. – Aztán meg fél éjszaka a mai levelet fogalmazgattam. Hogyan legyen egyszerre világos és érthető mindenki számára. Sajnálom, hogy nem avattalak be, de mondtam, hogy meg fogom oldani – magyarázkodott. – Ez tűnt a lehető legjobb megoldásnak, ha meg akarlak tartani. Márpedig ez nem is kérdés!

– Igen, most már tudom! – nézett a férfira hálásan. – Nem kell magyarázkodnod, megértettem. Megnyugodtam. Pont az járt a fejemben, hogy milyen jó lenne már, ha kicsit előreugorhatnánk az időben... ha addig nem lesz gond, már végleg nincs mitől tartanunk.

– Az nagyon jó lenne! – értett vele egyet. – Látod, még az erdőnket is elrontották! – váltott át másik témára. – Nem gondoltam volna, hogy egy ilyen ügyért jövünk újra ide. Jobb lett volna, ha megint csak egyszerűen kirándulunk, leterítjük a plédet, heverészünk, hallgatjuk a fák titokzatos sóhaját.

Ekkor mind a kettőjüknek eszébe jutott az a délután. Az a gondtalan, vidám délután.

– Gyorsan felgöngyölítjük ezt az ügyet, és visszavesszük az erdőnket! – jelentette ki határozottan, és a férfira mosolygott.

– Igen, így lesz!

Köszönésképpen odabólintottak mindenkinek, majd Liv először odament a megrökönyödött szemtanúkhoz, hogy mit láttak, vagy tudnak-e valamit.

– Mi csak sétáltunk, erre ezt láttuk! Már messziről kitűnt a világos ruhája! – mutattak a test felé, de odanézni nem akartak. – Hívtuk az erdészt, de az nem vette fel. Aztán a helyettesét, de az sem.

Mire a hullához értek, Doki már fölé hajolva szemrevételezte, szinte teljesen kitakarva a testével. Szakavatottan nézte, vizsgálgatta, de csak a fejét rázta.

– Helló, Doki! – üdvözölte. – Tudsz nekünk mondani valamit?

A patológus kicsit mérgesen nézett hátra, mert azt hitte, Liv magának és Derecknek kéri az információt. Ahogy látta, hogy a lány az új kapitánnyal van, szemmel láthatóan megenyhült az arca.

– Szia, drágaságom! Kapitány! – mondta immáron vidáman. – Sajnos semmi jóval nem szolgálhatok. A halál ideje körülbelül fél három és három óra közé tehető. Az eset kísértetiesen hasonlít a tegnapihoz. – Elhúzódott a nőtől – Gyere, nézd meg!

És ekkor Liv meglátta! Tágra nyílt szemekkel bámulta; azt hitte, majd így jobban hisz azoknak. Igaza volt a Dokinak: tényleg kísérteties volt a hasonlóság. Mintha csak az előző napi nő feküdt volna ott. Ugyanaz a hosszabb, szőkés haj a feje körül elrendezve, hasonlóan régies ruházat. A test elrendezése is teljesen megegyezett, és a legijesztőbb, hogy a szája szintén be volt varrva. Ekkor Doki kifordította a tenyerét, és abban ugyanolyan égésszerű fekete nyom volt, tehát valószínű most is áramütés volt a halál oka.

– Doki! – szólította meg. – Odalenn is be van varrva? – A szakértő csak némán bólintott. – Felvágnád a száját? Nagyon kíváncsiak vagyunk, hogy mit találsz – kérlelte.

– Jobb lenne azt az asztalomon csinálni, sterilebb körülmények között – válaszolta. Liv megértette ugyan, de nagyon szerette volna tudni, mi van benne – vagy egyáltalában találnak-e ott valamit. Látva viszont a lány türelmetlenségét, mégis meggondolta magát. – Adjatok egy kis steril üveget, amibe belerakhatom a varratokat! – szólt oda az egyik segédjének, akik már vették is elő a nagy dobozból, és odatartották neki. Doki óvatosan megmetszette a szálat és próbálta kifűzni a bőrből, hogy az egyben maradjon, majd a csipesszel elhelyezte a kis tégelyben. – Na, lássuk, mi is van itt! – és finoman lehúzta az alsó ajkat. Már messziről lehetett látni a fekete foltot.

– Mi az, Doki? Mit látsz? – türelmetlenkedett tovább a lány. Izgatottságát egyáltalán nem tudta leplezni.

Doki fogott egy nagyítót, és nézegetni kezdte, majd Livet is odainvitálta. – Gyere, nézd meg, jól látom-e, amit látok!

Liv közelebb hajolt, átnézett a nagyító üvegén, majd hirtelen megdöbbent, mert nem erre számított! Colinra pillantott, és intett a fejével, hogy ő is jöjjön oda és nézze meg. Meredt szemekkel bámulták a határozottan kirajzolódó A betűt.

– Igazad volt, Liv! – kezdte Colin, amint a döbbenetből valamelyest felocsúdott. – Ezek szerint akkor az mégis csak egy L betű volt. – Megállt, majd folytatta, de a lány tudta, hogy mire akar kilyukadni. – Ez nem aláírás, ez egy szó lesz!

Ezzel beigazolódni látszott Liv második elmélete, amitől mindannyian tartottak: egy sorozatgyilkossal van dolguk!

– Na, húzzunk vissza gyorsan a kapitányságra! – nézett Colinra. – Doki, ha végeztél a boncolással, azonnal szólj! – adta ki az utasítást, de csak egy bólintást kapott válasz helyett. – Dereck, gyere, induljunk – és a szeme sarkából látta, hogy a fiú neve hallatán a Doki megrázkódik. Ki nem állhatta őt, nagyon féltékeny volt rá. A tökéletes külsejére, az öltözetére, a hajára, mert szokott tükörbe nézni, és tudta, hogy soha nem léphet egy ilyen szépfiú nyomába, még akkor sem, ha átoperáltatja magát. – Minél hamarabb át kell néznünk az eltűnési eseteket, akik hasonlíthatnak erre a nőre. Rá kell feküdnünk a gépre még – úgy tett, mint aki az órájára nézne, de az nem volt rajta – körülbelül két órája. Úgyhogy igyekezzünk, mert magunkhoz képest is késésben vagyunk. Sietve távoztak a helyszínről, remélve, hogy benn találnak végre valamit. Vagy, hogy egyáltalán, valaki talál valamit. Mindannyian jól tudták, hogy sürgeti őket az idő. Elkezdtek versenyt futni vele. Nem szerettek volna visszatérni az erdőbe egy újabb helyszínhez, egy újabb áldozathoz. Hátborzongató volt a két nő hasonlósága, a ruházatuk. A bevarrt száj és nagyajkak még inkább ijesztővé tették az egészet. De az már bizonyos volt, hogy ez nem csak valami dili a gyilkosnál, ezzel valamiféle mondanivalója van. És a betűkkel is. Egy üzenetet próbál küldeni nekik, vagy valaki másnak. De akkor ki lehet a címzett? Most már abban is teljesen biztosak voltak, hogy az áldozatok nem véletlenszerűen lettek kiválasztva. Nem csak egy nő a sok közül, aki éppen rosszkor volt rossz helyen. Ezt a típust kereste. Harmincas éveiben járó, vékonyabb testalkatú, hosszabb, szőkés hajú nőket.

Ahogy bekanyarodtak az őrs elé, már messziről látták, hogy pár újságíró csőre töltött kamerával ott toporog. Vártak. Vártak valakit, aki esetleg tájékoztatást adhatna nekik a gyilkosságokról. Az arcuk szinte felderült, ahogy meglátták őket. Megszaporázták a lépteiket, ahogy közelítettek feléjük. Liv és Dereck sosem nyilatkoztak, ez a kapitány dolga volt. Ezt az újságírók is tudták, és nem is próbálkoztak velük. Colint viszont elkapták:

– Taylor kapitány! Mondana pár szót a gyilkosságokkal kapcsolatban! – rohamozták meg egyszerre a kérdéseikkel. Valószínűleg a férfi már ezelőtt is volt hasonló helyzetben így jól tudta, mit kell ilyenkor mondani:

– Folyamatban lévő nyomozásról nem adhatok tájékoztatást! – jelentette ki, és azok nem is rejtették véka alá a csalódottságukat.

– Dobjon már egy kis csontot! – harsogták. – Valahogy tájékoztatnunk kell a lakosságot! – de Colin hajthatatlan volt; egyetlen szó nélkül lelépett.

Mire beért, a két nyomozó már lázasan dolgozott. Odalépett hozzájuk érdeklődve, hogy van-e már valami, de azok még csak fel sem néztek a számítógép monitorjából. Mintha behúzta volna valami az elméjüket, egy pillanatra sem tudta kizökkenteni őket. Majd még egyszer megkérdezte:

– Találtatok valamit? – de ismét süket fülekre talált. – Liv! – emelte fel a hangját.

– Azon vagyunk, főnök! – csattant fel a lány, és Colint meglepte a nem várt reakció. – Ha hagynád, hogy tegyük a dolgunkat, és nem állnál itt a fejünk fölött toporogva, gyorsabban tudnánk haladni!

– Rendben, értettem! – mondta lemondóan, majd visszahúzódott az irodájába, hogy tájékoztassa Williamst is a dolgok állásáról.

Azok, akik szem- és fültanúi voltak az iménti eseményeknek, végleg megnyugodtak, miután rájöttek arra, hogy amit a kapitány körüzenetben leírt – a kapcsolatuk nem befolyásolja a munkát – bebizonyosodott. Egyértelmű volt számukra, hogy Liv vele sem fog kesztyűs kézzel bánni, ha valamin éppen elmélyülten dolgozik. Egy kicsit még jót is derültek ezen.

Eltelt még így egy kis idő, mire Liv oldalba bökte Derecket.

– Nézd csak ezt! – mutatott a képernyőre. – Ő lesz az! Victoria Durham. Tegnap tűnt el. A férje ma reggel jelentette be.

– Igen, ő lesz az! – értett vele egyet a fiú.

– Látod? A gyilkosnak nem számít, hogy szajha vagy tisztességes feleség. – Dereck hirtelen nem tudta, mire akar ezzel célozni. – Az áldozat külleme számít. Hogy hasonlítsanak egymásra. – Ekkor megértette. Liv azonnal felpattant, és már rohant is főnökei irodájába, Dereck vele tartott. Bekopogott, és már nyitott is be.

– Van valami? – kérdezték szinte egyszerre, látva a lány arckifejezését.

– Igen! – kezdte. – Az áldozat Victoria Durham. Külvárosi feleség. A férje Josh Durham, egy nagyvállalatnál logisztikai ügyintéző. Tegnap reggel elvitte a gyermekét iskolába, majd bevásárolni indult. Onnan már nem tért haza. A férj megtalálta a kocsiját annál a boltnál, ahova gyakran járt vásárolni. Egyelőre ennyit tudunk. A férjet a lehető leghamarabb be kell hozni, és kihallgatni – vázolta fel gyorsan. Az öreg már fogta is a telefonját, és intézkedett ez ügyben. – A két áldozat között nem találtunk semmiféle kapcsolatot. Tűz és víz az életük. Ez az őrült nem találomra ölte meg a nőket, mert azok kísértetiesen hasonlítanak egymásra. Ilyen áldozatokat keres. – Várt egy kicsit, hogy a két kapitány összerakja a képet. – Valamiért fontos neki a külső, és bár nem vagyok pszichológus, de az ösztöneim még sosem csaltak meg, ezért úgy gondolom, hogy valakire hasonlítanak. Valakire, aki a gyilkosnak bármiféle sérelmet okozott. Ezeken a nőkön áll bosszút amiatt, aki a hasonló kinézetével neki ártott, mert így, csak így tudja csökkenteni a lelkét nyomó fájdalmat. Csökkenteni a nyomást, ami valószínűleg már régóta benne él.

Williams és Colin is elismerően bólogattak a lány elméletére.

– Igen, ez elképzelhető! – helyeseltek.

– Valamit azonban nem értek! – folytatta. – Hogy a fenébe merte az áldozatot szinte pont ugyanoda elhelyezni? – Látszott a két kapitányon, hogy erre a kérdésre ők is szeretnék tudni a választ.

– Ezen már mi is törtük a fejünket! – mondta Colin. – Nagy bátorság kellett ehhez, hiszen az előtt nem sokkal még nyüzsögtek ott a rendőrség emberei. Vagy gyorsnak kellett lennie.

– Hát ez az! – szólt bele a lány. – Hogy tud valaki – főleg éjjel – úgy mozogni egy sötét erdőben, hogy a lehető legrövidebb idő alatt elhelyezzen így egy testet? Ráadásul pontosan ugyanúgy! – Várt egy kicsit, hátha valamelyikük tudja rá a választ, de azok némák maradtak. Szemük is tele volt kérdéssel, mert hirtelen nem tudták, mire gondolhat a lány.

– Mi jár a kis okos kobakjában, Preston? – kérdezte az öreg.

– Ezt a kérdést már vagy ezerszer feltettem magamnak, és mindig ugyanoda lyukadtam ki! – A két férfi már égett a kíváncsiságtól. – Az egyetlen magyarázat, hogy nagyon jól ismeri ezt az erdőt. Mint az erdész!

– Arra gondolsz, hogy talán az erdész lehet a tettes? – kérdezte Colin. – Beleillik a képbe... tudta, mikor mennek el a helyszínről a rendőrök, mikor üres a terep. Mikor érdemes a testet lerakni, és hogy a mai ügynél el sem lehetett érni telefonon.

– Nem gondolnám, főnök, hogy ő lenne! – vetette fel.

– Mégis miből gondolod? – nézte hitetlenkedve. – Szerintem ne zárjuk ki, mint gyanúsítottat.

– Nézd! Sam nagyon régóta járja az erdőt – kezdte. – Már apám idejében is itt volt, és túl öreg is ehhez.

– Nem, Liv! Akkor sem! – ellenkezett Colin.

– Nem azt mondtam, hogy ne hallgassuk ki – csattant fel –, csak ne kezeld gyanúsítottként, mert én biztos vagyok benne, hogy semmi köze ehhez. Pár hónapja meghalt a felesége, azóta leginkább az ital lett a jó barátja. Nem ezzel fogja tölteni a drága idejét, amikor kocsmába is mehet helyette.

Gondolkodott egy pillanatig, még az ujját is felemelte, hogy most ne szóljanak hozzá, majd előhúzta a telefonját és tárcsázott. Sokat kellett várnia, mire felvették.

– Helló, Liam, Liv vagyok! Kellene egy kis segítség! – mondta, majd elhallgatott. – Igen, Colin jól van, de most erre nem érek rá! Megint csönd.

– Liam! – ordította. – Ezt majd mind megbeszéljük, de most egy nyomozásban kell segítened! – A férfi hallhatóan abbahagyta a szóáradatot. – Meg tudnád adni az öreg Jack számát? Tudod, aki azt a lepukkant csehót üzemelteti az erdő mellett. – Csönd. – Igen, az lesz az! Lediktálnád? – Colin gyorsan a keze alá tett egy darab papírt, és tollat adott a kezébe. Liv lejegyezte a számot. – Szuper vagy, Liam! Jövünk eggyel! Szia! – és gyorsan kinyomta, mielőtt a kocsmáros újra elindítaná mondatai sokaságát.

Liv gyorsan beütötte a számot, majd várt, hogy valaki felvegye, és kihangosította. Jól ismerte Jacket még régről. Az édesapjával sokat jártak oda egy kávéra, egy üdítőre. Nyáron szinte mindig, amikor az erdőt járták, mert jó volt lehűteni magukat egy kis jégkrémmel. Amíg várakozott, végigpörgött az a múlt, amire nagyon jó volt ma is emlékezni. De végre kattant a vonal, és egy meggyötört hang szólt bele:

– Halló, itt Jack!

– Helló, Jack! Liv Preston vagyok, Paul Preston lánya! – üdvözölte. A telefonban azonban néma csend uralkodott el. Valószínűleg kattogtak a fogaskerekek nála, hogy kik is ők.

– Á, Liv! Emlékszem! Nagyon rég láttalak! Hiányzott az öreg Jack, mi? – kérdezte nevetve, majd komolyabbra vette. – Sajnálom édesapádat, nagyon jó ember volt. Azóta sem volt alkalmam ezt elmondani neked! Hogyan lehetséges, hogy most mégis eszedbe jutottam?

– Mert szeretnék egy kis segítséget kérni.

– Miben segíthet az öreg Jack?

– Bizonyára hallottál az erdőben történtekről – kezdte.

– Hát hogyne! A gyilkosságok! – vágta rá azonnal. – Nagyon sajnálatos esetek, viszont azóta megnövekedett a krimó forgalma. Nagyon sokan megállnak érdeklődni az esetről, és ha már itt vannak, isznak is valamit – derült fel a hangja. – Lehet, hogy még hálás leszek a gyilkosnak? – Ezen a kijelentésen mind meglepődtek. – Na jó, csak vicceltem, tudod, milyen az öreg Jack! Mondjad, kislány, mert itt már szomjasak a vendégek! – siettette Livet annak ellenére, hogy ő kezdett el sztorizgatni.

– Nem lehet ma reggel elérni Samet, az erdészt, sem a helyettesét. Nem tudsz róluk valamit? Tudom, hogy Sam sokat jár oda – és várta a választ.

– Ó dehogynem! – Az irodában mindenki fellélegzett, hogy „végre, valami”, és tekintetüket az ég felé szegezték, ha már nem szólalhattak meg. – Tegnap délután, amikor elment az a sok rendőr, bejöttek mindketten. Úgy megviselte őket az egész cirkusz, hogy nem mentek el szomjasan. Körülbelül hajnali kettőig itt italoztak, majd távoztak, de hogy hogyan értek haza, azt ne is kérdezd, mert alig álltak a lábukon. Ha nem vették fel neked a telefont, akkor nagy valószínűséggel még döglenek valahol – majd elhallgatott. – Lehet, hogy történt velük valami? – kérdezte, de inkább csak magától, amit gyorsan meg is válaszolt. – Nem hinném, a részegeknek külön őrangyaluk van. Biztosan jól vannak, és hamarosan jelentkezni fognak.

– Köszönöm az információt, Jack! – mondta végül Liv. – Akkor csak előkerülnek előbb vagy utóbb.

– Nincs mit, kislány! Szólj nyugodtan, ha bármiben segíthetek! – ezzel letette a kagylót. A lány Colinra nézett:

112

– Mit mondtam? Samnek semmi köze ehhez. – Elégedett volt magával. – Még mindig valahol nyalogatja a sebeit, és a helyettese is. Átérzem a helyzetüket, nem szeretnék most a helyükben lenni! – mosolygott, és Colin pontosan tudta, hogy abban a pillanatba a lány mire is célzott.

– Szerintem nem csak te, más sem nagyon! – nyugtázta. – És így az egyetlen gyanúsítottat, illetve kettőt, már ki is zárhatjuk! Most akkor hogyan tovább, emberek? – nézett körbe a szobába.

– Hogyan? Nem engedted végigmondani az előző gondolatmenetemet! – tárta szét a kezét. – Főnök! – nézett most az öregre. – Ez most már így lesz? Nem hagynak dolgozni? Mindig beleszólnak?

– Hát, Preston, azt kell, hogy mondjam, most meghúzta a főnyereményt! – bólogatott mosolyogva. – Új időkkel új szelek jönnek! Szokjon hozzá! – bölcselkedett, és Colin sem akart lemaradni:

– Preston nyomozó, akkor, ha kérhetném, végre elmondja a meglátásait? Persze csak akkor, ha nem titok – majd észhez térített mindenkit: – Vége a mókának! Ez most egy komoly ügy, mondd, mik vannak a kis fejedben!

– Először is, ez eléggé lealacsonyító volt, főnök! Másodszor, ha jól emlékszem, az elkalandozás előtt ott hagytam abba, hogy nagyon jól ismeri az erdőt. Mint az erdész. De őt és a helyettesét is teljesen kizárhatjuk. – Vett egy mély levegőt – ezzel az időhúzással is a feszültséget akarta növelni. Látta is, hogy a két kapitány forgatja a szemeit. – Ha ennyire jól ismeri az erdőt, akkor nagyon sokat jár oda. Ha sokat megfordul benne, akkor nem lakhat messze. Ha nem lakik messze...? – nézett a két férfira kérdőn.

– Akkor nagy a valószínűsége annak, hogy helybéli lehet! – fejezte be a gondolatot Colin, amire Liv egyetértően bólintott.

– Nagyon jó, Preston! Most szűkítette le a kört körülbelül kétszáz- vagy kétszázötvenezer emberre! – mondta Williams, alaposan megfűszerezve szarkazmussal.

– Igen, meglehet, hogy nagy a szám, de a több tíz millió még több! – válaszolta, nem hagyva magát.

– Végül is ebben igazat adok magának! – adta be a derekát az öreg.

– Tehát akkor csak ide kell koncentrálnunk! – lépett be Colin is.

– Igen, de hogyan? Mi alapján szűkíthetünk? – Arthur is törte a fejét.

– Ha kivesszük a gyerekeket és a nőket, csökken a szám! – vetette fel Liv.

– Nőket miért kellene? – kérdezte Colin. – Nem történt nemi erőszak, és a varrás is női munka! – hergelte tovább a lányt.

– Majd meglátjuk, az milyen munka! – válaszolta Liv félvállról, mint aki már fel sem veszi ezeket, mégsem hagyhatja kommentár nélkül. – Azért nem lehet könnyű egy holttestet cipelni, főleg éjjel, úgy, hogy semmilyen nyomot ne hagyjon maga után. Márpedig azt semelyik jelentésben sem olvastam, hogy a helyszínelők vonszolás nyomát vélték volna felfedezni a területen.

– Valóban, mi sem láttunk ilyen leírást – összegezték. – Akkor maradnak a férfiak és az erős nők. – Ezen mind a hárman jót derültek.

Pár pillanatig törték még a fejüket, vajon merre kellene elindulni, mielőtt megtörténik a következő gyilkosság, mert abban mindannyian biztosak voltak, hogy várható még, amíg a betűk el nem fogynak. Ekkor kopogtak, és mindenki kizökkent. Bodin őrmester dugta be az orrát, hogy Josh Durham megérkezett, és a kihallgatóban vár.

– Menjen, Preston! – szólt az öreg. – Mi majd a tükör mögött leszünk, hogy halljuk. Nem akarom, hogy megijedjen, ha ennyien rárontunk.

– És Dereck? Ne jöjjön? – kérdezte Liv.

– Nem kell! Megoldja egyedül is – mondta az öreg. – Láthatóan még mindig nagyon el van foglalva.

Valóban látszott, hogy a gépen rendületlenül keresgél valamit, ezért hárman indultak el a kihallgató felé, majd a lány be is lépett.

– Üdvözlöm, Josh! – kezdte. – Olivia Preston nyomozó vagyok. Először is fogadja együttérzésem!

A férfin nem lehetett mást látni, csak mély megrendülést.

114

– Szeretnék feltenni pár kérdést a felesége eltűnésével kapcsolatban. – A férfi csak bólintott, köszönés helyett is, és arra is, hogy várja a kérdéseket.

– Mikor tűnt el a felesége? – kezdte.

– Tegnap. Reggel elvitte az iskolába a fiunkat, Edwardot, majd bevásárolni ment. – A szavakat alig hallhatóan tudta kipréselni a száján. – Ez volt a napi szokásos rutinja. Mindennap ez volt a programja. Tudja, süteményeket és tortákat készít otthon, és ahhoz mindennap be kell vásárolni, ha beugrik egy újabb megrendelés. De haza már nem jött.

– Mikor vette észre, hogy eltűnt? – jött az új kérdés.

– Amikor este sem ért haza, és éjjel sem – válaszolta. – Bár már akkor sejtettem, hogy valami baj van, amikor telefonáltak a fiam iskolájából, hogy nem ment érte. Ilyet még soha nem csinált. Ha valamiért mégsem tudott menni, mindig szólt, hogy intézzem el. De most még szólni sem szólt. – Arcát a két tenyerébe fektette, majd megtörölte könnyes szemeit. – Hazaértem a gyerekkel, és nem találtam sehol. A kocsiját sem. – Kicsit megállt pihenni. – Visszaültünk az autóba Edwarddal, és elindultunk. Nem tudom, hogy hova, csak keresni. Meg is találtuk a kocsiját annál a boltnál, ahol az édességek alapanyagai leginkább beszerezhetők. Sokáig kerestük még ott is, de nem volt sehol. – Ismét megállt, láthatóan nagyon nehéz volt neki.

– Feladtam! Én feladtam! – mondta lemondóan. – Hazaértünk, és felhívtam mindenkit, akinek megvolt a száma. A barátnőit, az olyan ismerősöket, akiknek dolgozott, de semmi. Senki nem hallott róla – szomorúan lehajtotta a fejét, és Liv várta, tud-e még valamit mondani. – Fél éjszaka ezt csináltam, és amikor már nem maradt más ötletem, akkor döntöttem el, hogy reggel eljövök.

Mielőtt a lány feltette volna a kérdést, a férfi meg is válaszolta.

– Elvittem a fiamat az iskolába, és jöttem. Hamarabb teljesen felesleges lett volna, mert 24 óráig úgysem foglalkoznak az ilyen esetekkel. De az eltelt, és semmit nem tudtam róla, egészen addig, amíg nem kaptam azt a bizonyos telefonhívást, amiben tájékoztattak, hogy mi történt vele. – Ismét könny jelent meg a szemében. – Nyomozó, most mit csináljak? Itt maradtam egy kilencéves gyerekkel! Egyedül! Hogy fogom ezt megoldani? – Liv megnyugtatásképp megfogta a kezét, és ennyit mondott: – Meg fogom találni, aki ezt tette a feleségével, és oda juttatom, ahová való! Ezt megígérem! – A férfin látszott némi megnyugvás. Ekkor folytatta: – Nem voltak furcsa telefonhívásai? – Nem, vagy csak nem tudok róla – válaszolta. – Egész nap dolgozom, előfordulhatott, bár nem hinném, mert azt biztos elmondta volna. Tudja, nagyon jó volt a kapcsolatunk. Mindent tudtunk a másikról. Minden este elmeséltük vacsora közben az egész napunk történéseit. Mind a hárman. Ez már valamiféle szertartás volt nálunk.

– Tehát akkor egészen biztos abban, hogy nem hívták, vagy esetleg találkozott valami idegennel? Esetleg olyannal, aki megijeszthette, vagy éppen ellenkezőleg, túl kedves volt hozzá? – A férfi csak rázta a fejét.

– Nem! Biztosra veszem, hogy nem történt ilyen, mert arról tudnék.

– Rendben, Josh, köszönöm! Ha bármilyen kérdésünk lenne, még keressük! – azzal távozott.

Mire kiért a meggyötört férfitól, a két kapitány már ott várta. Nagyon sajnálta a kihallgatóban ülő férfit, amiért így veszítette el a feleségét. Élete párját. Ismét magára gondolt, és a kisfiúra, akinek már nincs anyukája. Ha ő veszítené el azt, aki a legfontosabb számára, abba nagy valószínűséggel beleőrülne. A szüleit már elvesztette, még egy ilyen törést nem élne túl. A két főnöke látta rajta azt a kínlódást. Tudták, hogy pontosan mi jár most az eszében, ezért az öreg nem is rejtette véka alá mondandóját:

– Preston, látom, hogy nincs jól. Mit gondol, végig tudja ezt csinálni?

– Soha semmit nem akartam jobban, főnök! – vágta rá szinte azonnal. – Az előbb megígértem ennek az embernek, hogy megoldom ezt, és eltörlöm a Föld színéről ezt a nyomorultat! – Az arcán látszott, hogy készen áll a harcra. – Hajt a jogos felháborodás tüze! Végigcsinálom, bármi is legyen az ára – és Williams tudta, hogy ezt a nőt most nem lehet megállítani. Sosem lehetett.

- Tudja, főnök, a szüleim halálát nem tudtam kivédeni, de ezt igen! Sok ártatlan áldozatot fogok ezzel megmenteni. - Az öreg nagyon jól tudta, mire is gondol, és magában mélységesen egyetértett vele.

- Preston, ezt szeretem! Ez fog hiányozni! - vallotta be, a lány pedig kérdőn nézett rá. - Ez, ami most ott van a szemében, ez a láng, sose aludjon ki!

- Doki nem szólt még? - váltott témát, mert már kissé kínosnak érezte a helyzetet. Vagy inkább nagyon is tetszett neki, hogy Williams ilyen szépen is tud beszélni róla, és az eddig letett eredményeiről.

- Nem. Amíg a kihallgatóban volt Durhammel, küldött egy üzenetet, hogy esethez hívták. Nem tudta, meddig fog tartani, de ahogy ismerjük, meg fogja oldani a feladatát még ma - mosolyodott el. - Reggelre mindent megtudunk. Még a laborból sem kaptunk eredményt, valószínűleg ott is el vannak havazva. Menjünk mi is haza, ma már új információhoz úgysem jutunk.

Mind a hárman helyeseltek. Elindultak kifelé, ám Dereck még mindig dolgozott. Megálltak előtte, hogy mégis min ügyködik ennyire.

- Kikértem a térfigyelő kamerák felvételeit arra a területre, ahol a nő kocsiját megtalálták - kezdett bele nagy lelkesedéssel, és majdnem még a mellét is verte, hogy ezt ő találta ki egyedül, és senkinek nem kellett utasítania. - Lehet látni, ahogy Victoria kiszáll, de utána semmi. Sehol semmi - mondta lemondóan. - Vagy mázlija volt az emberünknek, vagy tudta, hol vannak a kamerák.

Williams, Colin és Liv egymásra néztek, és szavak nélkül is megértették, mire gondol a másik. Elméletük beigazolódni látszott: az elkövető csakis olyan lehet, aki mindent ismer, tudja, mi merre van, tehát helyi lakos, mert egy idegennek nagyon sok idejébe kerülne, hogy mindent ilyen szépen feltérképezzen, főleg feltűnés nélkül.

Dereck felpillantott a számítógép monitorja fölött. Látta, ahogy az ott toporgó három ember nagyon érdekesen néz egymásra.

- Mi az? Valamiről lemaradtam? - érdeklődött.

– Nem, Rogers – mondta Williams. – Erre a megállapításra már mi magunk is rájöttünk!

– Pontosan mire is? – Hirtelen nem értette, mire is gondol az öreg.

– Hogy jól ismeri ezt a helyet – támasztotta alá.

– Miii? Már megnézték a felvételeket? – kérdezte felháborodva. – Tehát akkor én felesleges munkát végeztem? Ezzel ment el az egész délutánom! Már kápráznak a szemeim!

– Nyugodj már meg, Dereck! – csitította Liv. – Dehogy végeztél felesleges munkát. Sőt büszke vagyok rád, hogy ezt így megoldottad egyedül. – Szemmel láthatóan a fiú kissé megenyhült. – Arra akartunk célozni, hogy mi más megközelítésből, de ugyanerre jutottunk – magyarázta, és Dereck kérdőn nézett rá. – Mi az erdőből indultunk ki; rájöttünk, hogy nagyon jól ismeri. Te éppen most támasztottad alá az elméletünket, miszerint jó irányban tapogatóztunk.

– Tehát mindent ismer a környéken! – tette meg a fiú a felfedezést.

– És ha mindent ismer? – szegezte neki a kérdést.

– Akkor nagy valószínűséggel itt élhet. Itt jár-kel nap mint nap. – Egy pillanatra elkomorodott. – Az a szemét köztünk él. Lehet, hogy már valahol össze is futottunk vele. Emberek, a gyilkos köztünk van! – Hirtelen elborzasztotta ez a megállapítás.

– Na, legyen ez a végszó mára! – szólt közbe az öreg. – Mindenki fáradt már, menjünk pihenni. – Mindannyian bólogatva helyeseltek erre a nagyon jó ötletre.

Colin odakísérte a lányt a pici ezüsthöz, Dereck indult a sajátjához.

– Egész nap erre vártam! – súgta Liv fülébe főnöke, majd szorosan átölelte.

– Én is! – hangzott a kielégítő válasz. – Átjössz? – érdeklődött, majd úgy befészkelte magát a férfi karjai közé, mint egy kiscica.

– Édes! Hullafáradt vagy! Ki kell pihenned magad – és megsimogatta az arcát.

– Ide bújva – húzta végig a kezét izmos mellkasán – jobbat tudnék ám pihenni! – kérlelte, hátha erre már nem fog nemet mondani. De ő felnevetett.

118

– Ha átmennék, abból minden lenne, csak alvás nem! – incselkedett, majd komolyabban folytatta: – Semmi másra nem vágyom jobban, mint arra, hogy összebújjunk, és tudom, hogy te is. Láttam az arcodat délelőtt a visszapillantóban, amikor a hajadat simogattam. Hidd el, mindent le lehetett olvasni róla! – Az arca újra felderült.

– Ne is mondd! – nézett a férfi szemébe. – A tengerek nedvességtartalma semmi ahhoz képest, mint amilyen állapotok a bugyimban uralkodtak akkor! Pedig csak a hajamat piszkáltad.

– Húú! Ne kezdd! Már így is elképzeltem! – pillantott roszszallóan a lányra, szája sarkában azzal a kis huncut mosolyával. – Be fogjuk pótolni, ígérem! Mindent be fogunk pótolni, de most ez lesz a leghelyesebb. Reggel óta nyúzott vagy! Iszonyatosan hosszú volt ez a nap. – Nagyot sóhajtott. – Én sem tudnék most olyan mértékben teljesíteni, amit eddig megszokhattál! – mire mindketten elnevették magukat.

– Igen, azt hiszem, igazad van! – egyezett bele, de közben arra gondolt, milyen rossz lesz megint egyedül; már éppen kezdte megszokni, hogy valaki ott szuszog mellette az ágyban. – Ki kell pihenni magunkat, mert ha ez az ügy így folytatódik, szükség lesz minden erőnkre és energiánkra.

– Na, azért hagyjuk egy keveset másra is! – kacsintott rá a férfi, és Liv viszonzásként rámosolygott, majd megcsókolta. – Jó éjt, Angyalka!

– Jó éjt, főnök! – és ez volt az a pont, amikor gyorsan beugrott a kocsijába, nehogy Colin reagálni tudjon erre a megszólításra. Indított, és már el is hajtott. Még látta a visszapillantóból, hogy az ott áll nevetve és a fejét csóválva.

Ilyen jó hangulatban érkezett haza. Igyekezett a lehető leghamarabb ágyba bújni, hogy kiheverje az utóbbi két nap fáradalmait és gyötrelmeit. Leginkább az agya volt lemerülve, mert azt folyamatos munkának vetette alá. Valahogy ki kellene kapcsolni a nap hátralevő részére, egészen reggelig.

Bedobott egy mirelit pizzát a sütőbe, és amíg az sült, elment és vett egy jó kis zuhanyt. A kádba nem mert belefeküdni, mert félt, hogy ha elbóbiskol, akkor odaég a vacsorája, rosszabb esetben a konyha. Mire végzett, a sütő csipogása jelezte, hogy elkészült a vacsora is. Jóízűen nekiállt, hogy megegye, de a telefon csörgése ebben megakadályozta.

– Halló? – vette fel.

– Helló, kislány! – kiabált bele Amy. – Hol a mobilod? Már megint nem vetted fel! – mérgelődött.

– Bocsi, a kocsiban hagytam, mindjárt behozom! – magyarázta. – De mondd, mikor érsz már haza? Liam nagyon hiányolt! – vetette oda piszkálódva, de csak vihogni tudtak rajta.

– Jaj, ne tudd meg! – váltott sírósra a hangja. – Még nem tudunk: Ben anyja megbetegedett, és itt kell maradnunk ápolni. De szerintem csak úgy beteg, mint én... sehogy! Nem tudja elengedni a kicsi fiát. – Nagyot sóhajtott. – Úgyhogy nem tudtunk elindulni. Még pár napig biztosan.

– Sajnálom! Tényleg nagyon! Jó lett volna már egy kicsit csacsogni veled bárhol! – próbált lelket önteni belé. – Ha hazaérsz, erre feltétlenül szakítunk időt!

– Mindenhol szívesebben lennék, mint itt! Még Liam hülyeségeit is hajlandó lennék elviselni! – Megint kirobbant belőlük a nevetés.

– Megfogadtam, hogy átadom szívből jövő üdvözletét! – vallotta be.

– Hát, köszi! Odarakom, ahol a többi van! – majd a hangja komolyra váltott. – Liv! Mi a helyzet arrafelé? Úgy értem, a gyilkosságokkal? Tényleg igaz?

– Igen, igaz. Két nap alatt két nőt öltek meg – majd elhallgatott, mert tudta, hogy mást még Amynek sem mondhat.

– Mesélj már! Mindent úgy kell harapófogóval kihúzni belőled? – nyaggatta.

– Amy, nagyon jól tudod, hogy folyamatban lévő nyomozásról nem adhatok senkinek semmilyen tájékoztatást. Sem jót, sem rosszat. – Tudta, hogy rosszul fog esni neki, de nem tehetett kivételt még vele sem.

– Tudom – válaszolta szomorúan –, pedig reménykedtem egy kis lepattanó infóban. Jó, majd elmondod, amint lehet.

- Ez csak természetes! - nyugtatta. - Amy, mennem kell, mert nagyon fáradt vagyok! Kitartást, majd beszélünk! Szia - és letették a kagylót.

Ahogy letette és elindult vissza a vacsorájához, ismét csörgött. - Tutira megint Amy, hogy hozzam be a telefonomat az autóból - mérgelődött. Felvette, és azonnal mondta is:

- Tudom, Amy, nem felejtettem el! - de a telefonból nem jött válasz, csak valakinek a levegővételét lehetett hallani. Liv még szólongatta, hogy ki az és mit akar, de válasz nem jött, csak a szuszogás. Majd kattanást hallott, és a vonal szaggatott hangját. Nagy jelentőséget nem tulajdonított neki, mert már máskor is volt hasonló eset. Unatkozó emberek, akik azt hiszik, hogy a másik is úgy ráér erre a baromságra, mint ők.

Felvágta a pizzát, ami már majdnem kihűlt, majd egy szelettel a kezében kiszaladt a kocsihoz a telefonjáért. Azon csak Amy hívásai és bolondos üzenetei voltak. Amíg elolvasta, megette a többi szeletet is, egyet hagyva reggeli gyanánt. Gyorsan fogat mosott, és bebújt az ágyba. A kimerültség pillanatok alatt álomba ringatta.

11

Másnap valamelyest kipihenten ébredt. Megitta a szokásos kávéját, és már épp indult felöltözni és rendbe hozni magát, amikor csöngettek. Colin állt az ajtóban.

– Jó reggelt! – mondta széles mosollyal, de látta a lányon, hogy erre nincs felkészülve. – Még nem hatott a kávé? – kérdezte finoman.

– Neked is! Talán már kezd! Már nem akarok megölni senkit! – és az arcán megjelent némi derű.

– Akkor bejöhetek? – és a háta mögül előhúzott egy zacskót. – Hoztam reggelit! Van itt croissant, kifli, és jó hideg kakaó. Remélem, szereted?

Liv szemei felcsillantak a friss reggeli hallatán. Neki csak a satnya száraz pizzája volt. Megpróbálta Colin keze közül kivenni, de az nem engedte, elhúzta előle. Liv ezt a lehető legcsúnyább pillantásával viszonozta, majd hátat fordított, és el akart indulni a lakásba. De a férfi nem engedte: megragadta és reggeli üdvölésképpen megcsókolta. Fél kezével simogatni kezdte, pedig jól tudta: messzire nem mehet, mert akkor el fognak késni. Hirtelen megállt.

– Ez volt az ára! – majd hamiskásan a lányra nézett.

– Mindnek? Vagy esetleg kérsz még ebből? – kérdezte a szájára mutatva, mosolyogva.

– Kérek, persze, de ha így folytatjuk, még a végén nem érünk be! – nézett Livre kedvesen.

– Ne aggódj! Ismerem a főnököt! – ingerelte.

– Meglehet, hogy én is. – Colin nem hagyta magát. – És azt is tudom róla, hogy nem akarja, hogy egy nappal a nagy bejelentése után elrúgja a pöttyöst. – Liv kérdőn nézett rá, vajon most mire is gondolhat. – Megígértem, hogy ez nem megy a munka rovására. Ha későn érünk be, már fel is rúgtam mindent. És csak egyetlen nap telt el! – A lány megértette. – Megyek, felöltözöm! – Hirtelen el kellett onnan mennie, hogy csillapodjanak a vágyai, amelyeket már a férfi puszta jelenléte is kiváltott.

– Ne menj! Előbb egyél! – szólt utána. – Imádom, amikor csak egy szál köntösben vagy.

– De, megyek – makacskodott. – Miért maradjak így, ha közben egymáshoz sem érhetünk? – mondta, és közben durcásan nézett, mint egy kisgyerek. Colin erre egy szempillantás alatt ott termett, betolta a hálószobába, lekapta a köntöst, majd magán is oldást keresett. Nem tartott sokáig, mert tudták, hogy nem tarthat, de ez a pár perc, amit még együtt, egymásban tölthettek, többet ért mindennél.

– Nincs is jobb a reggeli szexnél, de jobban szeretem, ha nem ilyen gyorsan kell intézni a dolgokat! – tért magához Colin.

– A szükség nagy úr! – bölcselkedett a lány, mire mind a ketten felnevettek.

– Látod, most nem maradt időd a reggelire, pedig az fontos, hogy kibírd a nap nagy részét – intette meg Livet.

– Majd bekapok pár falatot a kocsiban! – válaszolta, mert igazán nem bánta, hogy le kellett mondania róla.

– Az enyémben ugyan nem! – jelentette ki határozottan.

– Hogyhogy? – érdeklődött a lány.

– Mert ma azzal megyünk! Együtt! – válaszolta. – És ami pedig a lényeg: hogy azzal jövünk! – Látta a lány szemében a csillanást, úgyhogy még hozzátette: – Hoztam magammal váltás ruhát is, ha érted, mire gondolok...

– Tényleg, ma nem akarsz hazamenni? – évődött. – Ki tudja, milyen nehéz napunk lesz? – Jól tudták, hogy Livnek ebben teljesen igaza van.

– Nem, ma nem! Tegnap nem aludtunk túl sokat, ez látszott rajtad is, és rajtam is! – magyarázta. – Szerintem mára egészen frissek és üdék lettünk. Sőt az előbbi akció is adott némi löketet a mai napnak. Ez fog ma egész nap éltetni, és az esti folytatás.

– Nagyon jó lenne, ha ma nem történne újabb eset. Még a tegnapit sem tudtuk teljesen átrágni Doki meg a labor miatt. – Colin helyeslően bólintott. – Jó lenne megint úgy kettesben lenni, hogy semmit sem tudunk, csak egymással foglalkozunk, hogy ne úgy nézzek az ágyra, mint alvóalkalmatosságra.

– Nagyon bízom benne, hogy ma így lesz – nyugtatta, de a lány folytatta:

– Olyan jó lenne, ha este, mikor hazaérek, ki tudnám kapcsolni az agyamat, hogy ne kavarogjon benne semmi – nézett vágyakozva a lány. – Tegnap ezt akartam, csináltam egy pizzát, mire kész lett, felhívott Amy. Gondolhatod, hogy kihűlt! – célzott nevetve arra, hogy nem keveset beszéltek. – Mire leraktam, már megint csörgött!

– Amy? – kérdezte Colin.

– Nem, valami unatkozó félnótás – magyarázta. – Csak szuszogott, és nem szólt bele.

– És ezt miért nem mondtad eddig? – csattant fel a férfi.

– Mert nincs jelentősége! – nyugtatta. – Máskor is volt már ilyen. Nem is egyszer! Ritka ma már a vezetékes vonal, kevés a lehetőségük telefonbetyárkodni.

– Édes, azért ezt ne vegyük félvállról! – Szemében némi ijedtség táncolt.

– Mit? Hogy valami futóbolond, aki nem tud mit kezdeni az idejével, találomra számokat hívogat? Vagy lehet, hogy csak így hall női hangot? Erre gerjed? Ugyan már! – Hogy ezt a témát lezártnak tekintse, legyintett is egyet a kezével. – Inkább menjünk, mert elkések, aztán meg az új főnöknél rossz ponttal indítok!

– Az új főnöknél a lehető legjobb ponttal indítottál! – jegyezte meg.

– Nem arról volt szó, hogy nem lesz velem kivételezés? – szúrt oda még egyet.

– Hogyan kivételezhetnék egy kivételes nővel? – sóhajtott, majd ráparancsolt: – Hozd a reggelidet, majd benn megeszed!

Elindultak a munkába a férfi nagy, fekete kocsijával. Livnek ekkor jutott eszébe: ha látják őket együtt érkezni, akkor biztosra fogják venni, hogy együtt töltötték az éjszakát. De minek is idegeskedne ezen? Ezt már mindenki tudja; tudják, hogy mi van köztük. Ha kézen fogva sétálgatnának fel-alá az őrsön, az sem lenne probléma addig, amíg a munkájukat teljes mértékben elvégzik. Felvillanyozta a tudat, hogy nem kell titkolózniuk, hogy ha össze is súgnak a hátuk mögött, az maximum azért lehet, hogy milyen szép párt is alkotnak. Ebben a tudatban, jó hangulatban értek be az épületbe. Ott hangosan köszöntötték is őket, és ők viszont. Az asztalokkal telitömött helyiség közepén azonban elváltak útjaik. Colin az irodája felé vette az irányt, Liv az asztalához indult. Derecket még nem látta. Majd hirtelen megállt, és inkább úgy döntött, lemegy Dokihoz, hátha megtudhat valamit tőle.

A szűk, félhomályos folyosó, ami boncteremhez vezetett, a legrosszabb horrorfilmekre szokta emlékeztetni. Az egyre erősödő fertőtlenítőszag is bizarr benyomást keltett. Belépett a nagy, dupla szárnyú, félig tejüveg ajtón. A fémasztalok, amin a halott emberek szoktak feküdni, most üresen álltak. Az egyik fal tele volt kis fémajtókkal, melyek mögött Doki a holttesteket tárolja, amíg szükséges. Ám most Doki sehol nem volt. Az amúgy is félelmetes helyiség így még ijesztőbbé vált, hogy egyedül volt ott, még akkor is, ha éppen nem volt a szeme előtt egy hulla sem. Szólítgatta Dokit, de semmi. Hangját a falak visszhangként verték vissza. Elmélyülten gondolkodott, hogy vajon hol lehet a férfi, most merre keresse. Ekkor hirtelen kivágódott egy kis oldalajtó, aminek a falak által keltett hangjától Livben megállt az ütő. Szívéhez is kapta a kezét, amikor meglátta Dokit, de megszólalni nem tudott.

– Jó reggelt, drágaságom! Mi járatban erre? – kérdezte, majd látta, hogy a lány nagyon megijedt. – Ó, ne haragudj! Megijesztettelek? – A lány még erre is csak bólintani bírt.

– Helló, Doki! – nyögte ki nagy nehezen. – Egy pillanatra igen, de már jobban vagyok! – igyekezett némi mosolyt csalni az arcára. – Sikerült elvégezni a boncolást a tegnapi lányon? – kérdezte, amikor sikerült teljesen visszanyernie a lélekjelenlétét.

– Persze! Odatettem az asztalodra, mert tudtam, hogy ez lesz az első, amit látni akarsz, ha beérsz! – Nem értette, Liv mit keres lent. – Nem találtad meg? Valaki elvette? – kérdezte mérgesen, és mind a ketten nagyon jól tudták, hogy „valaki" alatt tulajdonképpen kit is ért. A lány azonnal igyekezett megnyugtatni: – Nem láttam, mert az asztalom környékén sem voltam! Rögtön ide siettem, egyrészt, mert jobb, ha így tájékoztatsz, másrészt, mert ki nem hagytam volna, hogy találkozzunk! – Dokinak láthatóan nagy kő esett le a szívéről, hogy a drágasága látni akarja. Nagyon szerette a lányt – na persze nem úgy, ahogy férfi szerethet egy nőt, hanem mint apa szeretheti a lányát. – És? Mit lehet tudni? – Nem tudok mást mondani, csak azt, mint az előző áldozatnál – nézett sajnálkozóan. – Áramütés végzett vele, nemi erőszak vagy aktus jele nem volt látható. A kezét neki is megkötözték. A sokkoló nyomát is megtaláltam. A szájában lévő tetovált betűről pedig már tudsz – tárta szét a karját lemondóan. – Sajnos csak ennyit tudok mondani, drágaságom! Mindent elküldtem a laborosoknak. Ruhát, varratot, mintákat. Onnan még nem érkezett eredmény? – kérdezte.

– Nem, vagyis nem tudok róla. Lehet, hogy az az irat is az asztalomon van. Megyek is, és gyorsan megnézem. – Puszit nyomott Doki arcára, aki ettől azonnal a fellegekben járt. – Kösz, Doki! – vetette még hátra.

Ahogy kilépett a boncterem ajtaján, eszébe jutott, hogy miért is tenné meg ugyanazt az utat kétszer, amikor a labor, kis kitérővel ugyan, de útba esik. Hirtelen rá is kanyarodott arra a folyosóra, ami oda vitt. Ahogy odaért, a nagy üvegajtón át már látta, hogy bent bizony már lázas munka folyik. Fehér köpenyes emberek szaladgáltak ide-oda különböző üvegcsékkel, fiolákkal. Azokat meglehetősen nagy gépekbe illesztették be, várva a megfelelő eredményeket. Liv megállt az ajtó előtt, és kintről szemlélte őket. Valamikor ő is szeretett volna itt dolgozni, de izgága és nyughatatlan természete nem tette lehetővé, hogy egy helyiségbe legyen bezárva napi több órán át. Mindenesetre mindig irigykedve bámulta őket. Még az is lehet, hogy majd, ha nem hajtja ennyire a tettvágy, ha nyugodtabb életre vágyik, akkor csatlakozik hozzájuk. Nagyon fontos munka volt ez is. Hiába kapnak el sok bűnözőt; ha a minták alapján ezek az emberek nem tudják a tetthelyet a gyanúsítottal összekötni, akkor az egész nyomozói munka kárba is vész.

Amíg ezen gondolkozott, az üveg túloldalán Alvarez hirtelen eléugrott és mosolyogva integetett, majd kezével jelezte, hogy nyugodtan bemehet. Liv úgy megijedt a felbukkanó alaktól, hogy ijedten hátraugrott, amin a fiú meg is lepődött, majd kinyitotta az ajtót. – Mi van, ma mindenki engem rémisztget? – futott át az agyán.

– Szia! Nem akartalak megijeszteni, de miért nem jössz beljebb? – habogta.

– Helló! Semmi baj, csak kicsit belemélyedtem a látványba. Olyan jó nézni, ahogy dolgoztok, néha még irigy is vagyok rátok. Ez a látvány mindig is lenyűgözött, és most jobban bele is feledkeztem – mentegetőzött, Alvarez pedig vigyorgott, mert mostanában nem kaptak ilyen elismerő szavakat, ami a munkájukat illeti. Náluk mindenki siet, vagy őket sietteti, ritka szónak számít a „köszönöm" is.

– Sejtem ám, hogy miért vagy itt! – mondta még mindig vigyorogva. – Szeretnéd tudni a tegnapi eredményeket.

– Ez pontosan így van! – erősítette meg. – Nagyon kíváncsi vagyok, mert Doki nem tudott semmi jót vagy újdonságot mondani. Már csak bennetek bízom, hátha lesz valami előrelépés az ügyben.

– Egy pillanat, megnézem, hol lehet. – Odalépett a számítógéphez, hosszasan nyomogatta a billentyűket, de csak a fejét rázta.

– Mi a baj? – kérdezte Liv, majd meglepődött. – Nincs még eredmény?

– De, eredmény az van, hajnalban már valaki fel is vitte az asztalodra – jött a megnyugtató válasz. – Aminek viszont nem fogsz örülni, az az, ami abban áll.

– Mondd már, kérlek! – siettette.

– Ugyanaz, mit az előző áldozatnál – kezdte. – Nincs egyetlen idegen DNS sem, sem hajszál, sem semmi, ami változást hozhatna. A varráshoz használt cérna is teljesen megegyezik az előzővel. Valószínű, még egy rolniról is származnak. A ruha szintén régi. – Látta a lány arcán, hogy nem erre számított. – Sajnálom, hogy csalódást kellett okoznom. Hidd el, én lennék a legboldogabb, ha elő tudnánk segíteni a nyomozást valami pozitív eredménnyel.

– Majd máshogy próbálunk előrébb jutni! – és mosolyt igyekezett erőltetni magára. – Azért köszönöm a segítséget, Alvarez! Remélhetőleg legközelebb több sikerrel járunk.

– Úgy gondolod, hogy lesz még áldozat? – kapta fel a fiú a fejét.

– Sajnos nem gondolom, tudom! – és ezzel távozott is az üvegajtón keresztül, mielőtt több kérdést is kapna. Nem volt kedve a sráccal megosztani az elméletét, mert még rágondolni is kellemetlen volt neki. De hogyan lehetne megakadályozni, hogy hasonló áldozatok is eltűnjenek?

Liv ezen megállapításán és kérdésén rágódott, miközben sietve tért vissza az asztalához, hogy még egyszer áttanulmányozza a jegyzőkönyveket, pedig nagyon jól tudta, hogy abban nem fog semmi újat találni. Viszont azokat addigra már Dereck nagy erőkkel vizsgálgatta.

– Helló, nagyfiú! – köszöntötte – Találtál valamit?

– Szia! Te olvastad már? – kérdezte.

– Nem, még nem, de sajnos tudom, hogy mi áll benne – mondta elszomorodva. – Ahogy beértem, egyből Dokihoz mentem, aki mindenről tájékoztatott. Utána meg beugrottam a laborba is, de semmi új.

– Értem! De ugye nem adjuk fel? – kérdezte a fiú.

– Úgy ismersz? – csattant fel Liv. – Megoldjuk ezt, ha addig élek is! – és hirtelen megint felélénkült.

Azzal a lendülettel bekapcsolta a gépét, várt, amíg az magához tért, majd belenézett az elmúlt nap eltűnéses ügyeibe. Csak bízni tudott abban, hogy nem érkezett ilyen jellegű eset. Átnézett jó pár adatlapot, de a legtöbb vagy idős, vagy barna, vagy férfi volt. Egyre jobban kezdett elmenni a kedve. Sosem szerette az ilyesfajta irodai kutatómunkát, ám ez is ehhez tartozott, tehát ha unottan is, de csinálta. Már vagy az ötvenedik adatlapot nyitotta meg, amikor egy szőke nő képe jelent meg. A nő kiköpött mása volt az előző két áldozatnak. Gyorsan átfutotta, ami azon állt, és gyorsan lejegyezte a címet is.

– Dereck, ezt nézd! – szólt oda neki, és társa kidugta az orrát az iratok fölött.

– Mi az? Van valami? – Erre a kérdésre, mintha csak megérezték volna, megérkezett a két kapitány is.

– Szép napot, nyomozók! – hangzott az öreg dörmögő hangja. – Mondjanak már valami jó hírt!

– Viszont, főnökök! – harsogták egyszerre, majd Liv vette magához a szót:

– Nos, Dokinál és a laborban ugyanaz a helyzet – foglalta össze tömören. – Minden a teljes másolata az előzőnek. Sem hajszál, sem DNS, sem semmi. A ruha is ugyanaz a régi darab és anyag, a varrat cérnája is. Ott nincs semmi előrehaladás. – Látta a két férfin, hogy ez számukra nem jó hír. Senki számára sem volt az.

– Ott nincs? – kapták azért fel a fejüket. – Van valahol?

– Még nem tudom. – Nem akarta, hogy belelovalják magukat, mert mi van akkor, ha csak véletlen egybeesés? – Éppen az előbb bukkantam rá erre! – mutatott a monitorra, és a két kapitány már ott is termett. Meglepte őket is az előző két áldozattal való hasonlóság. – Wanda Goodman, 28 éves, az édesanyja jelentette tegnap éjjel az eltűnését. A címét már ide leírtam – mutatta fel a cetlit. – Kimennénk Dereckkel kihallgatni.

– Persze, menjetek! – helyeselt Colin. – Ne menjek veletek?

– Ne! – vágta rá Liv, mire a férfi furcsán és kérdőn nézett rá. – Bár lehet, hogy Derecknek is maradni a kéne. Gondolj bele, az az asszony most mit élhet át! Mit fog érezni, ha hárman állunk majd az ajtaja előtt, mint valami díszbizottság.

– Igazad van, erre nem is gondoltam – mondta, és látszott az arcán, hogy megértette, miért mondta a lány, hogy ne jöjjön vele.

– Rogers maradjon! – utasította az öreg. – Nézze tovább az eltűnéses eseteket! Ezt Liv is meg tudja oldani, de te, Colin, így tudsz menni, ha akarsz. Természetesen, ha Prestonnak nincs semmi kifogása ez ellen. – Mindketten kérdően néztek rá.

– Nem, ha ez egy főnöki utasítás! – tért ki a határozott válasz elől.

– Vegye úgy, hogy ez parancs! Kimennek, és kikérdezik az asszonyt! – hangzott a karakán válasz. Livnek nem volt más választása, Colint kellett magával vinnie Dereck helyett.

Kicsit nem is bánta, mert egyrészt így együtt lehetnek, flörtölhetnek az út alatt, másrészt pedig Dereck mindig a lány háta mögött szeret lenni. Elevickél a farvizén, míg Liv töri magát ilyenkor. Szinte egyetlenegyszer sem volt még önálló kérdése egy kihallgatás során. Viszont sokszor nagyon jók a meglátásai, és nem mellékesen mindig megmaradt az alárendelt szerepében. Tudta, hogy a lány mellett csak ez marad neki, mert úgyis az övé az erősebb ego.

Az eltűnt nő és családja lakása csak pár utcányira volt, de addig is tudták fogni egymás kezét, érezni a másikból áradó melegséget. Ez mind a kettőjükre nyugtató hatással volt. Beszélni nem is beszéltek, mert szinte már szavak nélkül is értették és érezték egymást. Amikor megálltak a ház előtt, és kiszálltak, Colin a hátát fogva kísérte fel a ház ajtajáig, mintha így szeretne erőt önteni belé, mert ami most fog történni, az senki számára sem lesz könnyű. Bekopogtak. Az ajtót nagyon gyorsan feltépték. Valószínűleg várták a csodát. Az ajtóban egy megtört, könnyes szemű asszony állt, aki kíváncsian nézte őket. Liv nem habozott, rögtön bemutatkozott, majd bemutatta Colint is.

– Üdvözlöm! Preston nyomozó vagyok, a társam Colin Taylor. Goodman asszony? – kérdezte, mire az csak némán bólintott.

– Kérem, jöjjenek be! – tárta ki a bejárati ajtót. – Mondják, hogy nem valami rossz hírt hoztak! – kérlelte őket, és szeméből újra elkezdtek folyni a könnyek.

– Nem, asszonyom! – próbálták megnyugtatni. – Pár kérdést szeretnénk feltenni a lánya eltűnésével kapcsolatban.

Az anyán látszott, hogy kicsit fesztelenebbé vált.

– Kérnek valamit inni? Kate! Gyere ide! – kiabált valakinek.

– Nem, köszönjük! – válaszolták, ekkor megjelent egy fiatalabb lány.

– Bemutatom a lányom legjobb barátnőjét! – Bemutatkoztak, és ő is közéjük telepedett. – Tudják, Kate értesített az este, hogy Wanda nem érkezett meg hozzá.

Ezzel meg is válaszolta az első kérdésüket.

– Még soha nem csinált ilyet. – Kate helyeselt.

– Kate, elmondaná, hogyan volt ez pontosan? – kérdezte Colin, és látszott a lányon, hogy szinte felvillanyozta a jóképű rendőr kérdése.

– Még délelőtt találkoztunk – kezdett bele –, az egész délelőttöt együtt töltöttük. Plázáztunk egy kicsit a Bigben, jó volt úgy ott lenni, hogy éppen nem dolgozunk. Majd megebédeltünk, és közben megbeszéltük, hogy délután öt körül átjön. Megnézünk pár filmet, kidumáljuk a pasikat, teletömjük magunkat popcornnal. Szóval igazi csajos estét terveztünk. – Megállt, és elszomorodott. – De nem érkezett meg. Hívtam, de semmi. Sokszor. Üzenetet küldtem, amit még el sem olvasott. Akkor hívtam az anyukáját, hogy elindult-e.

Ekkor az asszonyra nézett, aki bátorításként megszorította a kezét, majd ő folytatta:

– Nagyon megijedtem, amikor Kate hívott és közölte, hogy Wanda nem ért oda, pedig innen már órákkal azelőtt elindult. Nagyon várta az estét, a lányok nagyon szeretik egymást, gyerekkoruk óta barátnők. – Szeméből újra előbújtak a könnyek, és most már Kate is vele tartott.

– Én is próbáltam hívni, de mindhiába. Ki van kapcsolva a telefonja. Tudom, hogy el kell telnie bizonyos időnek, mire bejelenthetek valakit, hogy eltűnt, de nem várhattam. Tudtuk, hogy valami történt. – Megállt, és ismét a rémület ült a szemében. – És ezek a gyilkosságok is, amikről a hírekben lehet hallani...

– Igen, asszonyom – szólt ismét Colin. – Pontosan ezért vizsgálunk meg minden eltűnést azonnal, és nem várjuk ki a szokásos időt. – Ez volt az, amit az asszony a legkevésbé sem akart hallani. A férfi érezte is, hogy nem ezt kellett volna válaszolnia.

– Úgy gondolják, hogy Wanda is áldozat? – nézett kétségbeesve.

– Nem tudhatjuk, de mindenre fel kell készülni – adta a diplomatikus választ Liv. – Ezért is vizsgálunk ki mindent, amint eljut a bejelentés híre hozzánk. Ezért is vagyunk itt, hogy Wandát minél hamarabb megtaláljuk.

– Mi van, ha történt vele valami? – Az asszony már zokogott. – Azt nem élném túl! – Kate közben átölelte, hogy lelket öntsön belé.

– Kate! – szólította meg Liv, a lánynak pedig láthatóan nem tetszett, hogy nem a szemrevaló férfi kérdez. – Csinált már esetleg valami hasonlót Wanda bármikor?

– Soha! – és hatalmasra tágultak a szemei, mint aki azt mondja velük: „hogyan képzelhetsz ilyet a barátnőmről?". – Volt, hogy késett, de amikor ezt már előre látta, mindig szólt.

– Ha jól értettem, akkor, a Big plázában dolgoznak? – Liv kérdésére Kate csak bólintott. – És mégis oda mentek, nem is tudom, a szabadnapjukon?

– Hogy jön ez most ide? – háborodott fel. – Igen, oda mentünk, mert ott jó kis nyüzsi van. És a kaja is jó. Különböző nemzetek konyhája. Nagyon szeretjük – válaszolta.

– Tehát máshol nem jártak együtt?

Kate a fejét rázta.

– Van tudomása, hogy Wanda esetleg hol járhatott egyedül?

– Nem, nincsen. Szerintem sehol, mert arról biztosan beszámolt volna – folytatta halkabban. – Csak a meló volt, és ha nem dolgoztunk, akkor együtt töltöttük az időt.

– Mivel foglalkoztak? Úgy értem, mi volt a munkájuk?

– Az egyik gyorsétteremben dolgoztunk.

Liv és Colin törték a fejüket, vajon mi az, amit még nem tudhatnak, ami számukra fontos lehet, de úgy érezték, mindenre választ kaptak.

– Nagyon szépen köszönjük a segítséget! – kezdték szinte egyszerre. – Ha bármilyen más kérdésünk felmerülne, azonnal hívjuk.

Azzal távoztak a két vigasztalhatatlan nőtől. Ahogy beültek a kocsiba, Colin nekiszegezte a kérdést:

– Láttam, hogy megint beindultak a fogaskerekek! Mi jár a kis fejecskédben? – kérdezte mosolyogva, de Liv, ahelyett, hogy válaszolt volna, elővette a telefonját és tárcsázott.

– Helló, Dereck! Dobd már át Durham és White telefonszámát! – mondta határozottan. – Jó, akkor légy szíves! ... Nem

„mindjárt"! Körülbelül öt perccel ezelőttre kellene. Köszi – és mérgében kinyomta a hívást.

– Ajaj, az az érzésem, hogy ezért még ki fog kapni! – próbálta egy viccel csillapítani a lányt, de az csak egy csúnya pillantással viszonozta. – Tudtam, hogy szagot fogtál! – Azután nem mert többet megszólalni, mert közben a telefon is jelzett, hogy üzenet érkezett. Liv már ütötte is be az egyik számot, és várt.

– Üdv, Josh! Preston nyomozó vagyok! ... Lenne egy kérdésem a nyomozással kapcsolatban! ... Nem, ez nagy segítség lenne, ha tudna rá válaszolni. Tehát, van-e tudomása arról, hogy a bolton kívül, ahol a felesége beszerezte a süti-alapanyagokat, járt-e máshol is? ... Nem tudja, vagy nem járt? És pár nappal ezelőtt? Próbáljon meg visszaemlékezni! Nem járt véletlen a Bigben? ... Igen a plázában! ... Melyik nap? – Liv hangja kezdett izgatottá válni. – Rendben, köszönöm! Ha lenne még kérdésem, keresem – és gyorsan tárcsázta a másik számot, majd várta, hogy kattanjon a vonal.

– Helló, Johny! Preston nyomozó! ... Hagyjuk a felesleges köröket, Johny! Van-e tudomása arról, hogy a kis Pillangója szokott-e a Bigbe járni? ... Nem, nem jelentette fel senki bolti lopásért, de azért köszi az infót – és gyorsan ki is nyomta, mielőtt egy egész védőbeszédet végig kellene hallgatnia.

– Na, Preston nyomozó? Mit tudott meg? – kérdezte a kapitány humorosan a lányt, de az komoly maradt.

– Mindkét áldozat járt pár napja a plázában, Ingrid nagyon sokat. – Az arca valamelyest felderült. – Ingrid állítólag ott töltötte a fél életét – már Johny szerint. Ha nem dolgozott vagy aludt, akkor ott volt a többi pillangóval – húzta el a száját. – Victoria is járt ott, mert hétvégén valami partira mentek volna, és oda vásárolt ruhát.

– Gondolod, hogy... – de Liv megelőzte.

– Igen, főnök, gondolom! – vett elégtételt az előbbi beszólásért, amiről a férfi azt hitte, hogy átsiklott felette. – Mind a két áldozat és az eltűnt lány is jártak a Bigben az eltűnésük előtt. Szerinted ez véletlen?

– De a két lány ott dolgozott egy ideje. Ez mégis mit számít? – hitetlenkedett.

– Nem érted? – A férfi a fejét rázta. – Amikor dolgoztak, akkor nem látszottak, de tegnap, mint vendég áthaladtak a bejáraton, a központi részen, ahol mindenki. A Bignek tágas központi csarnoka van, ahonnan a butikok és az emeletek nyílnak. Aki őket kifigyelhette, az nem az üzleteket meg az éttermeket járta! Az, kis barátom, leült az egyik lenti kávézóba, figyelt és várt! – A rohadt élet! – Colin már tárcsázott is. – Itt Taylor kapitány! Azonnal kérem a Big pláza videókameráinak felvételei! ... Igen, mindet! ... Az is valami, de itt legyen előttem körülbelül egy órával ezelőttre! – ismételte meg a lány szavait, és Liv el volt káráztatva, hogy ha kell, milyen erélyesen is fel tud lépni. Kihúzta magát a kocsi ülésében, annyira büszke volt rá.

– Jól csináltad, főnök! Így kell ezt! – biztatta, némi iróniát belecsempészve.

– Köszönöm, Preston nyomozó! Kegyed nélkül nem ment volna! – folytatta. – Jó volt a mesterem, aki megtanított, hogy lehet az időt visszaforgatni! – majd rákacsintott a lányra, és végre tudtak együtt nevetni ebben a szörnyű helyzetben.

Visszaérkezve rohantak az épületbe, hogy tájékoztatni tudják Williamst és Derecket. Feszült figyelemmel hallgatta mindkettő a beszámolójukat, majd megérkezett az, amire már „egy órája" vártak: a felvételek.

– Na, akkor ezeket kell végignézni! – szólt a lány, és ahogy bedugták a nagy kapacitású pendrive-ot, irgalmatlan sok adat zúdult rájuk. Ebből volt még vagy tíz darab.

– Te jó ég! – meredt a monitorra Dereck. – Liv, ezt mégis hogy gondolod? Ez több tucat kamera több száz órányi felvétele lehet! Te nem vagy normális!

– Mikor voltam? – vágta rá azonnal, hogy oldja a fiúban a feszültséget. – Ne aggódj, nem kell mindet végignézni! A főnök elhamarkodta ezt a kérést! – majd a szeme sarkából figyelte a reakciót.

– Mire is gondol, Preston nyomozó? – kérdezte Colin, mert nem értette a célzást.

– Csak azokat, amik a bejárati részt mutatják! Elég lett volna azt elkérni. Meg a csarnokét – jelentette ki. – Ha megvan-

nak a nők a bejáratnál, utána lehet figyelni a központi csarno-
két az ahhoz tartozó időben!

Dereck csak bámult rá, mint aki nem érti a feladatot.

– Jaj, ne csinálj már úgy, mint egy óvodás! Keresd a szőke,
hosszú hajú áldozatokat. Mind járt a plázában az eltűnése előtt.
– Preston, erre hogy jött rá? – csatlakozott az öreg a vitába
leginkább azért, hogy ne veszekedjenek többet. Liv ezt is elme-
sélte, és látta Williams szemében a büszkeséget. Kezdett hason-
lítani arra, amit régen az édesapja szemében látott.

– Ezen a helyen naponta több ezren megfordulnak! – foly-
tatta felvetésének boncolgatását. – A gyilkosnak csak le kellett
ülni, és várni a megfelelő kinézetű nőt. Olyan ez neki, mint egy
húspiac. – Elhallgatott, és látszott rajta, hogy valamin elmereng.
Mire magához tért a fejben felállított teóriájából, mindenki őt
bámulta. – Dereck! Ne csak ezt a három nőt keresd!

– Tudom, egy gyanúsan viselkedő illetőt is – válaszolta le-
hangolva.

– Nem, nem! – Még mindig nem értették, mire akar kilyu-
kadni. – Keress meg minden szőke, hosszú hajú nőt. – Hitetlen-
kedve néztek rá. – Ha valóban itt választja ki az áldozatait, ak-
kor azok valószínűleg már megvannak, csak el kell kapnia őket
a megfelelő időben. És ha ilyen nőkből a felvételeken viszonylag
sok feltűnik, akkor cseszhetjük az egészet! Megtalálta a „betűit"!

– Igazad van, Liv, de ez Derecknek akkor is sok munka! –
szólt közbe Colin.

– Igen, tudom! – bólintott. – De van itt pár ember, akiknek
szemmel láthatóan nincs dolguk, csak a telefonjukon játszadoz-
nak – mérges arcot vágott. – Szeretnék én is ilyen laza munká-
ért jó kis fizetést kapni – majd visszaváltott. – Természetesen
én is ezt fogom csinálni.

– Lawrence, Hopkins! – Williams erélyes hangjára már ug-
rottak is az említettek, akiknek az öreg röviden vázolta, mi is
a feladatuk. – Válasszanak egyet! – mutatott az asztalon fekvő
számos adathordozóra.

– De Liv, ez még mindig nagyon sok! – bámult a maradék-
ra Dereck.

– Mi is segítünk! – ajánlkozott a két kapitány is, mert látták a fiún, hogy agyvérzés közeli állapotba került.

– Még mindig nem érted? – és tekintetét az égre emelte, mint aki a mindenhatótól kér türelmet a jelen pillanatban. Majd mély levegőt vett, és nyugodtan elkezdte még egyszer magyarázni, mi is a teendő. – Nem kell mindet végignézni! Ha az első egy-két órában találunk közösen ötven ilyen nőt, akkor ez az egész mehet a picsába, mert a nők már nagy valószínűséggel megvannak. Csak követnie kellett őket. – Figyelte, hogy Dereck felfogja-e, amit mondott. – Ha rövid időn belül találunk sokat, akkor ezzel már nem kell foglalkoznunk. Akkor marad a három nő. Megkeressük őket, megnézzük, mikor mentek be, majd a belső csarnokra váltunk.

– Főnök! – szólt Hopkins, mire mind a két kapitány odanézett. – Én már vagy tízet láttam pár perc alatt!

– Én is! – vágott közbe Lawrence.

– Már előre látom, hogy ez így nem lesz jó! – értékelt Liv. – Ha ennyi ilyen nő van ilyen rövid idő alatt, akkor ez zsákutca – szomorodott el. – Akkor marad a három nő! Azokat keressétek! Csak az utóbbi pár napot! Azt ugye tudjuk, hogy Ingrid sokat járt oda, ő a múlt heti felvételeken lesz rajta, mivel hétfőn már megtalálták. Viszont mindig több lánnyal ment, ezt Johny is alátámasztotta. A csoportokat kell nézni. – Várt egy kicsit, hogy mindenki rá figyeljen, hátha megkönnyítené a dolgukat az információk összefoglalásával. – Victoria hétfőn tűnt el, aznap járt a plázában. A férj az imént megerősítette, hogy oda is készült, és biztosan járt is, mert megtalálta az elhagyatott kocsiban a ruhát, amit ott vett. Tehát hétfő reggel nyolctól nagyon figyeljetek! – Mindenki bólintott, és várták a további időpontokat. – Wanda tegnap délelőtt járt a Bigben a barátnőjével. Egy szőke, egy barna párban, könnyebb lesz keresni. Tehát csak kedd kilenctől délután kettőig kell nézni. Így valamivel könnyebb lesz.

Mindenki a monitorokra meredt, és kezdetét vette a versenyfutás az idővel. Ki lesz az, aki hamarabb rájuk bukkan?

Mivel tudták, hogy valószínűleg sokáig fognak dolgozni, megkérték Bodint, hogy ugorjon át a szomszédos büfébe valami ebédféléért. Még evés közben sem vették le a szemüket a monitorokról. Már vagy egy órája nézték, amikor Lawrence felkiáltott:

– Azt hiszem, megvan Ingrid! – Mindenki odasietett. – Ez itt, ebben a lenge öltözékben, csakúgy, mint a többi lány.

– Mondd ki nyugodtan, hogy kurvás, hiszen az volt! – szólt közbe Hopkins.

– Ez most nem számít, hogy milyennek hívjuk az öltözékét – vágott közbe Liv. – Ami viszont igen: jegyezd fel az időpontot, hogy azt a belső csarnokéval össze tudjuk nézni.

– Megvan Victoria is! – villanyozódott fel Dereck.

– Szuper! Akkor te is jegyezd le! – Colinra nézet, mert látta, hogy talált valamit.

– Gyere ide, Liv! Ez lehet a két lány? Egy szőke, egy barna – és az ujjával a monitor azon pontjára mutatott, ahol épp álltak.

– Igen, ők lesznek azok! – Látszott rajta a megkönnyebbülés. – Könnyebben ment, mint gondoltam! Jók vagytok, fiúk! Köszönöm! – tekintett körbe hálásan. – Mi pedig ezzel a három pendrive-val menjünk át a tárgyalóba a nagy kivetítőhöz, hogy jobban lássuk a központi csarnokot.

Mind a négyen – Liv, Dereck és a két kapitány – együtt indultak a tárgyalóba. Mindenki nagyon izgatott volt, vajon mit találnak. Kivetítették az első felvételt.

– Nézzétek, ott jönnek a lányok! – mutatott Colin a táblára. – És most nézzük, hátha látunk valami gyanúsat.

– Ez rengeteg ember, hogy tudunk itt bárkit is kiszúrni? – hitetlenkedett már megint Dereck.

– Igazad van, de én leginkább olyanra figyelnék, aki sapkában van! – nyugtatta Liv. – Azokat könnyebb kiszúrni, és a sapka el is tud rejteni valamilyen szinten. Nézd! Ott van egy – mutatta –, és ott is egy. Ezekről csinálj egy képet, és rakd félre. És ott egy harmadik, arról is.

Liv nem akarta feladni, ugyanis egyrészt sosem szokta, másrészt mert az ő ötlete volt, de tényleg nagyon sok volt ott az ember. Nagyon nagy mázlijuknak kell lenni ahhoz, hogy bármire rábukkanjanak.

– Dereck! Most meg kell keresni, amikor a lányok távoznak – utasította Liv.

– Mi van? – háborodott fel. – Ki tudja, hány óra, mire ez megtörténik?

– Igazad van! – egyezett bele. – De akkor nézzük Victoriát vagy Wandát. Róluk pontosabban tudjuk, hogy körülbelül mikor hagyták el a plázát. Azt is, mikor érkeztek, úgyhogy mutasd a csarnokot. – Dereck feszültsége kicsit alább hagyott. – Jó, itt jön Wanda és Kate, válts gyorsan! – kérte Liv, és szemével követte a lányokat. – Oké, itt is megvannak – bámult meredten a képre.

– Látok jó néhány sapkást! Csinálj fotót, Dereck!

Amíg ezeket a képeket nézegették, kopogtattak a tárgyaló ajtaján, majd Bodin dugta be a fejét.

– Mit akar, Bodin? – kérdezte az öreg.

– Itt van egy bizonyos... – és felolvasta a nevet egy cetliről. Milyen rendőr az, aki nem tud megjegyezni egy nevet? – Neil Tyler. Bejelentette a felesége eltűnését – és közben az asszonyról egy képet is lobogtatott, mire Liv azonnal pattant, és Dereck is. A nő szőkés, hosszabb hajú...

– Maradj, Dereck! – utasította. – Ezt majd elintézem, Te nézd tovább az időpontok eseményeit, és fotózz! – Erre Colin is indulni készült. – Te is maradj, segíts Derecknek, kérlek.

– Hangja selymessé vált.

– Igen, te itt maradsz Rogersszel! – határozott az öreg. – Majd én megyek Prestonnal. Az én szemem már úgysem a régi, ketten többre mentek. Bodin! Hányas kihallgató?

– Kettes, uram! – válaszolta.

– Akkor induljunk!

Liv és a kapitány egymás mellett lépkedtek a kihallgató felé. A lány tartott egy újabb ilyen jellegű kihallgatástól, mert tudta jól, hogy most min megy a férj keresztül. Egy dolog tartotta benne a lelket: sem Wandát, sem ezt a nőt még nem találták meg holtan. Talán még élnek. Talán még van remény. Ezzel a tudattal és az öreggel lépett be az helyiségbe.

– Üdvözlöm, Neil, Preston nyomozó vagyok – nyújtotta a kezét. – Bemutatom Williams kapitányt – majd mind helyet foglaltak.

- Kérem, mondja el pontosan, mi is történt! - kérte a lány.

- A feleségem, Linda... nem tudjuk, hogy hol van. Eltűnt. A telefont nem veszi fel. Az ki van kapcsolva! - sorolta el egy szuszra az elkeseredett férj.

- Egy kicsit bővebben elmondaná? Mikor tűnt el? Mikor vették észre? - kérdezte Liv.

- Még tegnap este megbeszélték a barátnőjével, Sandrával, hogy délelőtt találkoznak. - Megállt, mint aki töri a fejét, hogy pontosan hogy is volt. - Igen, tíz órára beszélték meg a belvárosba, egy kávézóba. Vásárolgatni indultak volna. Amolyan csajos napra. Linda nagyon boldog volt, hogy Sandra végre nem dolgozik, ráér, és egy napot együtt tölthetnek. - elhallgatott, majd hirtelen Livre nézett. - Érti? Ezt sosem hagyta volna ki! Biztos, hogy történt vele valami.

- Kérem, nyugodjon meg! - majd bátorításként megfogta a kezét. - Folytassa!

- Sandra dél körül telefonált nekem, hogy elindult-e már Linda, mert még mindig a kávézóban várja, és nem éri el - sóhajtott mélyet. - Közöltem vele, hogy még kilenc körül elindult a buszhoz - tudják, a külvárosban lakunk. - Az arcát a kezeibe temette. - Még én mondtam neki, hogy menjen busszal, mert a kocsi nekem kellett. Annyira késésben voltam, hogy el sem tudtam vinni. Ha akkor én viszem el...

- Ne hibáztassa magát! Azzal nem tud neki segíteni! - próbálta csitítani. - Viszont nekünk igen! - tért át a lényegre. - Tehát azt állítja, hogy Linda kilenc körül elhagyta a lakást.

- Nem állítom. Azt mondta, akkor indul. Nekem már nyolckor mennem kellett - vágott közbe.

- Értem! Tehát ön elindult a munkába nyolckor, és feltételezte, hogy Linda kilenc óra körül elindul a barátnőjéhez, Sandrához, ahova nem érkezett meg - foglalta össze.

- Igen, ezt mondom - bólintott.

- A lakásban látott valami szokatlant, amikor hazaért?

- Nem. Csak a szokásos. Nem tűnt fel semmi.

- Van-e tudomása, hogy különös telefonhívást kapott volna Linda? - A férj csak a fejét rázta.

139

- Járt a felesége az utóbbi pár napban, héten a Big plázában?
- Nem tudom. Meglehet. Sokat vásárolgat. Szokott oda járni, de nem számol be minden percéről, hogy hol töltötte. – Hirtelen megállt. – Mi köze az eltűnéséhez a Bignek, vagy bárminek?
- Nézze, Neil, ezek csak rutinkérdések! – nyugtatta. – Mi igyekszünk mindent átfogóan megérdeklődni, hogy a nyomozásunk eredményes legyen. Mindent meg fogunk tenni annak érdekében, hogy megtaláljuk Lindát.
- Köszönöm! – hálálkodott.
- Igazán nincs mit! Ez a dolgunk! – mosolygott rá Liv. – Ha bármilyen kérdésünk lenne, még keresni fogjuk! – A férfi bólintott.

Liv és a kapitány bánatos arckifejezéssel hagyták el a kihallgatót. Semmi érdemleges információt nem tudtak meg. Nem kerültek közelebb a megoldáshoz. Bárhogy törte a fejét, nem talált megoldást. Csak a kamerák felvételeiben bízott, hátha a fiúk találtak már valamit, és alig várják, hogy visszaérjenek. Gyorsan meg is nézte a telefonját, nem érkezett-e bármelyiktől üzenet. Rápillantott, de semmi, majd hirtelen megállt.

- Főnök! A telefonok! – Hangja tele volt indulattal.
- Telefonok? Beszéljen már érthetően, Preston! – mordult rá az öreg.
- Mind ki volt kapcsolva. Mindegyik elérhetetlen. A technikusok nem néztek utána, merre lehetnek? Ők már biztosan tudnak valamit az eddigi háromról! – magyarázta.
- Na, akkor ne tétlenkedjünk, indulás! – emelte fel a hangját, és hanglejtésében volt valami bizakodó. – Leugrunk a technikusokhoz, mi az eredmény, ha nekik nincs annyi eszük, hogy szóljanak, ha valami vizsgálat kész.

Ahogy beléptek a labor technikai részlegébe, mindenkinek megállta keze alatt a munka, mert nem hittek a szemüknek, hogy a kapitány személyesen ment oda. Ráadásul Livvel. Illedelmesen köszöntek mindenkinek, azok meg vissza. Egy szemüveges, vörös hajú fiatal srác ment oda hozzájuk. A köpenyén volt a neve: Jim.

- A laborvezetőt felhívták a tárgyalóba – közölte, és a két nyomozó ebből rögtön tudta, hogy Dereck és Colin találtak valamit. – Miben segíthetek?

– Helló, Jim! – mosolygott Liv, a kapitány csak odabiccentett. – Arra lennénk kíváncsiak Williams kapitánnyal – a fiú láthatóan kihúzta magát, mert valószínűleg nem tudta, ki előtt is áll –, hogy van-e már eredmény a két halott nő, illetve az eltűnt lány telefonjának ügyében.

– Egy pillanat, megnézem! – és nyomkodni kezdte a számítógép billentyűzetét. – Igen, mindjárt, na, ez lesz az! – kommentálta a keresését. – Nagyon sajnálom, de egyik sem lekövethető. Kikapcsolták, szétszedhették, vagy csak egyszerűen szétverték. Nincs nyomuk! – próbálta megmagyarázni, és közben a szemében rémület ült, hogy most neki kellett ezt elmondania a legmagasabb rangú felettesének, és ezzel esetleg behúzott valami rossz pontot. Hirtelen felcsillant a szeme.

– Itt jön a vezető, hátha ő többet tud! – azzal hátat is fordított és elinalt. Liv és az öreg megfordultak.

– Williams kapitány! Mi járatban erre, ahol tán még sosem volt? Helló, Liv! – üdvözölte őket kedélyesen. – Most jövök Taylor kapitánytól és Derecktől. Még kérdeztem is, hogy hol vannak! – mondta, és még mindig nem hitt a szemének, hogy a nagyfőnök itt van. – Miben segíthetek?

– Jim már próbált. A nők telefonjáról érdeklődtünk, hogy sikerült-e bemérni – magyarázta Liv, és a férfi rápillantott a monitorra.

– Igen, látom, itt van. Jim jót keresett. – Elkomorult. – Elmondta az eredményt is?

– El, hogy nincs semmi. Nem vezetnek sehova. Nem lehet lekövetni – szólt a kapitány. – Tényleg nincs semmi más? – Alvarez csak a fejét rázta.

– Sajnálom, uram, mindent megtettünk! – Rosszul érezte magát, épp, mint Jim, hogy ezt a hírt tudja csak megerősíteni.

– Nagyon dühítő, hogy megint híján vagyunk az eredménynek, de nem maguk tehetnek erről! – kelt ki magából az öreg, ami megijesztette Alvarezt, de ugyanígy le is csillapodott. – Jó munkát végeznek! Csak így tovább!

A laborvezetőn látszott, hogy most ugrálna örömében. Még utoljára ilyen dicséretet kapnak.

– Jim, köszönjük a segítséget! – kiáltott még oda a srácnak, amitől szemmel láthatóan ő is megnyugodott. Az öreget nem lehetett megvezetni: kiismerte az embereket egy pillanat alatt, és látta a fiún, milyen ideges, ezért tette, amit tett. Már éppen indulni készültek, kiléptek az üvegajtón, de Livnek beugrott valami.

– Főnök! Jim azt mondta, hogy a felettesét felhívták a tárgyalóba – kezdte, és az öregnek is felcsillant a szeme.

– Megint gyorsabban jár az esze! – állapította meg. – Látja, Preston, az enyém már nem, ezért is jobb, ha nyugdíjba megyek. – Rátette a lány vállára a kezét. – A lehető legjobb emberrel hagyom itt! Vigyázni fog magára, akárcsak én! Sőt még nálam is jobban. Az életét adná, ha meg kéne, hogy védje! Higgye el!

– Jaj, főnök!

Olyat tett, amit még soha: a nyakába borult, megölelte, amit felettese viszonzott. Talán életében először nem tudott Williamsnek mit válaszolni, csak elérzékenyült, pedig ezen épület falai között ő volt a kőszikla, a tornádó, a villámlás. Mindig is így beszélt magáról: „Amikor érkezem, az olyan, mint egy hurrikán szele, elsöpör, amit ér! Amikor jelen vagyok, dörög, villámlik és háborog! Amikor távozom, hirtelen elcsendesül minden, megnyugszik!" Ez volt ő, Olivia Preston, a Vihar. Sokan e mondata miatt a háta mögött így is hívták, de nem bánta.

Amikor végre el tudta engedni az öreget, nem jutott eszébe, miért is nem indultak el, így visszamentek a tárgyalóba. Amikor benyitottak, Dereck és Colin némán, magukba roskadva ültek a széken, szemük előtt a kimerevített kép. Csak bámultak maguk elé. A látvány eléggé ijesztő volt.

– Mégis mi a fene van? – háborodott fel a lány, de ők csak a fejüket rázva, szavak nélkül mondák el, hogy semmi. – Megszólalna végre valaki?

– Átnéztünk mindent – kezdte Colin –, és találtunk is egy férfit.

– Na és? – pörgött fel Liv.

– Látszik, hogy kis ideig követi a nőket. Látszik, hogy a parkolóba is – ismét megrázta a fejét.

- Idehívtuk Alvarezt – vette a szót magához Dereck, mikor látta, hogy Colin képtelen elmondani, mi történt, és talán azért nem, mert nem akart a lánynak csalódást okozni –, hátha tud a képminőségen javítani, hátha felismerhető a fickó. De nem. Csak a nagy homály. Sajnálom, de nem találtunk semmit! – summázta a helyzetet. Ekkor mindenki telefonja megrezzent. Elővették, és tanulmányozni kezdték.

– Na de főnök! – meredt Dereck az öregre. – Na, de Liv!? – nézett a lányra kérdőn. – Mind a két kapitány kell? – Liv addig nem értette a kérdést, amíg meg nem nyitotta az üzenethez csatolt képet, ami a labor címéről jött. Az üvegajtón keresztül valaki lefotózta, ahogy megöleli Williamst. Életében először, és még bizonyíték is van róla! Ám ahelyett, hogy megint felforrt volna a vére, nyugodt maradt. Még örült is ennek; és a szája szélén megjelent egy kis hamiskás mosoly.

– Fiúk! Ez van! – válaszolta meg Dereck utóbbi kérdését, és egyszerre buggyant ki belőlük a nevetés.

Ezt a féktelen jókedvet, ami rájuk is fért ezen a napon a sok rosszra, Williams dörmögő hangja hasította ketté:

– Menjünk haza! Azt hiszem, ránk fér a pihenés! Ki tudja, mit hoz a holnap? – Elgondolkodott. – Ahogy a dolgok állnak nem jobbat, mint ma!

– De mi volt az eltűnt nő férjének a kihallgatásán? – tudálékoskodott Dereck.

– Semmi! – hangzott az egyöntetű válasz, majd Liv egyedül folytatta. – Elindult a feleség ki tudja mikor, ki tudja hogyan, de nem érkezett meg. A férj azt sem tudja, merre járhatott, amíg dolgozott. Szintén zsákutca, és sajnos már a sokadik.

Ebben a lehangoló tudatban hagyták el az őrsöt. A parkolóban elbúcsúztak, és Liv Colinnal a kocsija felé vette az irányt.

– Éhes vagyok! – hagyta el a lány száját a kijelentés, mintha a férfi most azonnal tudna neki főzni valamit.

– Mit ennél, édes? – érdeklődött. – Arthur is így hív? Édes? – és szemében ott villogott az a hamiskás mosoly, amit a lány már az első pillanatban megszeretett benne. A vagányan huncut, vagy a huncutul vagány?

– Sokat és finomat! – vágta rá. – Bár ő biztosan elbűvölne legalább egy Wellington bélszínnel! – csapta le a magas labdát nevetve. – Egy szendvics, egy hamburger is megteszi, amit gyorsan be lehet kapni.

– Be, mi? – és a férfiból még inkább kikívánkozott a nevetés.

– Ha nincs étel, akkor nem tudok mit bekapni sem! – igyekezett a jókedvének szárnyát szegni.

– Jó-jó! Értettem a célzást! – adta meg magát, majd azonnal bekanyarodott a legközelebbi nyitva tartó büféhez. – Döner, kebab? – kérdezte.

– Bab nem ke, a döner jöhet. Végül is mindegy, ha a babokat nem kell otthon elvetni – és igyekezett nem fáradtnak tűnni, pedig az volt, nagyon. Nem vágyott semmi másra, csak hogy tele legyen a hasa, lezuhanyozzon, és Colin ölelő karjaiban álomba merüljön.

Mire kész lett az étel, ennek egyharmada majdnem meg is valósult. Mohón rávetette volna magát a finom falatokra, de a férfi figyelmeztette:

– Az autóban nincs evés! – Ettől szinte el is ment a kedve mindentől. Lehúzta az ablakot, hogy legalább az illat ne csapjon az orrába olyan keményen addig, amíg haza nem érnek. Számlálgatta a tömböket, hogy vajon mikor érnek a házához, de félúton már abba is belefeledkezett. Colin kanyarodott, és megállt. – Hölgyem! Itthon tetszik lenni!

– Nagyon tetszik! – Kipattant a kocsiból és falni kezdett.

– Ennyire éhes voltál?

Nem hitte el, hogy pillanatok alatt eltüntetett mindent, ami a kezében volt.

– Miért nem szóltál? Hozattam volna valamit! – intette meg.

– Mert éppen Arthurral voltam elfoglalva! – válaszolta teli szájjal, célozva a fényképre, de nevetni ettől már nem tudott, inkább csak fuldokolni.

– Jól elkapott pillanat volt! – tartott vele. – De mégis, hogy volt ez? – A féltékenysége nem hagyta ki ezt a kérdést.

– Egy szentimentális pillanat volt részünkről. Ő megy, én maradok. Ő volt itt az apám helyett apám! – magyarázta, bár mindketten tudták, hogy nincs mit. – Elmondta, hogy a legjobb kezekben hagy itt. Én is tudom, hogy így van, és így lesz! – Colin ezt hallva csak állt ott, egy dobozos üdítővel a kezében. Mindkettőjükön olyan érzelmi áradat vonult át, amit ember nem tud megmagyarázni. Hirtelen ötlettől vezérelve letépte a doboz nyitófülét.

– Akkor most én is szentimentális leszek! – jelentette ki, majd feltartotta a kis fület. – Tudom, hogy nagyon friss ez a kapcsolat. Tudom, hogy emiatt egy őrült vagyok, de a te őrülted! Hajlandó lennél velem megosztani életed hátralevő részét?

– Teee moost megkéérted a kezem? – kérdezte, mert nem hitt a fülének, de gyorsan visszatért belé az élet, ami elképzelhető, hogy a vacsora miatt volt. – Mert ha ez volt a terved, ahhoz kell ám nagy felhajtás, ünnepség meg tűzijáték! – adta tudtára, hogy ez a legkevesebb, mert érte érdemes.

– Egyelőre csak az életed akarom! – mondta nevetve, majd elkomolyodott. – Hidd el, hogy a kezedet igazi gyűrűvel fogom! Ahogyan azt kell – mondta. – De még mindig nem válaszoltál – és ismét felmutatta a doboz fülét.

– Mit is mondhatnék erre egy őrültnek? – villanyozódott fel. – Csakis igeeent! – Ekkor Colin odalépett, átölelte, és ez a helyzet azt tudatta, hogy ezen senki nem tud változtatni.

– Ezt hova rakod, édes? – A dobozfül még mindig a kezében volt.

– Ide! – mutatott a láncára. – Fel fogom fűzni! Ha segítesz, most azonnal – és kikapcsolta, majd együtt rárakták a holdköves, érdekes formájú medál mellé. A nyakában volt mindenki, aki számított az életében. – Most már bemehetnénk?

– Menjünk! – vette jó néven a javaslatát.

Beérve a házba ledobáltak mindent, és csak magukkal foglalkoztak. Jó volt egymáshoz érniük. Minden érintés egy kicsivel közelebb vitt ahhoz a beteljesüléshez, amit reggel óta vártak. Annak a folytatása még inkább elhitette mindkettőjükkel, hogy a határ a csillagos ég. Hogy nincs, ami megállítsa őket. Csak ők voltak abban a pillanatban, senki más. Bármit mondhatott a száj, ha a test mindig rácáfol! Az édes agónia, amit átéltek, fontosabb volt bárminél!

Colin, visszatérve a gyönyörök kertjéből, gyorsan elindult letusolni, majd Liv is mellé toppant. Finoman átmosták egymást, mert megérdemelték. Amikor befeküdtek az ágyba, már a kimerültség kitaposott mezsgyéjén jártak. Jó volt a másikhoz hozzábújni, érezni a teste melegét, csak úgy lenni a világban, mint egy pont, és hirtelen nem törődni semmivel. Ezzel a tudattal aludtak el egy szempillantás alatt.

12

A telefon halk rezgésére Liv felemelte a fejét. A világosság, amit kibocsájtott, még bántotta a szemét. Hajnali kettő. Sam az. Óvatosan oldalba lökte Colint.

– Halló! – szólt bele álmos hangon.

– Liv, Sam vagyok! Azonnal ide kell jönnöd az erdőbe! – A hangja, bár pánikot keltett, egyben igencsak akadozott.

– Sam! Mondd, mi van? – kérdezte.

– Itt! Itt van valami! Boby találta – mondta.

– Ki az a Boby? – Hirtelen nem tudta, hol is van pontosan.

– A kutyám, de gyere már! Itt egy... – habozott kicsit – egy nő! Erre Liv azonnal felébredt.

– Hol vagy pontosan, Sam?

– Kijöttem...tünk Jacktől, aztán a kutya megveszett – mondta akadozva. – Kitépte magát a kezemből, asztááán ez itt volt.

– Maradj ott, Sam! Fogd meg a kutyát! – adta ki az utasítást, és határozott hangjára Colin is felébredt.

– Kellj fel! – ordította Liv. – Sam hívott, az erdész! Boby talált egy nőt!

– Édes, ezt most még egyszer! – kérte, mert nem értette az összefüggéstelen szóáradatot.

– Majd útközben! Menni kell! – jelentette ki. – Sam azt mondja, talált egy nőt – illetve a kutyája, Boby.

Gyorsan felkaptak magukra valamit, majd elindultak. Nem tudták, mire számíthatnak, és valóban lesz-e ott olyan, amire érdemes felkelni hajnali kettőkor. Nem is mertek értesíteni senkit. Jack kocsmájához indultak, Liv mutatta az irányt. Az erdő felé csak a sötétség, más nem akart arra sétálni ilyenkor. Kivéve Samet. Ahogy megérkeztek, a zseblámpájukkal világítottak és Samet szólogatták.

– Itt vagyok! – szólt Sam a sötétben.

Próbáltak a hang irányába menni. Sam is bekapcsolta s zseblámpáját, hátha úgy könnyebb lesz megtalálni.

– Na, végre egy jó ötlet az öregtől! – Colin ezzel nem rejtette véka alá, hogy nem hisz egy ittas ember éjjeli látomásának. Meglátták a férfit, aki szemlátomást kijózanodott az eltelt idő alatt. Szemében félelem ült, homlokán véres sebhely. Liv odaszaladt hozzá.

– Sam! Itt vagyok! Én vagyok az, Liv! – nyugtatta. – Az előbb hívtál!

– Ó, Liv! Végre! Hazamehetek? – kérdezte megnyugvással.

– Most még nem! – válaszolta. – Mutasd, hol bukkant rá Boby a testre.

A neve hallatán a kutya egy vakkantással válaszolt.

– Arra! – mutatott az ujjával a vaksötétbe.

– Gyere, Sam! Mutasd meg! – kérlelte az ingatag lábon álló férfit.

– Ő jobban tudja! – mutatott a kutyára.

– Átengeded a pórázt? – kérdezte finoman, nehogy a kutya meghallja.

– Persze, aranyom! – helyeselt. – De vigyázz, vad jószág ez. – Liv csak bólintott, azzal kivette azt a kezéből.

Óvatosan elindult a sötétség felé, amit Sam nagyjából behatárolt. Ahogy körbenézett, mindenhol csak az volt. Kicsit kezdett félni, hogy vajon mit fognak találni. De ahogy elindultak a kutyával egy bizonyos irányba, Liv érezte Colin védelmező karját, s már nem félt semmitől.

– Boby, keresd! – adták felváltva az utasításokat, a kutya pedig követett mindent. Amikor már érezték, hogy majdnem kitépi magát a kezükből, körülnéztek. A vaksötétben még mindig nem láttak semmit, de a kutya húzott.

A semmiből egy világos folt került elő. A kutya szinte megállíthatatlan volt, ahogy odaértek. Tudták, itt van, megtalálták! Ott feküdt pár lépésre előttük. Nem volt más, mint Wanda Goodman.

– Colin, nézd! – és lámpájának fényével még inkább megvilágította a lányt, hogy jobban lássák. Úgy feküdt ott, mint az

148

előző két áldozat. Mintha csak aludna. Haja a feje körül szépen elrendezve, akárcsak régimódi ruhája. A szája be volt varrva.

– Nyugi, értesítek mindenkit! – szólt a lányhoz, majd kezét is a vállára tette, mert érezte rajta a feszültséget. Tudta, milyen fontos lett volna neki, hogy a lány élve kerüljön elő, de erre már nem volt esély. Talán Lindánál nem így lesz.

Amíg a férfi telefonált, Liv Wandát bámulta. Egészen belefeledkezett ebbe, amíg Boby nem adta a tudtára, hogy ő is ott van ám. Látszott a barna fejű, világos testű pointeren, hogy ezért a felfedezésért jár neki valami. Nedves orrával elkezdte böködni a lányt, majd leült Liv elé és várta a jutalmat. A lány megsimogatta szőrös fejét, és megvakargatta a füle tövét.

– Jó kutya! Ügyes Boby! – A kutya pofáján látni lehetett a boldogságot.

– Mindjárt jönnek! – törte meg ezt a friss barátságot Colin. – Mindjárt féltékeny leszek erre a dögre.

Ezen kijelentését Liv egy rosszalló grimasszal kommentálta.

– Visszamegyek Samhez, hátha ki bírok szedni belőle valamit, és ami még fontosabb, tudom-e majd értelmezi. – Kifújt egy nagy levegőtömeget, és a férfi keresésére indult.

Sam az egyik fának nekidőlve ült annak tövében, szeme még mindig rémülettel volt teli. Amikor meglátta a lányt és a zseblámpa vakító fényét, karját az arca elé rakta. A rendőrautók hangos szirénázása megtörte az amúgy nyugalmas erdő csendjét, bár a nyugalom az utóbbi pár napban már nem volt jellemző rá. Ijesztő volt belegondolni, mit láthattak ezek a fák és a köztük élő állatok.

– Sam! – szólította meg. – Mi történt a fejeddel? – nézte a homlokán éktelenkedő véres sebet, majd egy zsebkendőt húzott elő, hogy egy kicsit letörölje.

– Elindultam Bobyval a sötétben, az meg csak húzott, és húzott – jöttek ki akadozva a szavak a szájából. – Aztán elém ugrott egy kivilágítatlan fa. Utána csak azt éreztem, hogy fáj – mutatott az ujjával a fejére. Liv majdnem elnevette magát, ahogy elképzelte a jelenetet, de az egész helyzet tragikusságára tekintettel visszafogta magát. – Véletlenül elengedtem a kutyát, aki egészen odáig szaladt – mutatott az áldozat irányába. – Mikor odaértem, akkor láttam. – Megborzongott. – Tudod, láttam az elsőt is, de az nem viselt meg ennyire. Az éjszaka sötétje felerősítette a félelmet.

– Nem láttál vagy hallottál ezen kívül semmit? – igyekezett tovább kérdezni.

– Nem, aranyom! Nem láttam – hajtotta le a fejét, ezzel is kifejezve, mennyire sajnálja, hogy nem tud többet segíteni. – Ahogy észrevettem, azonnal hívtalak.

A megérkező rendőrök és helyszínelők erős lámpáira lettek figyelmesek.

– Sam, most elmehetsz, pihend ki magad. A sebedet ne felejtsd el fertőtleníteni! Nem belülről! Kívülről! – utasította mosolyogva. – Ha lesz bármilyen kérdésünk, keresni fogunk. Nekem mennem kell a kollegákat tájékoztatni! – magyarázta. – Itt a póráz – adta a kezébe –, jól tartsd meg! Így is összemászkálta a tetthelyet. – A kutya érezte, hogy róla van szó, és nem akart az öreggel menni; nagyon jólesett neki Liv simogatása. Hogy ezt a lány tudtára adja, finoman megfogta fogaival a karjánál a pulóverét. Liv még utoljára megdögönyözte, majd Sam rángatni kezdte, hogy ideje hazamenni.

– Jó éjt! – köszönt el a lány, majd sarkon fordult, hogy viszszamenjen Colinhoz. Látta, amint a férfi már utasításokat ad, mit hogyan csináljanak. Hol lenne a legjobb a lámpákat elhelyezni, hogy azok megfelelően be tudják világítani a terepet.

– Üdv, emberek! – kiáltott hangosan a lány, mert biztosra akart menni, hogy mindenki rá figyeljen. – Hajnali kettőkor érkezett a hívás Samtől, az erdésztől, miszerint a kutyájával találták meg a holttestet. Azonnal idesiettünk, és megállapítottuk, hogy a helyzet nagyon is komoly, és ez látható is – mutatott az áldozat felé. – Az öreg ittas állapotban volt, ezért sem tulajdonítottunk nagy jelentőséget a szavának. Ezen állapotában a kutya erős húzására lefejelt egy fát – egy pillanatra elhallgatott, mert az agyában megjelenő kép még mindig szórakoztatta, így megpróbálta visszanyelni a nevetést –, aminek következtében a fején vérző sebet láttunk. Lehetséges, hogy a vérét megtalálhatjátok, de össze tudjatok majd vetni ezzel – és előhúzta a véres papírt a zsebéből, amivel megtisztította Sam arcát. Azt gyorsan be is tették egy bizonyítékos zacskóba. – Sajnos a kutya összejárkálta a területet. Lehet, hogy az áldozatra is került a DNS-éből, de az is itt van! – emelte fel a karját, mutatva a ruháját, aminek az ujja részénél nagy, vizes folt volt látható. – Ez a kutya nyála. Vegyetek belőle mintát, hogy azt is ki lehessen zárni.

Miután egy vattás végű pálcával alaposan átdörzsölték a szövetet, tovább vizsgálták a test környezetét. Liv körülnézett a sötétségben.

– Feláll a szőr a hátamon, ha belegondolok, hogy ez a féreg esetleg most is minket figyel – súgta oda Colinnak. – Viszont eszembe jutott valami! – csillant fel a szeme. – Pont Sam adta az ötletet – illetve Boby. Kutyákkal kellene átvizsgálni ezt a részt, hátha fognak valami szagot.

– Remek ötlet! – dicsérte Colin. – Azonnal be is szólok, hogy küldjenek ki kutyás rendőröket. Azokat még meg kellene várnunk! – jelentette ki, mert látta, hogy Liv kicsit fázik. Közben tárcsázott. – Kibírod?

– Persze! Majd megmelegítesz! – mosolygott rá. – Doki sem ért még ide. Őt mindenképp meg kell várnunk.

– Ez is igaz. – A vonal másik végén fogadták a hívást, ezután Colin egyértelmű utasításokat adott a kutyákkal kapcsolatban.

Ott álltak még pár percig, a férfi közben átölelte Livet, hogy az ne remegjen annyira. A lány élvezte közelségét, az illatát, és minden egyes levegővételét. Amíg belefeledkezett mindebbe, megérkezett Doki. Elindult felé, és már messziről látta, hogy a szakértő nagyon álmos. Biztosan sokáig dolgozott az este.

– Helló, Doki! Nem tudsz aludni? – próbálta kicsit jobb kedvre deríteni. – Nagyon vártalak ám!

– Alkalmasabb nem is lehetne az idő! Hajnali négykor halott nő egy sötét erdőben az álmoskönyv szerint sem jelent semmi jót! – ironizált. – Szia, drágaságom! – majd rámosolygott.

– Na, lássuk csak, mi van itt! – lépett oda a holttesthez. Látni lehetett rajta, hogy kicsit meghökkent az ismétlődő látványtól, pedig már nagyon sok mindent megélt ezen a téren. Gyorsan átvizsgálta, hogy a helyszínelők mihamarabb begyűjthessék róla vagy alóla az esetleges bizonyítékokat, ő viszont csak a fejét rázta.

– Találtál valami érdekeset? – kérdezte Liv.

– Első ránézésre minden ugyanaz, mint az eddigieknél! – Felmutatta az áldozat kezét, akinek tenyerében ott volt a jól ismert fekete égésnyom az áramütéstől. Felemelte a ruha szoknyarészét, így látszott, hogy nemcsak a szája, de alul is össze volt varrva. – Valószínűleg megtalálom majd a hátán a sokkoló nyomait is.

– Megnéznéd a szájában a jelet? – kérte meg szépen, édes mosollyal a lány, de úgyis tudta, hogy megteszi, hiszen az előző áldozatnál is rá bírta venni.

– De csak mert ilyen szépen kéred! – viszonozta a kedvességét. – Hozzanak egy üveget a varratnak! – váltott át sebesen parancsoló hangnemre. – Gyere, drágaságom, tartsd így, itt az a lámpát! – mutatott egy erősebb fényű zseblámpa felé.

– Így jó lesz?

Doki csak bólintott. Fogott egy ollót, megmetszette, majd egy csipesszel, magabiztos mozdulatokkal, de óvatosan kifűzte a cérnát, melyet elhelyezett az üvegcsében. Kesztyűs kezével finoman lehúzta az alsó ajkat, és belenéztek.

– Ott a nagyító. Liv, kérlek, hozd ide! – mutatott a fejével a táskája irányába, és a lány már ugrott is, mert mihamarabb látni akarta. Fölé tartotta, és alaposan megvilágította. Colin is megjelent a hátuk mögött, kíváncsian várva, hogy mit találnak.

– Jól látom, Doki? – kérdezte, mintha nem feltételezné, hogy ugyanazt látják. – Ez csak egy függőleges vonal.

– Én is azt látom. – bólintott rá megerősítésként.

– Megnézhetem? – kérdezte Colin.

– Persze, kapitány, tessék! – s is kezével jelezte, hogy nyugodtan jöjjön közelebb. Ő is odahajolt, hogy jobban lássa.

– Szerintem ez egy I betű lesz – jellemezve a látottakat. – Ha az előző kettő betű volt, akkor ez nem lehet egy vonal.

– Igen, én is erre gondoltam! – erősítette meg a lány. – Tehát van egy A, L, és egy I betűnk. Ez rengeteg szót magába foglalhat. És ne szépítsük a dolgokat: előbb vagy utóbb előkerül a negyedik betű is – mondta szomorúan. Colin tudta, mire gondolhat a lány: hamarosan Lindát is így fogják megtalálni, csak idő kérdése, az meg nekik nincs. Mihamarabb a gyilkos nyomára kell bukkanniuk, mielőtt még több áldozat lenne.

Amíg ezen merengtek, újabb autó érkezett villogva: megjött a rendőr a két kutyával. Colin és Liv eléjük sietett. A két farkaskutya magabiztosan, határozottan és méltóságteljesen lépkedett egymás mellett.

– Polly, Gina, ül! – szólt rájuk a gazdájuk, amikor a kapitány elé értek, és azok engedelmesen végrehajtották a parancsot. – Taylor kapitány, Rouis hadnagy szolgálatra jelentkezik! – húzta ki magát.

– Jó reggelt, Rouis hadnagy! – üdvözölte, és bár még korai volt az óra, de az égbolt kezdett világosodni. – Körül kell nézni a kutyákkal a területen, hátha találnának valami szagot. Csak remélni tudjuk, hogy ez így lesz – adta ki az utasítást, és a hadnagy már indult is.

Liv nézte a két gyönyörű kutyát, akik együtt mozogtak a hadnaggyal. Minden rezdülésére, mozdulatára figyeltek. Tökéletes volt az összhang köztük. Mint közte és Colin között. Hallotta, hogy Rouis egyeztet a helyszínelőkkel, mikor mehetnek a kutyákkal átnézni a helyet. A testet már felrakták a hordágyra, és nagyjából ők is végeztek, így Polly és Gina nyugodtan szagot vehetett. A hadnagy kiadta a parancsot, és látszott rajtuk, hogy alig várják, hogy érdemi munkát végezhessenek. A lehető legóvatosabban szemlézték körbe a területet. Valószínűleg ezt is megtanították nekik, hogyan kell ilyen helyeken viselkedni, mi az elfogadott forma. Nem úgy, mint Sam kutyája, aki mindent összejárkált.

Colin intett neki, hogy jöjjön oda, Liv pedig sietett hozzá.

– Na? – kérdezte röviden.

– Úgy néz ki, hogy a kutyák találtak valamit. Nézd, arra indultak. Jó lenne, ha megfelelő távolságból mi is utánuk mennénk – mondta, és a lány rábólintott.

– Legalább a kis mozgástól majd nem fázom annyira – jegyezte meg, és remélte, hogy Colin megint átkarolja, hogy melegséggel töltse el. Jól gondolta. – Kíváncsi vagyok, meddig jutnak. Menjünk! – azzal elindultak.

Negyedóra után a nehéz terepen, a sok levél és kis faágak között, fáradtan már megterhelő volt a gyaloglás, mégsem adták fel: mentek. Az ég egyre jobban világosodott, már határozottan reggel volt. Messziről figyelték Rouis-t és a két kutyát, de azok pár perc múlva megálltak, így be tudták érni őket.

– Sajnálom, de itt elvesztették a nyomot! – A hangjában fájdalmas csüggedés volt jelen, hogy nem tudtak segíteni.

– Semmi baj! – igyekezett Colin megnyugtatni, hogy tulajdonképpen nem az ő hibájuk, de szavaiban ott volt a kétségbeesés. Elindultak visszafele. Ez az út már rövidebbnek tűnt, mert nem kellett a kutyák lassú vizsgálódását kivárni.

– Liv! Tudod, merre jártunk? – érdeklődött Colin.

– Igen, mindent tudok az erdőről! – biztosította.

– Akkor mi lehet arra, amerre a kutyák elindultak? – elmélkedett, és arra apellált, hogy a lánynál beindulnak a fogaskerekek, de az túl fáradt volt. Kimerítette az éj.

– Arra? – kérdezett vissza, mint aki időt akar nyerni ezzel. Igyekezett összeszedni az összes megmaradt gondolatát, pedig azok az agyában a szélrózsa minden irányába elszaladtak. Lázasan kutatott elméjében, hátha előjön valami. Pedig aki nagyon jól ismeri az erdőt, az ő. Éppen az imént jelentette ezt ki határozottan, de a határozottsága hirtelen elillant. Tovatűnt, mint az árnyék, amikor elmegy a fény.

– Liv! – szólította meg a férfi, de erre a lány megriadt, és szaporábban kezdte venni a levegőt. – Alszol? – kérdezte, pedig még mindig visszafelé tartottak. Liv séta közbe elbóbiskolt. Nem volt már kiderítendő izgalom, ami éberen tartsa.

– Igen! – válaszolta, és a kimerültség jeleit mutatta. – Kávét, de most azonnal! – mondta szinte kétségbeesve.

– Gyere, bírd ki még egy kicsit, és megkapod! – nyugtatta.

– Ha kérhetném intravénásan, az lenne a tökéletes – magyarázta.

A terepről már szinte mindenki eltűnt, mire visszaértek, csak pár rendőr bóklászott. Gyorsan a kocsijukhoz siettek, hogy valahol megigyanak egy kávét, esetleg meg is reggelizzenek. Érdemi vitát folytattak arról, hol álljanak meg. Livnek

Jack kocsmája is jó lett volna, mert az volt a legközelebb. A kávéért folytatott harca még inkább lemerítette a még megmaradt energiáit, ezért beletörődött abba, hogy a férfi döntse el a célt, nemtetszését úgy fejezte ki, hogy kimondta: „Csinálj, amit akarsz!", majd nem szólalt meg többet az úton. Colint ez nagyon bántotta, és bízott benne, hogy jóvá tudja tenni. Megállt az őrs előtti parkolóban, ami még jobban feltüzelte a lányt.

– Te most komolyan azt gondoltad, hogy meg fogom inni az itt készült szar löttyöt? – szórtak villámokat a szemei, miközben a kapitányság épülete felé mutatott. A férfi tudta, hogy most nagyon nem kéne packázni vele, mert kávé nélkül elviselhetetlenné válik, de nem is ez volt a terve.

– Gyere, te „Istencsapása"! Megkapod a kávédat!

Ezután az őrs bejárata helyett a szomszédos büfé felé terelte a lányt, ami némi megnyugvással töltötte el azt.

– Még a helyes táplálékbeviteledről is gondoskodom! – húzta ki magát elégedetten, mint akinek megvan a mai napi jócselekedete.

A büfében megvolt minden, ami szemnek, szájnak ingere. Sokat jártak át Jackie-hez, aki azt vezette. A belevaló tulaj sokszor meg tudta nevettetni a hozzá betérőt, vagy éppen ellenkezőleg, a nyersessége volt, ami sokaknak bejött. A két szélsőség között lavírozott egyfolytában. Mikor beléptek, már messziről hallották érces hangját, amivel beljebb invitálta őket. Felemelte az üveg kávéskancsót, ami teli volt az éltető nedűvel. Valószínűleg látta rajtuk, hogy most erre van a legnagyobb szükségük.

– Jackie, duplát, ha kérhetem! – vágta rá azonnal Liv, és Jackie már vitte is a két bögrét, amit letett eléjük, és megtöltötte azokat.

– Nagyon köszönöm! – hálálkodott.

– Mi történt, Liv? Nagyon meg vagy gyötörve!

Ezután ferde szemeket meresztett Colinra, mert még nem látta ott.

– Nagyon korán volt a reggel! – válaszolta meg a kérdését, és gyorsan kiitta a kávé nagy részét, amitől kicsit magához tért, és felismerte a helyzetet. – Látod, mennyire? Alapvető dolgokat is elfelejtek! – szabadkozott. – Hadd mutassam be az új kapitányt, aki Williams helyét fogja átvenni.

– Nahát! Megfiatalodik az állomány? Ennek nagyon örülök! – A szeme állása is más irányt vett, már-már kacérrá vált. – Helló! Jackie vagyok! – nyújtott kezet a jóképű idegennek.

– Helló! Colin Taylor! Liv vőlegénye! – fogadta a kézfogást, és adta tudtára a tényt, mielőtt befogható példánynak gondolta volna az előbbi viselkedése alapján.

– Ne már, csajszi!? – hitetlenkedett. – Azonnal lecsaptad, amint idejött?

Ez volt az a stílus, amit a legtöbben kedveltek benne.

– Nem azonnal! Sokáig kellett puhítani! – és a két nőből egyszerre robbant ki a röhögés. Ahogy az csillapodott, Liv kiitta a maradék kávét is. – Jackie! Kérnék még! – mutatta az üres bögrét, és az szó nélkül töltött.

– Mikor volt az a reggel, hogy ennyi töltet kell? – érdeklődött.

– Kettőkor! – válaszolta. – Azóta kinn voltunk a Bratt-ban.

– Megint egy újabb? – kérdezte, és a kancsó majdnem kiesett a kezéből. Csak egy bólintást kapott. Liv ismét nagy kortyot nyelt, és Jackie szó nélkül rátöltött. – Kell az utánpótlás, hogy minél hamarabb elkapjátok ezt a szarházi alakot!

– Jackie, ha nem gond, ennénk is! – szólt közbe Colin.

– Persze, hogy nem! – és elővette legédesebb mosolyát. – Mit ennétek? – vette elő a kis noteszát.

– Mit ajánlasz? – kérdezte Liv, mert tudta, hogy az lesz a jó választás.

– Kivételesen van az az isteni velős tojás, amit annyira szeretsz! – mondta mosolyogva.

– Nekem az tökéletes lesz! Istennő vagy! – adta tudtára, hogy jó lenne, ha mihamarabb megérkezne az asztalra. Nála bókokkal bármit el lehetett érni; még azt is, ami nem volt az étlapon. Ez a nő megoldotta. Colin melegszendvicset rendelt, sonkával, sajttal, és jó sok gombával. Ahogy Jackie eltűnt a felvett rendeléssel, Liv nekiszegezte a kérdést:

– Tényleg gomba? Nem volt még eleged mára az erdőből? – vágott fancsali képet.

- Nagyon szeretem, de ezt már tudod! – magyarázkodott. – De minek is mondom ezt? Te meg agyvelőt kértél! Az mennyivel jobb már? – A lány döbbenten nézett rá. – Nem unod még Dokinál? Ugyanaz! Felvágja az emberek koponyáját, aztán elővillan – rázkódott meg. – Csak ez állaté, de ugyanaz – háborgott. – Nem baj, ha nem szereted, én viszont nagyon. Igen, láttam már, de ez sem tántorít el! – mondta felszegett állal. – A tyúk seggéből is megeszem a tojást! A kettő rohadt jó párosítás! – vágott vissza, és Colin látta, hogy nincs értelme vele leállni vitatkozni, mert úgysem nyerhet.

Csöndben iszogatták a kávéjukat, majd pár perc múlva megjelent Jackie a megrakott tányérokkal.

– Velős tojás a legjobb nyomozónak – tette le –, melegszendvics sok gombával a jóképű kapitánynak. Jó étvágyat! – azzal vissza is indult, de a csípőjét a kelleténél jobban ringatta, és ez nem a lánynak szólt.

Gyorsan eltakarítottak mindent a tányérról, közben egyikük sem szólalt meg. Megköszöntek mindent a tulajnak, majd távoztak. Az étel és a kávé hatására Livbe kezdett visszatérni az élet. Hálás volt mindenért, de legfőképpen azért, mert ilyen rossz állapotban is el tudta viselni a férfi. A vőlegénye! Így hívta magát, és a jelen pillanatban emiatt szinte repülni tudott volna örömében.

Lassan sétáltak az őrs felé, de tudták, hogy a reggeli műszakhoz még így is korán van. Nem is nézték, hogy mennyi az idő.

– Liv! Otthagytam valamit a kocsiban! – mondta Colin. – Elkísérnél? – A lány pedig ment vele, mint Rouis-zal a két hűséges németjuhász. Amikor odaértek, a férfi kinyitotta az autó ajtaját, és kotorászni kezdett.

– Mit hagytál itt? – érdeklődött Liv a háta mögött állva.

– Csak ezt! – Felegyenesedett, majd azonnal átölelte és megcsókolta. Eltelt pár perc, mire el tudták engedni egymást. – Amíg itt vagyunk – intett az épület felé –, addig ezt nem élvezhetem! – és ahogy megsimogatta a lányt, az már nem is akart bemenni, csak vele lenni. Kimenni a nyugodt erdőbe, leheveredni egy pléden, és élvezni a másikat. De ahogy eszébe jutott az erdő, azonnal az is, hogy most pillanatnyilag nem nyugodt. Erre esély sincs mindaddig, amíg el nem kapják ezt a férget.

– Tudom, de menni kell! – térítette észhez Colint.

– Sajnos én is! Vár a kötelesség! – mondta, és szinte elolvadt a lány csókjától. – Ma hamarabb haza fogunk menni! Ez jár nekünk az éjszakázásért! – jelentette ki határozottan. – Ott van Dereck, majd megold mindent helyetted! A társad, nem? – kérdezte. – Mégis hol volt, amikor mi már terepen? – A hangjában hallható volt némi féltékenység.

– Nyugalom! Mindjárt kiadom a feladatát, amint megérkezik! – csitította.

– Mi lesz az? Hogy kell még jobban belőnie a haját? – bár a kérdés vicces volt, de Colin nem annak szánta. Látszott rajta, hogy nem bízik benne, mert jobban el volt foglalva magával, minthogy bármiben is segítség lehetne. – A tegnapi kamerás melón is hogy háborgott! Mintha nem volna ideje, mintha nem ez lenne a munkája, a feladata.

Vagy a féltékenység beszélt belőle, vagy látta és hallotta, hogy mindig Liv végzi a munka oroszlánrészét.

– Ne aggódj! Tudom, mivel lehet megbízni, és mivel nem. Ismerem már annyira, hogy tudjam irányítani! – igyekezett csillapítani Colin indulatait. – Te ezt látod! Viszont évek hosszú munkája volt, amíg kineveltem. Most azt csinálja, amit én akarok! Ha hisztizik is, mint egy dedós, a végén akkor is megcsinálja. Láttad volna az elején, amikor megkaptam! Két dollárt nem adtam volna a bőréért.

– Mindenkit így tudsz idomítani? – kérdezte azzal a huncut mosolyával.

– Eddig bejött! – húzta ki magát úgy, hogy a háta görbületével nyilat lehetett volna lőni.

Az éjszakai műszakkal, a kutyák kísérgetésével, a reggelivel elmúlt az idő. A parkolóban történt csókcsata ezt felgyorsította. Milyen gyorsan megy az idő, ha azzal töltheted, ami számodra a jó, és milyen lassan, ha arra kell várni, hogy az a valaki megérkezzen! 29 évet várt. Már nincs három hónap sem a harminchoz, viszont két hónap, és beköszönnek a Rák havába.

A legérzelmesebb jegy havába.

– Colin! – szólt rá fennhangon, miközben befelé tartottak. –
Mikor is van a szülinapod? – Nagy bajban lesz, ha már erről
esetleg beszéltek, de nem emlékszik.

– Az évre vagy a hónapra vagy kíváncsi? – mosolygott.

– Csak a hónapra és a napra! – vágta rá. – Az év nem számít!

– Nem, mi? Idősnek gondolsz? – húzta.

– Ó, igen! – vágta rá azonnal, és Colinak elkerekedtek a sze-
mei. – Na, nem nagyon! – igyekezett nyugtató választ adni. –
Megmondod, vagy törjük fel Dereckkel az adatlapod?

– Ilyet is tud? – Nem is gondolta róla.

– Én végzem az érdemi munkát, de a számítógépen ő a zse-
ni. Mindent meg tud oldani. Abban én nem remekelek – ismer-
te el, és nem tudta, hogy erre a válaszra várt-e. – Naa? – kér-
dezte utoljára.

– Akkor így elárulom, mert úgyis kideríted, te kis boszi! –
hajtotta le a fejét alárendelten. – Május 3. Meg vagy elégedve? –
Liv csak bólintott, majd lejátszotta magában a táblázatot, va-
jon mi lehet a jegye. Bika! Még ez is tökéletes! A Bika és a Rák
a legelbűvölőbb páros. Hűségesek, kitartóak, gyengédek. Fon-
tos nekik a hosszan tartó kapcsolat, az érzelmi és anyagi biz-
tonság. Ha együtt vannak, ragyognak, és mindent megtesz-
nek azért, hogy a másikat ragyogtassák. Az érzéseik mélyek
és tartósak, ráadásul figyelmesek. Azért élnek, hogy a társu-
kat boldoggá tegyék!

– Tökéletes! – válaszolta röviden, de megmagyarázni már
nem tudta, mert Dereck igyekezett feléjük.

– Na, az emlegetett... – mondta Colin, amit Liv csúnya pil-
lantással honorált.

– Ne bántsd! Úgyis mindig meg fogom védeni! – verte visz-
sza a szavait.

– Szép jó reggelt mindenkinek! – valami megmagyarázha-
tatlan módon majd' kicsattant.

– Szép napot, Dereck! Jól aludtál? – kérdezte Liv kedvesen.

– Igen, miért? – Tudta a lány arckifejezéséből, hogy baj van.

– Ránéztél a telefonodra ma? – érdeklődött.

– Nem, csak eltettem. Miért? – kezdte előkotorni, és hirtelen azt sem tudta, melyik zsebéből. De nem találta. – Nem is tettem el! – ijedt meg – Végig a kocsiban volt! – szaladt vissza érte.

– Na, ennyit a társadról! – jegyezte meg Colin.

– Ha Derecket bántod, engem is bántasz! – harapott azonnal. – Mi bajod vele?

– Az égvilágon semmi! – válaszolta. – De nem tetszik, hogy amíg te dolgozol, addig ő csak a lábát lógatja. Neked ő nem elég inspiráló! Te többre vagy hivatott!

– Mégis mire? Eddig itt nem volt ilyen ügy! – háborodott fel. – Azt hiszed, hogy majd most lépten-nyomon ilyen esetek bukkannak fel? Eddig szinte csak unatkoztunk! Nézd el, ha pillanatnyilag nem tud lépést tartani. – Szünetet tartott, mert nem tudta, Colin érti-e, amit mondott. – Ez egy kis város ahhoz képest, ahonnan jöttél! Itt nem teremnek ilyen ügyek mindennap a fán! Én is sokat vártam erre, mert most legalább megmutathatom, mire is vagyok képes!

– Megértettem! Igazad van! Elhamarkodottan ítélkeztem! – kapitulált ismét a lány előtt. – Ha megunom ezt a posztot, akkor megvan az utódom! – mosolygott.

– Sosem venném át, ha rám gondolsz! – nézett rá meredten. – Az nem az enyém! Az aktatologatást meghagyom másnak! – Harcias természete újra megjelent. – A terepmunka! Na, az, az igen, jöhet! – mondta határozottan, majd Dereck is visszaért a kocsijától.

– Ne haragudj, Liv! Benn maradt az autóban – mentegetőzött. – Mi történt, hogy ennyiszer hívtál? – kérdezte a telefonját nézve.

– Semmi, Dereck, csak egy újabb eset! – Remélte, hogy a fiú felfogja, milyen nehéz éjszakán vannak túl.

– Miii? – Láthatóan nem hitt a fülének.

– Megvan a harmadik áldozat – és Liv rögtönzött beszámolót tartott az elmúlt éjjel történt eseményekről. – Jó lenne, ha telefonod innentől kezdve hozzád lenne tapadva, és nem lenémítva, mert úgy nem megyek semmire! – határozott, és Dereck mindent megígért.

– Gyerünk, dolog van! Sok! – szólt Colin is, ahogy végignézte az összezördülést.

- Mit csináljak? Bármit megteszek! – ajánlkozott a fiú, mert tudta, hogy ezt jóvá kell tennie.

– Ki kell listázni az össze olyan szót, amiben ez a három betű szerepel! – utasította Liv. – Neked az a gépen gyorsan megy! – tette még hozzá, mielőtt az visszakérdezne.

– Azt meg minek? – kérdezte Colin, Derecket megelőzve. – Felesleges munka.

– Igen, tudom, hogy az, de kíváncsi vagyok, melyik lehet a leghosszabb ilyen szó. Az lesz a legrosszabb lehetőség – válaszolta, és tudták, hogy annak betűi alapján fogják megsaccolni az áldozatok maximális számát.

– Mi van akkor, ha ez nem szó lesz, hanem egy egész mondat? – vetette fel Colin.

– Igaz, hagyjuk az egészet! – mondta lehangoltan. – Hasztalan időpocsékolás. Menjünk, tájékoztassuk mihamarabb Williamst, utána lenézek Dokihoz.

Sietős léptekkel vették célba az irodát, közben igyekeztek mindenkit köszönteni. Nehéz volt kimondaniuk a „reggel" szót, mert az nekik ma kimaradt. Nekik már nap volt.

– Üdv, főnök! – léptek be az öreghez, ami már nagyon várta, hogy megérkezzenek, elmeséljék, hogyan telt az éjszaka.

– Reggelt! – komorult el az arca. – Hol voltak ennyi ideig? Már rég vissza kellett volna érniük az erdőből.

– Bocs, főnök, de muszáj volt ledönteni egy vödörnyi kávét Jackie-nél, és ha már ott voltunk, meg is reggeliztünk – magyarázta Liv, aminek hallatán a kapitány egy kicsit megkönnyebbült.

Felvázolták az éjjel történéseit, egészen Sam hívásától a kutyás keresésig.

– Jó ötlet volt a kutyákat is bevetni! – foglalta össze a véleményét, bár egy kicsit hosszabb monológra számítottak az öregtől.

– Liv! – nézett rá Colin. – Megkaptad a kávédat! Magadhoz tértél, úgyhogy most már elmondhatnád, hol voltunk az erdőben, milyen irányba indultak a kutyák?

– Lássuk csak! – kezdett kotorászni Williams asztalán. – Főnök, volt itt egy térkép, amin az első áldozat helyét mutatta meg. – Az öreg gyorsan elé tette. – Itt a kocsma, ahonnan Sam indult;

itt volt a holttest; a kutyák pedig erre indultak el, és körülbelül itt adták fel. – Végig mutatta az ujjával az útvonalat.

– Van valami errefelé? – kérdezték szinte egyszerre, ahogy a lány megállt, hogy levegőt vegyen.

– Csak egy nagyon régi, lepukkant erdészház, nagyjából itt – mutatott a pontra. – De azt már ezer éve nem használják, lehet, hogy össze is dőlt.

– Akkor is érdemes lenne megnézni! – vált izgatottá Colin. – Menjünk ki azonnal, és vizsgáljuk át a helyet.

– Felőlem! – A lány hangjában feleannyi izgatottság sem volt, mint a férfiéban, mert biztos volt benne, hogy azt a düledező romot, ahol sem víz, sem villany nincs, nem használja senki nők elrablásához, és gyilkosságokhoz. – De előbb leugranék Dokihoz pár perc! – Colin bólintott, Liv pedig elsietett.

Megszaporázta a lépteit, ahogy a boncteremhez vezető folyosóra érkezett. Megcsapta a jól ismert fertőtlenítő szaga is. Belépett a helyiségbe, ahol is Dokit egy halom mappa és doszszié mögött találta.

– Helló, Doki! Van számomra valami felüdítő információd? – nézett rá mosolyogva.

– Szia, drágaságom! – vidult fel, de gyorsan el is komolyodott, amiből Liv gyorsan levágta, hogy nem fognak előrébb jutni. – Sajnos nincs. Mint az előzőeknél. Még a sokkoló nyomát is megtaláltam. Semmi új! – nézett bánatosan.

– A halál ideje?

– Úgy este 20.00 és 21.00 óra közé tenném.

– Hát, ez nem jó hír, de azért köszi! – és hogy a kórboncnok felviduljon, egy puszit nyomott az arcára, hátha jobban fog folytatódni a napja. – Mennem kell! Visszamegyünk az erdőbe.

– Ne is mondd! Kezd az a hely kicsikét hátborzongató lenni. – Körülnézett. – Pedig ha van valami, ami ijesztő, akkor ez az! – mutatott végig a teremben, és Liv teljesen egyetértett vele.

Visszafelé még beugrott a laborba, hátha ott találtak valamit. Alvarez meglátta a nagy üvegajtón keresztül, amint közeledik, de már bentről rázta a fejét, ezért Livnek az az érzése támadt, hogy itt sem értek el meghatározó eredményt.

– Helló, Alvarez! Nincs semmi? – kérdezte, hangjában lemondással.

– Nincs! A régi ruha, a cérna, a tetoválótinta, minden megegyezik. Sam és a kutyája DNS-én kívül idegen nem volt megtalálható. Sajnálom! – hajtotta le a fejét, Liv pedig széttárta karjait, mint aki azt mutatja: ez van.

Sietve indul vissza Colinhoz, hogy minél hamarabb ki tudjanak menni az erdőbe, de ami a lényeg, hogy annál is hamarabb vissza tudjanak jönni. Nem volt kedve ehhez a kiránduláshoz. Odaérve látta, hogy a férfi már várja.

– Indulhatunk? – kérdezte, és érzékelte, hogy a lány nagyon el van kenődve. – Mi volt? Jól gondolom, hogy megint nem találtak semmit? – Liv csak bólintott beletörődve.

Elindultak, és a lányon újra eluralkodott a fáradság. Lehunyta a szemeit, hogy kicsit pihenjen.

– Hé, ne aludj! – keltegette. – Ki fog így navigálni?

– Jack kocsmájáig tudod, nem? – válaszolta, de csak egy „ühüm" érkezett rá. – Na, ott majd szólj!

– Rendben, édes, pihenj! – és a combjára tette a kezét, mutatva, hogy addig is vigyáz rá.

Liv próbálta kiüríteni a fejét, hogy ne kavarogjanak benne a különféle gondolatok, mert most csak a pillanatra akart koncentrálni. Ez a pár perc most többet ért mindennél. Az éjszaka sem tudtak sokat aludni, az éjjeli kelés viszont megnyújtotta a napjukat. Jó lesz ma egy kicsit korábban hazamenni, és remélte, ha itt végeznek, akkor ezt is fogják tenni. Főznek, illetve Colin főz valami finom vacsorát, amíg ő elnyúlik a habos fürdőben, utána pedig csak pihennek és szeretkeznek. Már el is képzelte kettejüket a puha ágy kellemesen hűvös takarói között, és közben meglehet, hogy el is mosolyodott.

– Huncut kislány, mit álmodtál? – szólt hozzá finoman Colin. – Egyébként mindjárt megérkezünk a krimóhoz.

– Szépet! Nagyon szépet! – mondta még mindig az előző gondolat hatása alatt, és a férfi tudta, hogy mi jár a fejében. – Ha itt végeztünk, akkor nem lehetséges, hogy mára ennyi? Hajnal kettő óra óta talpon vagyunk. Most még ezt is megnézzük. Legyen már szíve, főnök! – nézett rá könyörögve.

– Már megint rátapintott a lényegre, Preston nyomozó! – vágott vissza. – Pontosan ez járt nekem is a fejemben. Ha itt nem találunk semmit, vissza sem megyünk. Döntsd el, mit kívánsz vacsorára, és az bármi lehet – a Wellington bélszínt kivéve! – utalt az előző estére.

– Nem csinálnál nekem? – tágult nagyra a szeme.

– Dehogynem, de az nagyon macerás étel, én pedig a drága időnket másra szeretném fordítani! – magyarázta el.

– Itt majd kanyarodj le! – instruálta Colint. – Mindjárt ott is vagyunk!

Mentek még pár száz métert, majd Liv szólt, hogy megérkeztek.

– Látod ott, a fák között, beljebb? – mutatott az erdő felé, de a férfi nem látott semmit, csak zöldet. – Na, gyerünk!

Ahogy közelebb értek, már Colin is meglátta. A házikót jócskán befonta a mindenféle inda; lehet, hogy már csak az tartotta az elöregedett faszerkezetet. Ijesztően hatott így az erdő közepén magányosan.

– Kik szoktak ide járni? Látni lehet a bejáratán, hogy azt használják – állapította meg a férfi.

– Drogosok, hajléktalanok, vagy nagyon bátor gyerekek, akik be mernek menni – válaszolta.

Óvatosan benyitottak, nehogy összedőljön a viskó. Abban félhomály uralkodott, mert az ablakokon megtelepedett koszréteg és a kinti növényzet nem engedte át a fényt. Mindenhol por és szemét. A szoba közepére elhelyezett szőnyeg volt valamelyest tisztább, azon az idejárók aludhattak, mert a használható bútorokat már réges-régen elvitték azok, akiknek szükségük volt rá. Nem volt ott semmi, amiért érdemes volt ott lenniük, egy rozzant fotelon kívül, amiből még a rugók is kilátszottak.

– Látod, mondtam! Nincs itt más, csak több évtizedes por meg szemét – nyugtázta önelégülten. – Mehetnénk?

– Mehetünk! Menjünk haza! – egyezett bele. – Tulajdonképpen miért is van nekem külön lakásom, ha mindig hozzád megyünk?

– Hozzám szeretnél költözni? – hitetlenkedett. – Nem lenne ám kifogásom ellene! – mosolygott, majd Colin átölelte és megcsókolta.

– Nagyon jó lenne! – és megsimogatta az arcát.

Ott álltak még pár percig összeölelkezve, élvezték egymást, és az erdő nyugalmát. Hallgatták a fák fájdalommal teli sóhaját. Mindegyik azt suttogta, hogy gonosztevő jár köztük. Ezt az idillt Liv telefonjának a csörgése szakította ketté. Előhúzta, és látta, hogy az erdész keresi. Biztosan magához tért az előző esti tetemes mennyiségű alkoholtól, és tájékoztatást kér az éjjel történtekről, mert nem emlékszik sok mindenre – gondolta.

– Helló, Sam! Miben segíthetek?

– Szia, aranyom! – szólt bele. – Beugrottam Jackhez fertőtleníteni, ahogy mondtad!

– De én azt mondtam, kívülről, és nem belülről! – vágott közbe a lány.

– Jól van, na! Le van! – és ezzel a kérdést lezárta. – Aztán kimentünk Bobyval az erdőbe, hogy van-e még ott valaki, de már nem volt. De a holttestet miért hagytátok itt?

– Tessék? – kiáltott fel.

– Itt maradt a lány! Ugyanaz a lány! – magyarázta felháborodva. – Vigyétek már el, kérlek!

– Sam, várj meg ott! Azonnal ott vagyunk! – azzal letette.

– Mi a baj? Megint be van nyomva az öreg? – kérdezte nevetve, de meglátta Liv arcát, amin a rémület ült. – Mi történt?

– Sam azt hiszi, hogy otthagytuk a testet! Ott áll fölötte! Tudod, mit jelent ez? – meresztette Colinra a szemét.

– Hogy van még egy! A rohadt életbe!

Nem lehetett tudni, hogy a közös, hátralévő programjukat bánja, vagy azt, hogy meghalt egy újabb lány.

Azonnal bevágódtak a kocsiba, és már röpültek is visszafelé. Még jó, hogy nem voltak messze. Colin beszélt rádión, és kiadta a parancsokat. Kirendelt mindenkit, még Rouist is a kutyákkal. Pár perc, és meg is érkeztek. Szaladtak be az erdőbe. Gyorsan megtalálták Samet.

– Itt vagyunk, Sam! – Az öreg szemlátomást megnyugodott. – Hol van?

– Arra, aranyom. Nem mentünk közel, nehogy bajt csináljunk! – magyarázta.

– Jól tetted! – dicsérte meg. – Hogy van a fejed?

– Ó, az nagyon jól! Már nem fáj. Majd begyógyul! Elmehetek?

– A lányon kívül mást nem láttál? – Az idős férfi erre a kérdésre csak a fejét rázta. – Akkor menj!

– Jacknél leszek, ha kellenék! – szólt vissza a háta mögött. – Gyere, Boby.

Liv és Colin álltak a nő fölött. Megszólalni sem tudtak az idegesítő meglepetéstől, hogy egy nap alatt két áldozat is előkerül. Mennyi lesz még? Hol lesz a vége? Nagy bátorságra vall, hogy a tettes ugyanoda tette le a testet, ahol pár órája még nyüzsögtek a rendőrök.

– Megtaláltuk Linda Tylert! – jegyezte meg szomorúan, mire a férfi vigasztalóan átölelte a vállát. – Colin! Valami nem stimmel!

– Mire gondolsz? – kérdezte.

– Nem tudom, de látom. Valami más, valami furcsa – és látszott rajta, hogy ismét pörgeti az agyát. – Nem jövök rá. Az is lehet, hogy már annyira el akarom kapni ezt a nyomorultat, hogy beleképzelem.

– Ahogy én látom, sajnos minden ugyanaz! Egy újabb hasonmás – mondta csüggedten. – Valószínűleg nála sem találnak semmit. Aztán jön a következő, és így tovább...

– Ne legyél már ennyire pesszimista! – csattant fel Liv. – El fogjuk kapni, ha máshogy nem, a betűk alapján – hirtelen elhallgatott –, csak ehhez lesznek még áldozatok.

A nagy elméletek közepette megérkeztek a többiek. Szinte sáska módjára lepték el a területet. Doki mögöttük kullogott.

– Drágaságom, egy nap kétszer is? – igyekezett mosolyt csalni a lány arcára, mert láthatóan az el volt kenődve.

– Látod! Ez egy ilyen nap! – mondta. – Idejöhetnek a kutyák, hátha ma találnak valamit?

– Ha nem érnek a testhez, jöhetnek!

166

Liv jelzett a hadnagynak, hogy jöhet a két kutyával. Gyorsan megszimatolták a helyet, majd a tegnapi irányba indultak el.

– Doki, van valami? – érdeklődött. – Neked sem tűnik fel valami furcsa?

– Nem, Liv, sajnos minden ugyanaz! – mutatott a kezére, a ruhájára és a szájára.

– Ó, én hülye! Hát ez az! – Colin azonnal a háta mögött termett.

– Találtál valamit? – kérdezte izgatottan.

– Nem tudom, de nézd itt a ruha zsebét, itt, a mellrésznél! – mutatott rá. – Doki, kérnék egy kesztyűt! – Az orvos készségesen elővett egyet.

– Mi van vele? Egy zseb. Ha jól emlékszem, a többi ruhán is volt – értetlenkedett.

– Mondtam, hogy férfi az elkövető! – szegte magasra az állát.

– Ezt a zsebből tudtad kiolvasni? – váltott ironikusba a hangja.

– Emlékszel, amikor azt mondtad, hogy a varrás női munka? – Colin bólintott. – Ezt itt megvarrták – és kicsit meghúzta a zsebrészt, hogy jobban lássák.

– Akkor mégiscsak nő volt! – derült fel az arca, mert azt hitte, ő nyert.

– Varrhatta nő, de egy nőnek feltűnt volna, hogy így összességében az egész ferde – magyarázta. – Látod, hogy kicsit ferde? Nem jól lett visszavarrva!

– És mi köze a varrásnak az ügyhöz?

– Még mindig nem érted? – kapkodta a levegőt Liv.

– Megmondom őszintén, hogy sokszor nem igazán tudom követni a gondolatmenetedet – vallotta be.

– Ezt itt kézzel varrták! Colin, te varrtál már tűvel-cérnával? – fakadt ki.

– Még az iskolában. De miért?

– Hogyan csináltad? – próbálta rávezetni a megoldásra.

– Fogtam a tűt, aztán a cérnát belefűztem...

– Az ég szerelmére, mit csináltál, hogy ez könnyebben menjen? Arcán már mély barázdák húzódtak a zavarodottságát látva.

– Benyálaztam a cérna végét – nyögte ki nagyon lassan, majd gyorsan és izgatottan folytatta.

– Benyálaztam a cérnát! Ha van nyál, van DNS. Ha mázlink
van, benne lesz a rendszerben.

– Na végre, hogy leesett, főnök! – s a barázdák eltűntek.

– Ez igen, Liv! Le a kalappal. Ezt tényleg csak egy nő szúr-
hatta ki! – A büszkeség ott ült a szemében.

– Doki, erre a ruhára úgy vigyázzatok, mint a szemetek fé-
nyére – adta ki az utasítást Liv. – Mi most elmegyünk, de amint
megtudtok valamit, azonnal telefonáltok! Ha éjjel kettőkor, az
sem számít! – mondta fennhangon, hogy mindenki jól hallja és
megértse. – További jó munkát! – és ezzel a lendülettel távozni
szerettek volna, de feltűnt Rouis. Visszasiettek hozzá, mert kí-
váncsiak voltak, van-e valami jó hír számukra.

– A kutyák ugyanarra indultak, de nem jutottunk sokáig,
mert megint nyomot vesztettek – hajtotta le a fejét. – Sajnáljuk.

– De legalább ezt is megpróbáltuk! – bátorította Colin őket.

Beültek az autóba és nyugtázták, hogy ezzel nem ment el
olyan sok idő, mint ahogy gondolták: még mindig meg tudják
valósítani azt, amit elterveztek. Liv egyfolytában mocorgott az
ülésben, és ez feltűnt a férfinak is.

– Izgatott vagy, mi? – kérdezte mosolyogva. – Alig várod,
hogy legyen valami eredménye a felfedezésednek.

– Ez csak természetes! – virult ki. – Nem akadt még a hor-
gunkra ilyen nyom! Le sem fogom tudni hunyni a szemem –
mondta, pedig a mai nap már igencsak kimerítette.

– Dehogynem! Ezen ne rugózz! – nyugtatta. – Reggelnél ha-
marabb úgysem lesz eredmény. Az csak a filmekben van, és ez-
zel te is tisztában vagy! Szólni fognak, nyugi!

Liven látszott, hogy felfogta Colin szavait, mert kicsit alább-
hagyott a szöszmötöléssel. Majd hirtelen megugrott...

– Coliiin! – ordított fel, hogy a férfi majdnem félrerántot-
ta a kormányt.

– Ne ijesztgess, mert még balesetet szenvedünk! – feddte
meg. – Mi a baj?

– A betű! Elfelejtettük Dokival megnézetni a betűt! – idege-
skedett. – Annyira lekötött minket a ruha, hogy a legfontosabb
elmaradt! A francba! – és belecsapott a levegőbe.

- Nyugodj már meg, mindjárt megoldom! – csitította, majd megállt a lány háza előtt. – Most kiszállsz, bemész, és megnyugszol! Vegyél egy forró fürdőt, és pihenj le. Hamarosan jövök. Hozok valamit – hogy is mondtad? –, „ami állatból van", vacsorára. Mit ennél?

- De a betű! – emelte fel megint a hangját.

- Útközben azt is elintézem! – vágta rá. – Azonnal átküldetem Dokival a képét! Így jó? – Próbált Livre mosolyogni, hátha enyhülni kezd a feszültsége.

- Rántott húst kérek sült krumplival! – mondta, majd kipattant a kocsiból, s az ajtóból visszanézett: – Van még mirelit krumpli a fagyasztóban, ez talán lerövidíti a folyamatot! Siess! – és elindult a ház felé, meg sem várva Colin válaszát.

Ahogy becsukta a bejárati ajtót, egy pillanatra nekidőlt. Végre megint itthon! Hirtelen rázúdult az egész nap minden fáradtsága. Igaza volt a férfinak: egy kicsit pihennie kell. Lerúgta a cipőjét, bement a nappaliba, és ruhástól elnyúlt a kanapén. Nem telt el sok idő, el is aludt. Mély és pihentető alvás volt. Még álmodott is. Éppen azt, hogy otthon nézi a tévét, és valaki csönget. Erre fel is riadt, mert nagyon valóságosnak tűnt. Odakint már ment le a nap, és a szobára félhomály borult. Ismét csöngettek. Akkor ez nem álom volt... Igyekezett minden erejét öszszegyűjteni, hogy ajtót tudjon nyitni. Nagy nehezen kivánszorgott, majd kinyitotta az ajtót. Colin állt ott, tasakkal a kezében. Ahogy meglátta a lányt a gyűrött ruhában és hatszöget formázó fejjel, kicsit visszahőkölt, mert nem tudta, most milyen megrovást fog kapni, amiért felébresztette. De a folytatás nem várt fordulatot vett: Liv szemei felragyogtak, és szélesebbre tárta az ajtót, hogy beljebb tudjon jönni.

- Meghoztam a vacsorának valót! – jelentette ki, majd lepakolt mindent a konyhában. – Így aludtál? – nézett végig rajta.

- Csak egy kicsit eldőltem a kanapén, aztán valahogy így alakult – magyarázta. – Doki?

Erre a kérdésre Colin elővette a telefonját.

- Gyere, az imént küldött egy fotót! – és együtt nézték, hogy azon mi fog megjelenni.

169

Tisztán és kivehetően látszott egy A betű.

– Megint egy A! – döbbentek le. – Tehát van két A betűnk, egy I, és egy L. Még mindig nem kerültünk közelebb. – Ahogy bámulták még egy darabig a képet, a telefon hirtelen megcsörrent, amire egyszerre ugrottak meg. Liv még a mellkasához is kapta a kezét.

– Taylor! – mondta a telefonba határozottan, és a lány imádta ezt a fellépését.

– Üdv, kapitány, itt Lawrence! Elnézést a zavarásért – szabadkozott –, de Preston ki van kapcsolva, nem értem el, és reméltem, hogy együtt vannak.

– Igen, Lawrence, itt van! Pillanat, mindjárt kihangosítom! – Közben Liv ránézett a telefonjára, ami le volt merülve.

– Helló, Lawrence, mi a pálya? – szólt bele, így adva a tudtára, hogy ott van és hallja.

– Az imént érkezett egy hívás a Ward középiskola igazgatójától. Ez valami magániskola-féle. – magyarázta.

– A lényeget, Henry! – vágott közbe.

– Tehát az igazgató arról értesített minket, miszerint az egyik tanáruk, bizonyos Emily Johnson már két napja nem ment be dolgozni. Hívták, nem vette fel, kimentek hozzá a lakásába, a háziúrnak elmondták, mi történt, és az beengedte őket, de semmi. A nő eltűnt – magyarázta.

– Ki kell menni kikérdezni a szomszédokat, hátha láttak vagy hallottak valamit! – adta ki az utasítást a lány.

– Az igazgató elmondása szerint ezt már ők is próbálták – mondta. – Állítólag nagyon magának való volt, nem beszélt senkivel, nincs senkije, egyedül élt. Olyan igazi, karót nyelt tanárnő lehetett – jegyezte meg.

– Akkor is ki kell menni, hátha az egyenruha látványára derengeni kezd nekik valami – határozott. – Ha nem is lesz eredmény, akkor sem mondják azt, hogy mi nem tettünk meg mindent. Ezt mihamarabb intézzétek el! Reggelre az asztalomon legyenek a jelentések.

– Rendben, Liv, úgy lesz – egyezett bele, mert tudta, úgysincs más választása – ezenkívül a kapitány is hallja a beszélgetést, és nem akarta magát már az első héten elásni előtte.

– Köszönjük, Lawrence! – akarta megszakítani a beszélgetést. – Még valami! Küld át, kérlek, a nő képét... kíváncsi vagyok, beleillik-e a történetbe. – Majd elköszönt.

– Ó, nagyon is! Küldöm. Jó éjt! – azzal letette.

– Hát ez remek! Még egy! – mérgelődtek, de ekkor megérkezett a kép, amely bizonyította, hogy valóban a gyilkosuk keze van a dologban. – Lawrence jól mondta, ismét egy hasonló nő.

– Reggelig nem tehetünk semmit! Menj, nyugtasd le magad azzal a forró fürdővel! – mutatott Colin a fürdő felé. – Mire végzel, kész lesz a vacsora is.

– Ilyen gyorsan? – hüledezett.

– Ebben gyors vagyok! – vágta rá mosolyogva. – De csak ebben! – és a lány megértette a célzást.

– Tudom ám, hogy csak azért küldesz el, hogy utána köntösben jöjjek vissza, és legeltethesd rajtam a szemeidet! – csapott le az előző kijelentésre.

– Rendkívül ügyes okfejtés, Preston nyomozó! – ugratta. – Tökéletesen rátapintott a lényegre! Na, indulj!

– Jól van naaa! – és úgy indult a fürdő felé, mint egy kisgyerek, akit éppen a sarokba zavarnak büntetésül.

Livnek jólesett elnyújtózni a habokban, még a haját is megmosta. Adni akart Colinnak időt, hogy biztosan be tudja fejezni a vacsorát. Nem is igazán akart kimenni, mert már annyira éhes volt, hogyha tudta: ha megérezné az illatokat, nem állná ki, hogy ne egyen belőle egy kis előételt.

Belebújt az áhított köntösébe, megszárította a haját, majd hátul összefogta, hogy ne zavarja az evésben. Sőt semmiben sem. Mire végzett, Colin már terített asztallal várta.

– Gyere, mindjárt kész! – tudatta örömmel.

– Itt vagyok! – Ekkor a nappali közepén megakadt a szeme egy nagy fekete bőröndön. – Hát ez?

– Hivatalosan is beköltöztem! – jelentette ki diadalittasan. – Vagy nem ezt beszéltük? Mégsem akarod? Már szóltam, hogy hó végétől nem venném igénybe a lakásomat. Még vissza tudom mondani! – sorolta levegővétel nélkül, mert látta, hogy a lány kicsit meg van zavarodva. Ám az szó nélkül odasietett hozzá és megölelte.

– Dehogynem! – vágta rá. – Mindennél jobban akarom, hogy itt légy! – majd megcsókolta.

– Akkor ezt akár meg is ünnepelhetnénk! – húzott elő egy üveg száraz finom vörösbort, és Livnek összefutott a nyál a szájában. Nemcsak a bortól, hanem a terített asztaltól és a finom illatoktól is. – Rántott csirke! Annak is a melle. És igen, tudom, hogy ehhez az ételhez nem illik a cabernet sauvignon, inkább egy sauvignon blanc – magyarázta, mintha a lánynak ezt az információt ismernie kellene –, de tudom, hogy ezt szereted! – mutatta fel a palackot, amit gyorsan ki is bontott, és átöntött egy különleges alakú üvegedénybe.

– Csak nem? – meresztette a szemeit.

– Egy kis meglepetés! – vigyorgott. – Most már neked is van saját dekantáló üveged!

Bármikor kántáltathatsz, amikor kedved tartja.

– Nagyon aranyos vagy, köszönöm! – majd elgondolkodott. – Ilyen sokáig aludtam, hogy ezt mind el tudtad intézni?

– Mondtam, hogy gyors vagyok! – ismételte meg a korábbi kijelentését. – Körülbelül másfél órát voltam el, de most már együnk!

Liv azonnal le is huppant a székre.

Colin öntött egy-egy pohárka bort, és vidáman falatoztak. A lányt nem érte csalódás, mert minden nagyon finom volt. Nem győzte a férfit dicsérni. Már éppen befejezték volna az utolsó falatokat, amikor megcsörrent Liv vezetékes telefonja.

– Biztosan Amy! – közölte. – Nem ér el, mert még mindig töltőn van a mobilom, még nem kapcsoltam vissza.

Liv alig bírt mozogni a teli hasától, de igyekezett nem megváratni barátnőjét.

– Halló! – és várta Amy hangját, hogy majd beleordít és megint jól eligazítja, hogy sosem lehet elérni. De semmi. Csak szuszogás. – Halló! Szólalj már meg, te szerencsétlen! – szólt bele erélyesen, amire Colin is felkapta a fejét, és kérdően nézett a lányra. – Tudod mit? Szórakozz a jó édes… – ebben a pillanatban elhallgatott, mert valami olyat hallott, amit nagyon nem akart. Majd kattant a vonal, és a hívó letette, ő pedig kiejtette a kagylót a kezéből. Liv ott állt szinte földbe gyökerező lábbakkal, elsápadva, mint aki menten összeesik. Colin azonnal ott termett mellette, mert látta, hogy valami nagyon nagy baj van.

– Liv, mi történt? Ki volt az? – faggatta, de a lány képtelen volt megszólalni. Testét borzongás járta át, szinte remegett. A férfi leültette a kanapéra, hátha kicsit magához tér, megnyugszik, és el tudja mondani. – Kérsz egy pohár vizet? – Liv a fejét rázta. – Bort? – erre már egy jókorát bólintott.

– Sokat! – nyögte ki nagy nehezen, és Colin ugrott is, mert mihamarabb meg szerette volna tudni, mi az, amitől ekkora megrázkódtatás érte. Odavitte neki, majd Liv megitta a felét.

– Kérlek, mondd már el, hogy ki volt az! – Az aggódás továbbra is ott ült az arcán.

– Ő volt az! – Ahogy a szavak elhagyták a száját, könny jelent meg a szemében.

– Tessééék? Mit mondott? – háborodott fel.

– Semmit, nem szólt bele.

Kezdett magához térni.

– Akkor honnan tudod, hogy ez a szemét volt?

Colin nem értett semmit.

– Lehet, hogy valaki csak szórakozik veled. Te mondtad, hogy volt már ilyen, sőt pár napja is.

– Nem szólt bele, de mielőtt letette volna, nagyon ismerős hangot hallottam – nézett ijedten a férfira. – Egy sípoló, egyre magasabb hangot, majd szikrázást. Colin, ismerem ezt a hangot, és szerintem te is! Ez egy sokkoló hangja volt. Ahogy töltődik, és amikor megnyomják, akkor jön az áramütés hangja. Ez a féreg szórakozik velünk!

– Édes, nyugodj meg! Töltök még neked bort, és magamnak is! Sokat! – és már nyúlt is az üvegért.

A férfi igyekezett nyugodtnak tűnni, hogy ne erősítse a lány félelmeit, pedig tudta, hogy nagy baj van. Féltette a lányt, és nem tudhatta, hogy ez az elmebeteg csak a játszmája miatt csinálja mindezt, vagy őket is belevette mocskos kis játékába. Hirtelen nem is tudta, mitévő legyen. Át kellene költöznie hozzá, mert ha az otthoni számát tudja, akkor valószínűleg azt is, hogy hol lakik. Nem kockáztathatott: meg kellett védenie a lányt. De jobb lenne előbb a gyilkos nyomára bukkanni. Felkapta a telefonját és tárcsázott, közben bement a hálóba, hogy Liv kevésbé hallja az aggódó hangját.

– Szia, Arthur! Esetleg benn vagy még? – kérdezte, mert nem volt biztos benne, hogy Williamst még ott találja.

– Már éppen indultam. Mit tehetek érted?

– Livet az előbb felhívta ez a rohadék, és...

– Hogy miii vaaan? – vágott közbe.

– Felhívta a vezetékes telefonon, nem szól bele, de bejátszotta a sokkoló hangját – magyarázta. – Liv teljesen kiborult egy pillanatra, most kezd magához térni. Én sem vagyok valami fényesen, nagyon féltem.

– Az a szemét! Hogy a jó... – mondta volna ki nagyon szívesen a véleményét az öreg, és küldte volna melegebb éghajlatra, de most fontosabb dolguk is volt. Inkább a szemébe mondaná ezeket ennek az állatnak. – Biztos, hogy ő volt? Úgy értem, nem csak valaki szórakozott? – ugrott be neki.

– Ezt az információt öten tudjuk. Te, én, Doki, Liv és Dereck – sorolta. – Márpedig nem hinném, hogy Doki vagy Dereck így merne viccelődni Livvel. Senki másnak nem adtuk ki ezt az információt. Rajtunk kívül csak a gyilkos tudja!

– Ebben teljesen igazad van – értett egyet. – Akkor tehát teljesen biztos, hogy ő volt. Figyelj rám, Colin! Egy percre sem hagyhatod magára, egy percre sem tévesztheted szem elől. Nem tudhatjuk, mi jár annak az őrültnek a fejében. Megértetted?

– Igen! Már arra is gondoltam, hogy átköltözhetnénk hozzám, ott biztonságosabbnak érezném – vetette fel.

– Látod, ez egy nagyon jó ötlet! – helyeselt Williams. – Én visszamegyek, és szólok a technikusoknak, derítsék ki, hogy ki volt, aki felhívta Livet.

– Említette korábban, hogy pár napja is volt egy ilyen hívása, de akkor valaki csak beleszuszogott a kagylóba – emlékezett vissza.

– Rendben, erről is tájékoztatom őket. Ráállítom a legjobb embereket, pillanatok alatt meglesz az eredmény, ne aggódj. – nyugtatta, de a hangján hallatszott, hogy Ő sem az.

174

– Köszönöm, Athur! Várom a híreket – ezzel kinyomta a telefont.

Visszament gyorsan Livhez, aki az üres poharát szorongatva, összekuporodva még mindig ott ült a kanapén. Fájt látnia, hogy ilyen rossz állapotban van, és bármit megadott volna érte, hogy segíteni tudjon neki. Nem igazán tudta, most mitévő legyen.

– Jobban vagy? – kérdezte félve.

– Igen – kísérelt meg egy mosolyt. – Kaphatok még? – nyújtotta felé a poharat.

– Természetesen, már töltöm is! – reagált készségesen.

– Mit beszéltél Williamsszel? – érdeklődött közben, amíg Colin megtöltötte a poharát.

– Elmondtam neki, mi történt. Azonnal intézi a telefonod vizsgálatát. Éppen azon dolgoznak, hogy kiderítsék, milyen számról és honnan jött a hívás, vagy hívások – indokolta. – Hívni fog, ha a végére értek.

– Helyes, ez is valami!

Furcsa volt, hogy a lány, akiből amúgy áradnak a szavak, csak ennyit mondott. Láthatóan folyamatosan járt az agya.

– Mire gondolsz? – próbálta szóra bírni.

– Csak arra, hogy eddig tulajdonképpen nem jöttünk rá semmire. Mégis miért csinálta most ezt? – Összeszűkültek a szemei. – Most vagy nagyon messze vagyunk tőle, vagy azt akarja, hogy elkapjuk. Vagy mindkettő...

– Liv! Nem lenne okosabb dolog, ha hozzám mennénk? – kérdezte félve. – Persze csak addig, amíg meg nem oldjuk ezt az ügyet.

– És ha újra hív? – csattant fel, és láthatóan teljesen visszatért a valóságba. – És ha így jutunk a nyomára? Nem, Colin, nem.

– De itt nem vagy biztonságban! – magyarázta.

– Dehogynem! Itt vagy velem! – mosolygott, majd elkomorodott. – És különben sem félek tőle. Az előbb kicsit ledöbbentem, de leginkább azon, hogy van mersze. A telefon is zsákutca lesz!

A férfi hirtelen nem értette.

– Ez nem egy idióta fickó. Minden lépése ki van számolva. Pontosan tudja, mit csinál. Nem fog egy visszakövethető számról vagy telefonról hívni. Biztos vagyok benne, hogy eldobható mobilt használ.

– Igazad lehet, de ott benn azért vannak, hogy utánanézzenek az ilyennek – indokolta a vizsgálatot. – Mindent meg kell tennünk az ügy érdekében, miattad viszont ez a legkevesebb.

– Ne aggódj miattam, tudok magamra vigyázni.

Már Liv volt az, aki a férfit nyugtatta.

– Ne félj, nem lesz semmi baj! – majd hozzábújt, bele az ölelő karjai melegébe. – Menjünk, bújjunk be az ágyba! – mondta kacéran.

– Neked még van kedved rosszalkodni? Ezek után? – A lány csak bólintott.

– Egy ilyen nem veszi el a kedvem, nem olyan fából faragtak! – oldotta meg a köntöse övét.

– Te minden hájjal megkent nőszemély! Majd adok én neked itt pajzánkodni tisztességes úriember előtt! – mondta nevetve, majd rávetette magát a lányra.

Ölelte és végigcsókolta a testét. Minden zegzugot, minden rést bejárva. A lány apró nyögésekkel adta tudtára, hogy a kartográfiának vége, térjen végre a lényegre. De a férfi nem bírt betelni teste illataival, és még inkább ingerelte. A lány feladta várakozást, és saját kezébe vette a dolgokat. Egy hirtelen mozdulattal a hátára döntötte Colint – akit ez nem várt meglepetésként ért, így könnyű dolga volt –, és ölében vélte felfedezni azt a forróságot, amit előzőleg az arcán érzett. Így teljesedett be mindkettőjük számára az a felemelő érzés, amihez semmi más nem fogható.

Összeölelkezve feküdtek, érezni akarták egymást. Ott, Colin szorosra font karjaiban biztonságba érezte magát. Tudta, amíg a férfi mellette van, addig nem érheti semmi baj. Ezzel a gondolattal mély álomba merült.

Csak a férfi nem tudott aludni. Hiába igyekezett a lány megnyugtatni, hogy nem lesz semmi baj, kigyulladtak a lámpái. Érezte valami rossznak a jöttét. Határozottan. Nem tudta, mi az, nem tudta, honnan jön, de jön. Bármit megtett volna, hogy

Livnek ne essen bántódása. Miközben benne volt a gondolatok sűrű útvesztőjében, megrezzent a telefonja. Csak remélte, hogy a lány nem ébred fel rá, ám az kicsit megmoccant, de aludt békésen tovább. Colin megnézte; Williams üzent, miszerint nem akarta őket zavarni vagy felkelteni, de a telefon nem vezetett eredményre.

Ahogy Liv megmondta. És megint igaza lett!

·» 13 «·

Pár óra telhetett csak el, legalábbis Colin így érezte, amikor megszólalt az ébresztő. Alig aludt valamit. Fél éjszakán át a lányt simogatta, akárhányszor megmozdult, vagy csak úgy, mert jó volt hozzáérni. Liv hirtelen felriadt, mint aki valamiről máris lemaradt.

– Induljunk gyorsan! – kiáltotta.

– Én, mint a főnököd, megtiltom, hogy ilyen bánásmódban részesíts korán reggel! – morgolódott, és a takarót a fejére húzta. Liv kipattant az ágyból, Colin pedig félálomban nem értette, mire ez a nagy sietség.

Megcsinálta szokásos kávéját, majd jóindulata jeléül főzött a férfinak egy frisset.

Elkészítette, és bevitte. Lehúzta a fejéről a takarót.

– Varázslatos szép jó reggelt! – mosolygott. – Lassan ideje indulni, főnök!

– Mire ez a nagy felhajtás?

– Még nem érkezett hír a mintáról! – magyarázta. – Szeretnék mihamarabb ránézni, hogyan is állnak!

– Értem! De ez akkor is kínzás! – nyöszörgött. – Alig aludtam az éjjel!

– Miért? Mit csináltál, amíg én aludtam? – nyitotta tágra a szemét.

– Őriztem az álmod, Angyalka! – és a mosolyától a lány majdnem elolvadt.

– Nagyon aranyos vagy! – nézett rá szerelmes szemekkel. – Na, de most már ugrás! Nem érünk rá egész nap! – és a pillanatnak vége is szakadt. – Jól van naaa! – ismételte meg a lány délutáni szavait, amikor fürdeni küldte.

– Na, végre! – nyugtázta Liv.

178

Colin tudta, hogy ez mennyire fontos a lánynak. A felfedezés után nem lehetett lenyugtatni, a kocsiban is egyfolytában fészkelődött, mintha bolhák volnának a bugyijában. Sietett is a kedvére tenni addig, amíg ilyen jókedvű. Mert ha ez is egy újabb zsákutca lesz, abba bele fog bolondulni. Annak ki fogja meginni a levét? Azt nem volt nehéz kitalálnia.

– Induljunk! Induljunk! – mantrázta Liv egyvégtében. Ragyogott az arca, amikor beültek a kocsiba. Végigcsacsogta az utat, nem lehetett lelőni. Colin azt sem tudta, miről beszél. Csak mondta, és mondta. Főnöke csak remélni tudta, hogy nem hagyta el semmi érdemi információ a száját, ami később fontos lehet. Vagy most. A férfi még mindig kómában volt. Rövid volt az éjszakája. Lehet, hogy Liv nem is annyira jó nyomozó, hogy ezt nem veszi észre? Gyorsan megérkeztek az őrsre, mert Colin nyomta rendesen a gázpedált. Még reggelizni sem tudott, mert a lány nem hagyta. Sietni kellett. Megálltak a parkolóban, ám mielőtt Liv rohanni kezdett volna, megtorpant.

– Te nem jössz? – Váratlanul érte ez a fordulat.

– Átmegyek Jackie-hez még egy kávéra! – magyarázta. – Alig aludtam, kell valami, ami ébren tart!

– Rendben! – egyezett bele. – Hozol valami reggelifélét?

– Ez volt a terv! – morogta. – Mit ennél, édes?

– Nem fogod elhinni, de megkóstolnám azt a sajtos, sonkás, gombás melegszendvicset – vigyorgott. – De normál mennyiségű gombával – tette hozzá, mielőtt úgy kapta volna, mint Colin legutóbb.

– Óhajod számomra parancs, Angyalka! – Elővette huncut mosolyát, amire a lány visszasietett és megcsókolta. Ott álltak a parkolóban még pár percig így, mert tudták, hogy a következő órákban erre nemigen lesz lehetőségük, majd mindketten mentek a dolgukra.

Liv pillanatok alatt beért. Lábai szinte szárnyakat kaptak. Letudta a kötelező reggeli köszöntéseket, és azonnal a labor felé vette az irányt, de félúton megállította Bodin.

– Helló, Liv! – köszöntötte. – Most érkezett egy bejelentés – erre a lány megtorpant –, miszerint a Big biztonsági őrei felfigyeltek egy kocsira.

– Igen, és?

– A kocsi három napja ott áll, nem vitte el senki – magyarázta. – Nem furcsa? A Bignél?

– Nézz utána mihamarabb, mindjárt jövök – és indult is tova, de újra megtorpant. – Mi a helyzet a tegnap bejelentett tanárnővel? Voltak kinn a szomszédoknál?

– Igen! Minden az asztalodon, de abban az áll, hogy ők sem láttak semmit. Sőt szinte alig látták. Nem beszélt senkivel, nem járt hozzá senki. Úgy jellemezték, mint egy szellemet, aki néha-néha megjelenik – tárta szét a karját.

– Hát ez remek! – fűzte hozzá röviden, és már röpült is tovább.

Amint leért a laborokhoz, olyan izgatottság kerítette hatalmába, hogy abban a pillanatban szinte semmi sem tudta volna lenyugtatni. Úgy nyitott be az ajtón, mint egy érettségiző az utolsó vizsgája előtt. Mély levegőt vett. Most jött el az idő, hogy megtudja: vagy elbuknak, vagy továbblépnek. Alig nyitotta ki az ajtót, Alvarez már kiáltva üdvözölte:

– Helló, Liv! Megkaptad az üzenetet, azért jöttél? – kérdezte.

– Milyen üzenetet? – A telefonjáért nyúlt, de az nem volt sehol.

– Az előbb küldtem az eredményt a cérnáról, és hogy még mást is találtunk. Tegnap már ezzel nem akartalak zavarni – magyarázta. – Nem kaptad meg?

– De, biztosan, csak a telefonom a kocsiban maradt – válaszolt. – Ám most itt vagyok, és nagyon kíváncsi vagyok!

Nem merte elárulni, hogy az ébresztő óta erre várt. Az eredményre.

– Ne haragudj, de az este kicsit megcsúszott a brigád! – húzta Liv idejét és idegeit. – Nemrég dobta ki ezt a gép – és a lány felé mutatott egy krikszkrakszos ábrát, rajta mindenféle vonalakkal, függőlegessel, vízszintessel.

– Ezt nekem értenem kellene? – nézett mogorván. – Alvarez, nyögd már ki, hogy mi van, ne ákombákomokat adj a kezembe. Tisztán, érthetően, és persze világosan!

– Amit ott tartasz a kezedben, az a heti pozitív! – vigyorgott. – Van DNS a cérnán!

– Akkor miért nem ezzel kezdted? Kié? Nőé? Férfié? Tudjuk már, hogy ki az? – Izgatottságát nem tudta leplezni.

– Még nem tudjuk, most futtatjuk át a rendszeren – mondta nyugodtan, hátha attól a lány is megnyugszik. – Ami a lényeg, és már biztos, hogy nőé. Nem akarom a lelkesedésed lerombolni, de előfordulhat, hogy nem hoz majd eredményt. Ez még nem jelent semmit, ha nincs benne a rendszerben. Hiába a DNS, ha nincs kivel összekötni.

– Ne vedd el a kedvem! – szomorodott el. – Ez az utolsó reményünk!

– Nem szeretném, de ezek a tények! – közölte. – De említettem, hogy van itt még valami!

– Kérlek, mondd, hogy valami jó hír! – könyörgött.

– Majd eldöntöd! – nyugtatta. – Ahogy a cérnát kibontottuk, a ruha zsebében találtunk egy darab színes papírtöredéket. Ahogy varrták a ruhát, valószínűleg a sarka beleszorult és leszakadt. – Várt egy pillanatig, hogy Liv tudja-e követni.

– Folytasd már! – siettette, mert hogyne tudta volna.

– Szóval megvizsgáltuk, és egy fénykép darabja.

– Kivehető rajta bármi? – csillant fel a szeme.

– Nem, ahhoz elég apró, de találtunk rajta egy részleges ujjlenyomatot! – Kicsit hátrébb lépett: sejthette, mi fog most következni.

– Tudunk már bármit? – sikította Liv ragyogó szemekkel, mert a remény visszatért belé.

– Még nem. Azt is futtatjuk – fogta be a fülét. – Így azért dupla az esély a dologra! De látod, ezért nem hívtunk tegnap, mert ha a telefonba harsogsz bele hasonló módon, akkor biztos, hogy megsüketülök.

– Bocsánat! – sajnálkozott. – Azonnal szólj, ha találtatok valamit!

– Liv, azért azt is számold bele, hogy elég régi mind a ruha, mind a fotó. Ne éld bele magad az eredménybe. Megvan a lehetősége, hogy nem talál a gép semmit. Semmit, amivel ezeket összeköthetné. – Arcán aggódás látszott, a lányon pedig csalódottság.

Liv bánatosan hagyta el a labort, mert Alvareznek igaza volt. Ha a cérnán található DNS vagy az ujjlenyomat tulajdonosa nincs a rendszerükben, akkor elszállt minden, ami megfelelő végkimenetelt adhatna a dolgoknak. Akkor még mindig nem jutnak közelebb a gyilkoshoz.

Mire visszaért, már Colin is megjelent a melegszendvicsével. Óvatosan megkóstolta, kicsit tartva a gombától, de az igazán meglepő volt, mondhatni, finom. Nem is értette, miért tartózkodott eddig ettől az ételtől.

– Hm, fincsi! – mondta teli szájjal, és hálás szemekkel meresztett rá.

– Nagyon örülök! – válaszolta önelégülten. – Nem hiányzik valami?

– Mire gondolsz?

– Erre! – Letette a lány elé a mobilját, akinek felcsillant a tekintete.

– De! Köszönöm! – vigyorgott. – Ezekkel – mutatott a szendvicsre és a telefonra – teljesen leköteleztél. Alvarez már üzent, mire leértem hozzá.

– Kellene rá valami csipogó, ahányszor elhagyod itt-ott... – majd az arca teljesen elborult, hasonlóan, mint Livnek amikor rájön egy-egy összefüggésre.

– Add ide a nyakláncodat! – Ez a kijelentés inkább parancs volt, mint kérés.

– Nem adom! – közölte teli szájjal. – Tudod, hogy sosem veszem le.

– Liv, utasítalak, hogy add ide! – Arca megkeményedett. Erre a tekintetre a lány nem tudott mit tenni, levette, és átadta neki.

– Ajánlom, hogy ne legyen semmi baja! – hisztizett.

– Nem lesz! Ígérem! Bízz bennem!

Elvette, és sarkon fordult.

– Nemsokára jövök, és visszaadom.

Liv tovább falatozott, miközben megjelent Williams, és érdeklődve állt meg az asztala fölött.

182

– Jó reggelt, Preston! Mik a hírek? – vetette oda.

– Reggelt, főnök! – köszöntötte teli szájjal. – Ezt befejezem – mutatott a szendvicsére –, és tájékoztatom mindenről. Addigra Colin is visszaér.

– Merre van? – kérdezte. – Beszélnem kellene vele.

– Nem tudom. Elrohant valahova. – Elgondolkodott. – Nagyon furcsán viselkedett.

– Ha visszaért, jöjjenek! – azzal visszavonult az irodájába.

Liv befejezte a maradék reggelijét, és közben csak reménykedni tudott benne, hogy más már nem zavarja meg közben. Beleolvasott a labor jelentésébe, de abban ugyanaz állt, amit Alvarez már elmondott. Az nem lehet, hogy sehogy nem jutnak tovább! Kell, hogy legyen valami nyom. Ekkor valaki egy elviteles pohárban kávét rakott le elé, melyen az állt: „Kitartást". Felnézett; Dereck volt az vigyorgó arccal.

– Jó reggelt, társam! – üdvözölte vidáman.

– Neked is, de mire ez a fene nagy jókedv?

– Jó az idő, csivitelnek a madarak! – magyarázta. – Jackienél jó a kávé. Ezt ő küldi. Mesélte, hogy voltál benn nála a vőlegényeddel! – vigyorgott. – Már így áll a dolog? Szólj ám időben, meg kell szervezni Colinnak a legénybúcsút!

– Rendben! Szólok – ígérte. – Adj már valamennyit a hangulatodból!

– Történt valami? – kérdezte. – Kicsit mintha le lennél törve. Mi van a cérnával?

– Azon van DNS, most veti össze a rendszer. – Az ég felé emelte a tekintetét. – Uram, add, hogy legyen eredmény! De találtak egy leszakadt fényképdarabot is ujjlenyomattal.

– Jó nagy lehet a baj, ha itt imádkozgatsz – szólt közbe nevetve, majd eljutott az új információ az agyához. – Hogy mi?

– Be volt szorulva a varráshoz egy fotó sarka – mondta szépen lassan még egyszer. – Mielőtt kérdeznéd, még annak sincs eredménye. És igen, van baj! Illetve volt – válaszolta meg az előbbi kérdését.

– Mi volt? – nyílt nagyra a szeme.

– Tegnap este kaptam egy nagyon furcsa telefonhívást – és Liv elmesélte, hogy mi is történt pontosan.

– Miért nem hívtál azonnal? – volta kérdőre.

– Nem akartam, hogy aggódj! – magyarázta. – Éppen elég volt, hogy mi ketten meglehetősen feszültek voltunk. Legalább te jól tudtál aludni. Majd nézd meg Colint, szinte semmit sem aludt. Egész éjjel őrködött felettem.

– De akkor is, Liv! Jó lett volna, ha az ilyenről tájékoztatsz! – feddte meg. – A francba is, a társam vagy, sőt a barátom, a testvérem! Megérdemeltem volna, hogy ezt tudjam!

– Mégis mit csináltál volna? – emelte fel a hangját a lány, hogy leállítsa. Valamilyen szinten igaza volt, de most pont nem erre volt szüksége. – Őrt állsz az ajtóm előtt?

– Igen! Megtenném! Érted megtenném! – Ahogy ezt kimondta, Bodin állt meg előttük. – Na, érte már nem biztos! – mosolygott, és a férfira nézett, aki láthatóan nem értette, mibe csöppent bele.

– Liv! Megvan az elhagyott gépjármű tulajdonosa – közölte Bodin izgatottan. – Átküldtem az adatlapját, nézd meg gyorsan.

– Dereck, nyisd meg! – utasította a fiút, hogy dolgozzon is valamit, amíg ő befejezi a kávéját.

– Már csinálom is! – Ujjai villámsebességgel pörögtek a klaviatúrán. – Itt is van.

– Ez nem lehet igaz! – háborodott fel Liv. – Egy újabb szőke nő! A francba! – A homlokára tapasztotta a bal kezét, szorosan, mintha az agya ki akarna törni a helyéről.

– A neve Susanne Watson. Egyedülálló. Szülei nincsenek – olvasta fel nagy vonalakban Dereck. – Még csak nem is itt él!

– Eljött a plázába egyedül, és haza már sosem fog térni – mondta szomorúan a lány. – Dühítő, hogy három napig senkinek nem hiányzott!

Jó érzéssel töltötte el a tudat, miszerint ha ő tűnne el, azt hamar észrevennék, mert mellette ilyen jó emberek állnak.

Dereck, mintha olvasna a gondolataiban, vagy legalábbis megérezte volna, mire gondol a lány, fél karjával vigasztalóan átölelte.

– Mi folyik itt, emberek? – kérdezte haragot színlelve Colin, enyhén mosolyogva.

– A legjobbkor, főnök! – ironizált a lány, de az arca ismét elárulta, hogy valami történt.

– Miért? Már megint mi van? Újabb hívás? – Liv a fejét rázta. – Gyerünk Williamshez, úgyis hívott már. – Felállt, magával húzva vőlegényét. – Majd ott megtudod.

Belépve az irodába az öreg már nagyon várta őket. Látva, hogy Liv jól van, megnyugodott, de azt is észrevette, hogy valami már megint gyötri: arca elárulta, hogy valami nyomasztja.

– Na, meséljenek! Preston, minden oké? – és várta a nagy beszámolót, amire Colin is kíváncsi volt.

– Rendben, főnök! – indított a kezét tördelve. – A tegnapi telefonhívásról már tud. Viszont ezt megelőzően Lawrence értesített bennünket, miszerint egy Emily Johnson nevű tanárnő nem jelent meg az iskolában két napja. Megnéztük, stimmel a kinézet. Érdemi információt róla nem sikerült gyűjtenie senkinek. – Mély levegőt vett. – Ma reggel Bodin azzal várt, hogy a Big biztonsági embereinek feltűnt egy elhagyott autó a parkolóban. Három napja ott áll. Utánanézett a tulajdonosnak, aki egy bizonyos Susanne Watson. Nem helyi lakos. Nincs családja, barátai, ezért nem is tűnt fel senkinek, hogy nincs meg. – Ekkor hálásan Colinra nézett, hogy neki ott van ő. A férfi kiolvasta a szemeiből, hogy mire gondol, és azt egy szeretetteljes pillantással viszonozta.

– Az ég szerelmére, ne itt romantikázzanak nekem! – hasította ketté az idillt Williams dörmögő hangja. – Preston, van még valami?

– Hát hogyne!

Az öreg hátrahajtotta a fejét. Mi jöhet még?

– A laborban megvizsgálták a cérnát, amivel a ruhát megvarrták. Szerencsére azon találtak DNS-t, de szerencsétlenségünkre még nem tudták azonosítani. Várjuk az eredményét. Annyit viszont biztosan meg tudtak állapítani, hogy nőtől származik.

– Mondtam, hogy nő! – kiáltott fel Colin.

- Én meg már kifejtettem, hogy varrhatta nő, mert egy női ruháról beszélünk – állt ellen harciasan. Az öreg kapitány abban a percben nem igazán volt képben, így csak csöndben figyelt.

– Az, aki a ruhát ráadta a lányra, nem nő, mert egy nőnek nem kerülte volna el a figyelmét, hogy a zseb nem jól van viszszavarrva. Neked sem tűnt fel. Dokinak sem. Csak nekem! – és a vitát végérvényesen lezártnak nyilvánította. – Ennyi!

– Tehát akkor, ha jól értem – szólt bele Williams –, összefoglalom. Preston a maga sas női szemének köszönhetjük, hogy van egy valamirevaló mintánk, eddig eredmény nélkül ugyan, de van. Ezen kívül két eltűnt személy, akik az eddigi áldozatok hasonmásai. És ne feledkezzünk meg a négy halottról sem.

– Így van, főnök! – helyeselt Liv. – De van itt még valami, amiről az imént tájékoztattak a laborban. Találtak a varrásba beakadva egy régi fényképdarabot. Beszorult, és leszakadt a sarka. Van rajta részleges ujjlenyomat, de ennek is várjuk az eredményét. A gép nagy erőkkel dolgozik.

– Ez remek, mert még mindig az az érzésem, hogy egyhelyben topogunk, miközben a gyilkos rohadt jól szórakozik rajtunk – summázta. – Még arra is van ideje, hogy magát hívogassa.

– Erről a mondatról eszembe jutott még valami! – emelte fel a kezét a lány. – Mi van akkor, ha azért ért rá engem hívni, mert már nincs dolga?

A két kapitány nem értette, mire akar célozni.

– Ha bőven ráér, mert nem kell megfigyelnie, kifigyelnie senkit. Azért, mert már begyűjtötte az áldozatokat. Fogva tartja ezeket a nőket, hogy még élvezze az arcukon látható szenvedést, amit valószínűleg ő is érzett valaki miatt.

Colin és Williams is helyeslően bólintott.

– Igen, ez nagyon valószínűnek tűnhet! – mondták.

– De akkor mi lehet a szó? – kérdezte Liv, de leginkább magától.

– Mik is voltak a betűk, Preston? – nézett rá az öreg.

– Volt két A, egy L és egy I – vázolta fel, a kapitány pedig a jegyzete szélére le is írta.

– Hát, ez nem sok – mérgelődött fejét csóválva.

– Már gondoltam rá, hogy ki lehetne listázni azokat a szava-
kat, amikben ezek a betűk szerepelnek. – Liv próbálta a helyze-
tet menteni, de nem sikerült.
– Akkor miért nem csinálták még meg? – háborodott fel.
– Mert rájöttünk, hogy ezernyi és egy lehetőség lesz, ami tel-
jesen felesleges. És honnan tudjuk, hogy nem valami idegen nyel-
ven van-e? Például szanszkritul!
– Igen, ez is igaz! – látta be, hogy igazuk van.
– A nevek! Emberek a nevek! – visított Liv, és a két férfi meg-
ijedt.
– Milyen nevek? – kérdezték egyszerre.
– Mi van, ha nem szó, hanem egy név? – adott magyarázatot,
de mivel látta, hogy így sem értik, folytatta.
– Eddig szóra vagy mondatra gondoltunk... de mi van akkor,
ha annak a neve, aki miatt ezt az egész sorozatgyilkososdit csinál-
ja? Ha a betűk egy nevet adnak ki? – Megkönnyebbüléssel nyug-
tázta, hogy végre felfogták, mit is akar mondani.
– Dereck nézzen ennek utána! – adta ki az utasítást az öreg. –
Colin, szólj neki, hogy csinálja meg mihamarabb. Van még valami?
– Nincs – válaszolta Colin.
– Van! – vágta rá a lány. – Colin, nem felejtettél el valamit?
A férfi nem értette, miért mondja ezt. – Hol van a nyakláncom?
– Ja! – kapott a fejéhez. – Tényleg elfelejtettem – és előhúzta
zakója zsebéből. – Tessék, itt van, épen és egészségesen!
– Mégis miért vitted el? – bámult rá.
– Nézd csak! – mutatott a medálra. – Itt, ahol a holdkövet
körbefogják ezek a pántocskák, itt alul van egy kis rés. Látod?
– Igen, látom, de mi az, felcsaptál ékszerésznek? – Most Liv
nem volt képben, mit akar mondani. – Levitted a laborba, mert
ez volt a házi feladat az ötvössuliban? – vigyorgott.
– Hehe, nagyon vicces! – nevetett vele. – Na, ezt a rést betömtük.
– Mit csináltál? – tágult ki a szeme.
– Levittem a technikusokhoz, és ide, alulra elhelyeztek egy
miniatűr helymeghatározót – magyarázta.
– Mit csináltál? – Kitágult szeme elkezdte szórni a szikrá-
kat. – Te nyomkövetőt tettél rám? Neked teljesen elment az eszed.

Kizárt, hogy én ezt hordjam addig, amíg az benne van – áradtak az indulatok a szájából. – Vagy ennyire féltékeny vagy, hogy minden lépésem figyelni akarod? Át kell beszélnünk ezt az egészet, barátocskám! Ezt velem nem fogod csinálni. De nem ám! – és a nyomatékosítás kedvéért a jobb lábával toppantott egyet.

– Nyugodjon már meg, Preston! – szólt rá erélyesen az öreg. – Hallgassa már meg, mit akar mondani! Itt tátog egy ideje, de nem tud közbeszólni a szerencsétlen!

– Nyugi, Liv! Én csak biztonságban akarlak tudni! – kezdett bele. – Nem volt ezzel semmi rossz szándékom, de amióta felhívott, egyfolytában féltelek. Jobban, mint előtte bármikor. Ha vége az ügynek, kiszedjük, de amíg szabadlábon van, csak így tudok egy kicsit is nyugodtabb lenni. Érted már?

Liv értette: bármit megtenne.

– A telefonod adta az ötletet, hogy mindig elhagyod vagy otthagyod valahol, hogy csipogót kellene rátenni. Így majd sosem hagylak el!

– Ne haragudj! Köszönöm, hogy ennyire aggódsz! – és mosolyt erőltetett magára, mert közben megint eszébe jutott, milyen szerencsés, hogy van valaki, aki félti és törődik vele, ellentétben Susanne Watsonnal.

Kiléptek az irodából, és Liv még mindig borzasztóan érezte magát az előző kirohanása miatt. Szinte aprónak érezte magát. Szerette volna tettekkel is kifejezni, hogy mennyire sajnálja. Ha Colint ez valamelyest megnyugtatja, akkor maradhat.

Odaértek Dereck asztalához és felvázolták a tényeket, amiket még nem tudott, és kiadták a következő feladatát.

– Ki kell listázni azokat a női neveket, amelyekben megvan ez a négy betű! – utasította Colin.

– Gondolom, hogy lesz nem is kevés, de majd valahogy szűkítünk.

– Megtudhatom, miért kell ezt csinálni? – A kapitány már épp elkezdte volna magyarázni, de Williams intett neki, hogy menjen vissza, így ez Livre maradt.

– Mert arra gondoltunk, hogy mi van akkor, ha a szó, amit ki akar rakni, egy nevet takar. Annak a nőnek a nevét, aki ártott neki. Így teljesedik be a bosszúja – magyarázta. – Eddig biztos, hogy lesz hat betűnk, de ki tudja, még hány nő tűnt el.

– Akkor már nézem is. – Ujjai rohamtempóban verni kezdték a billentyűket.

Pár perc múlva egy listán sorra jelentek meg a nevek. Mire Colin visszaért, már a gép is végzett, és azon számtalan furcsa név is szerepelt. Rápillantottak a monitorra.

– Ejha! – nevetett fel Liv. – Elleszel egy darabig, amíg átböngészed. Adelinda, Katalina, Matilda – szemezgetett párat a listából. – Milyen bájos nevek!

– Igen, Derek ellesz, de nekünk mennünk kell – rángatta meg Colin a lányt.

– Azért próbáld meg az ilyen nevű nőket összevetni a fotóikkal! – kérte meg Liv, majd távoztak.

Gyorsan kisiettek a férfi kocsijához, és Liv érezte, hogy még mindig haragszik rá. Nem szólt egy szót sem, és ez nem volt jellemző. Már lejátszott magában minden alternatívát, mi is fog most történni, hányféleképpen fogja megszidni, de semmi. Teljes csönd. Odaértek a kocsihoz, és Colin kinyitotta neki az ajtót, ám ahogy be akart szállni, magához húzta és megcsókolta. A csók mohó volt és követelőző, mintha nem lenne holnap. Vajon így lesz? Ez valamiféle búcsúcsók?

– Te kis butus! Hogy gondolhattad egy pillanatig is, hogy roszszat akarok neked? – nézett rá szemében szeretettel teli lángolással. – Édes Angyalka, ezzel – és megérintette a medált – neked akarok jót, hogy biztonságban légy.

– Tudom, és megértettem! – válaszolta nyugodt mosollyal. – Ezért hoztál ki? Hogy ezt elmondd?

– Nem, nagyon nem, úgyhogy sietnünk is kell! – szaporázta meg a lépteit a vezetőülés felé.

– Szállj be gyorsan, mennünk kell!

– Hova megyünk? – kérdezte ijedten, mert eltűnt Colinból az előző kedvesség.

– Újabb eset! Megyünk az erdőbe! – mondta szenvtelenül.

– És nem az lett volna az első? – hüledezett. – Te meg itt leálltál velem romantikázni!

189

– Liv, nekem te vagy az első! – nézett a lányra megint melegséggel. – Ezt mindenképp tisztázni akartam, mert láttam, mekkora feszültég maradt benned, hiába mondtad, hogy nem haragszol, azért éreztem. Az a szegény lány meg már nem szalad sehova. Két perc nem a világ.

– Én vagyok az első, és nem a munka? – ámuldozott.

– Az volt, amíg nem találkoztam veled! Ha veled állítanám mérlegre, bőven feléd hajlana – adta meg a magyarázatot. – Tudod, volt az a nő, akit már említettem, aki miatt én is a munkába menekültem, de inkább vissza. – Egy pillanatra elhallgatott, és Liv nem tudta, hogy azért, mert kínos neki erről beszélni, vagy azért, hogy ő akarja-e hallani.

– Ha nem akarod, nem kell elmondanod! – nyugtatta.

– De, de, mert értened kell – folytatta. – Amikor együtt voltunk, a munka volt az első. Nem számított más, csak az előrejutás. Látod, hova küzdöttem fel magam. Egyszóval elhanyagoltam. Elkezdte a kis különjárásait, titkos telefonok. Megbeszéltük, továbbléptünk, mert megértettem, hogy a figyelmemet akarta felkelteni. Hogy többet foglalkozzak vele, ne csak a munkával. Majd egy nap lelépett a legjobb barátommal. Később tudtam meg, hogy ott sem bírta sokáig. Megint továbbállt. Azóta nem hallottam felőle. Jobb is.

– Sajnálom! – érzett vele együtt Liv.

– Ne sajnáld! Jó lecke volt! – Elnevette magát, amit a lány nem igazán értett. – Akkor megfogadtam, ha találok egy gyönyörű, okos, hisztis, kiállhatatlan, szókimondó, főzni nem tudó, de szeretnivaló őrültet, aki még az ágyban is tökéletes partner, akkor mindent megteszek a boldogságáért. A munka változhat, de ha van az életedben állandóság, ha van hova hazamenni, az többet ér bármilyen pozíciónál!

– Tehát amikor kiderült, hogy a főnököm lettél, és este eljöttél, akkor ezt akartad elmondani? – nézett megrökönyödve, és Colin bólintott. – Ha kell, feláldozod a munkádat értem? Vagy bármit? – Szemei megteltek könnyel.

– Igen, Angyalka, pontosan ezt – bólintott ismét.

– Csak ez a hisztis, kiállhatatlan őrült nem hagyta – vallotta be a lány lehajtott fejjel.

- És ez is így a pontos! – kacsintott. – De látod, megoldottam máshogy! És milyen jól tettem! – majd megszorította a lány kezét, biztosítva arról, hogy amíg él, azt el nem engedi. Liv úgy érezte, ledőlt minden fal, nincs semmi, ami közéjük állhatna. A férfi elfogadja olyannak, amilyen, és hálás volt a sorsnak, hogy az útjába vezette. Rá kellett, hogy jöjjön, neki is engednie kell, mert nem tudhatja, meddig feszítheti a húrt. Ha lazít, akkor semmi probléma nem adódhat. De ezek szerint bármit meg tudnak beszélni, bármit meg tudnak oldani. Colin türelme, megnyugtató jelenléte a csodával határos.

Amint az erdőhöz értek, a rendőrautók fénye mutatta az utat. Megint az erdő! Hányszor kell még kijönni? Amennyire szerette, most kezdett elmenni tőle a kedve. A gyermekkori élmények kezdtek a homályba tűnni. Körülnézett. Pár egyenruhás bócorgott a terület körül, a helyszínelők speciális fényű lámpával próbáltak minden szemnek láthatatlan dolgot feltérképezni. Doki már szakszerűen vizsgálta a testet, ami ugyanolyan volt, mint az előző áldozatok. Rouis is terelgette Pollyt és Ginát. Az ijedt kirándulók az út szélén. Minden, de minden ugyanaz volt, csak pár dolog változott: az idő, a számok és a betűk. Folyamatosan teltek a napok bármiféle eredmény nélkül, az áldozatok egyre bukkantak elő – már az ötödiknél tartanak. Vajon a betűvel többre fognak menni? Mi lehet a mostani? Ahogy ezt Liv lepörgette az agyában, hirtelen feleszmélt, hogy hol is van, és már sietett is Dokihoz megtudni azt.

- Üdv, emberek! – köszöntötte őket, és hangjából eltűnt a lelkesedés, azt inkább a lemondás váltotta fel – Mit tudunk?

Meglátta a lányt közelebbről; Susanne Watson volt az. Ő volt az, akit senki nem keresett, akit senki nem hiányolt, ám mégis megtalálták. Ez még inkább elszomorította. Itt fekszik a nagy erdő közepén békésnek tűnően, ugyanolyan magányosan, ahogyan élt.

- Helló, Liv! Kapitány! – rázta ki a gondolataiból Hopkins.

- Mi az, Hopkins? – kérdezték szinte egyszerre.

- Kihallgattam a két kirándulót – mutatott feléjük, akik még mindig megrökönyödve toporogtak jó pár méterre tőlük –, de nem láttak semmi mást, csak a lányt. Nagyon meg vannak rémülve, ezért ha nincs kérdésed hozzájuk, akkor elengedném őket.

– Persze, engedd csak. Gondolom, az adataikat felvetted – mondta csöndesen, Hopkins pedig válaszként bólintott.

– Hol van az a lány, aki nemrég még úgy pörgött, hogy le sem lehetett állítani? – súgta a fülébe Colin.

– Hol? – tétovázott. – Most valahol messze. Leginkább Mexikóban süttetné a hasát a tengerparton.

– Liv, te nem vagy ilyen! – emelte fel a hangját. – Nem adhatod fel!

– Feladni, én? Soha! – jelent meg ismét a tűz a szemében, majd halványult. – Tudod, pont azon gondolkoztam, hogy mindig is egy hasonló ügyre vártam. Ahol bebizonyíthatom a rátermettségemet.

– Itt van! Csináld! Mert jó vagy! – vágott közbe a férfi.

– Látni ezeket a lányokat szörnyű – folytatta –, de még roszszabb az itt hagyott családtagoknak. Anyáknak, férjeknek, gyerekeknek, barátoknak. És mégis ez az eset viselt meg a legjobban. Nem volt senkije, itt fekszik magányosan, és ez már így is marad. Még esélyt sem kapott az élettől, hogy ez más legyen.

– Ezen már nem tudsz változtatni – nyugtatta. – Viszont el tudod kapni azt, aki ezt elvette tőle.

– Mégis hogyan? – fröcsögött a lemondás a hangjából. – Az ötödik áldozat, és nem jutunk egyről a kettőre. Állandóan falakba ütközünk. Minek kell még történnie, hogy ez megváltozzon?

– Liv! Te most szépen hátradőlnél, és várnád, hogy valami az öledbe pottyanjon? – igyekezett felrázni. – Várnád, hogy áradjanak a betűk, és vele az áldozatok sokasága?

A lány erre egyből észhez tért. Tudta, hogy Colinnak igaza van. Ha ő nem csinálja, senki sem fogja. Senki sem tudja olyan jól...

– A betű! – csillantak fel a szemei, és már szaladt is. – Helló, doki! Találtál valamit?

– Szia, drágaságom! – mosolygott a szemüvege mögül a lányra, majd el is tűnt az arcáról, és ebből Liv kiolvasta, hogy bizony semmi. – Minden változatlan. Sajnálom.

– Megnéznéd a száját? – kérlelte kislányos bűbájjal, még a kezét is összefogta elöl, és a vállait is mozgatta hozzá előre-hátra.
– Egy pillanat! – intett, hogy kerítsenek neki üvegcsét. – Drágaságom! – szólította meg halkan, kétségbeesve, és Livnek közelebb kellet hajolnia, hogy jobban hallja. – Azt rebesgetik, ez az aljas gazfickó felhívott. Tényleg igaz? – A lány bólintott. – És jól vagy? Ha valakivel beszélgetni szeretnél, az ajtóm mindig nyitva áll előtted! – biztatta kedvesen.
– Köszönöm, Oscar! – Doki szívét átjárta a szeretet, mert tudta, hogy ez a köszönet nem a doktornak szól, hanem a mögötte lévő embernek. Ebben a pillanatban nagyon hálás volt a lánynak, hogy ezzel az aprósággal is, a neve kimondásával, örömöt okozott neki.
– Na, nézzük csak! – tértek vissza a valóságba, majd fogott egy ollót és egy csipeszt. – Világítanál, drágaságom? – Liv készségesen megtette. Megmetszette a szálat, majd a csipesszel óvatos mozdulatokkal kifűzte a bőrből, s elhelyezte a kis üvegbe. Lehúzta az alsó ajkat, és a fekete folt előtűnt. Nagyítót vett elő, hogy jobban lássák, Liv pedig intett Colinnak. Eljött az igazság pillanata. A nagyító gyűjtőlencséjén átpillantva ismét egy vonalat láttak. Megint egy I betű.
– Kösz, Doki! – mondta bánatosan. Nem lett nagy segítségükre ez a betű sem. L, A, I, A, I. Mi a fene lehet ez? Colinra nézett, hátha neki van ötlete, de semmi reakció.
– Mehetünk? – kérdezte a lányt.
– Te már végeztél? – A férfi bólintott.
– Rouis sem talált semmit a kutyákkal – közölte semmitmondóan. – Ugyanarra indultak, de megint elvesztették. Figyeltetni fogom azt az utat, ami arra vezet, mert jelenleg nincs más ötletem. Arra kell, hogy járjon kocsival. Hidd el, meglesz! – igyekezett felrázni a lányt.
– Ez remek ötlet, Colin! Hamarabb is eszedbe juthatott volna! – Ismét visszatért a lelkesedése. – Ezzel nem veszthetünk semmit! Sőt! Meg kell próbálni!
– Magam is így gondolom! – vigyorgott. – Gyere, menjünk.

A visszafele út alatt a lányba visszatért az élet. Egyre csak az járt a fejében, hogy el fogják kapni. Nem lehet, hogy megússza ez a szemét. Mindennél jobban vágyott arra, hogy ez megtörténjen, és nem azért, mert már bármilyen előrejutást remélt volna ettől, hanem pusztán azért, mert nem szeretett volna több áldozatot. Nem szeretett volna több ottmaradt férjet, gyereket, anyát, barátot. Colin végig fogta a kezét, néha meg is szorította, mintha azt mondaná, hogy tudja, éppen mi van a lány fejében. Nagyon megnyugtató volt. Amikor beértek és Dereck meglátta őket, felderült a tekintete. Lehet, hogy talált valamit. Azonnal odasiettek hozzá.

– Hogy állsz? Van valami? – kérdezték.

– Az égvilágon semmi. Ilyen nevek nem is léteznek – válaszolta, erre Colin elindult az öreghez. – Már vagy ötvenet átnéztem, de ezekre a nevekre nincs találat, elvétve egy-kettő.

– Mit csináltál? – fogta Liv a fejét. – Nem kellett volna az elsőtől az utolsóig sorrendben, annak nagyon kicsi az esélye. Sok hűhó semmiért. Rengeteg plusz munka, és energia.

– Mégis mit kellet volna tennem? – emelte fel a hangját Dereck. – Ezt mondtad!

– Én azt mondtam, hogy elleszel egy darabig, de nem azt, hogy minden egyes nevet futtass le! – kelt ki magából. – Reméltem, hogy lesz annyi eszed, hogy nem keresel rá mindre, csak amelyiket gyakoribbnak gondolod! Nem kell ilyen Blandinákat megkeresni, elég egy Alinát.

Dereck feje előrecsuklott, az orra szinte a hasához ért. Liv nagyon megsajnálta. Legközelebb a szájába fogja rágni a kiadott feladatokat, hogy az flottul menjen. Ezek szerint nem elég a saját munkáját elvégezni, még erre is oda kell figyeljen a jövőben.

– Sajnálom, máskor jobban átgondolom a feladatot! – szomorodott el.

– Reméljük, hogy ilyen feladat nem lesz egy jó darabig, vagy inkább soha többé – nyugtatta.

– Viszont tovább szűkíthetsz, mert megvan az ötödik áldozat.

– Tessék? – Nem hitt a fülének. – Engem meg itt hagytatok ilyen szarságokkal?

– Nyugodj meg, Dereck! – csitította. – Ha egyet láttál, mindet láttad. Nem vesztettél semmit.

– Mondd, mi a betű! – Lehangoltan csengtek a szavai.

– Van még egy I – válaszolta Liv, és a fiú már kereste is a hozzá tartozó neveket, amiket az előző keresés alapján gyorsabban megtalált. – Na látod! Alicia, az elég gyakori. Ilyeneket kell keresni.

Amíg Dereck keresgélt a nevek között, egyik-másikra rá is mutattak, és meglehetősen jól szórakoztak a furcsábbnál is furcsább neveken. Liv nem akarta otthagyni a fiút, mert segíteni akart; ha már így elbeszéltek egymás mellett, legalább támogassa ebben. Közben Colin jelent meg, hogy hozzon-e valami harapnivalót, de Liv kapott az alkalmon, dolga nem lévén, hogy vele tart. Remélte, hogy az ételen kívül a parkolóban mást is kap. Úgy is lett. Ahogy megfelelő távolságra kerültek az épülettől, Colin már csókolta is, ahol érte.

– Ez ám az igazi előétel! – jegyezte meg mosolyogva. – Kérek még ebből! – és a férfinak nem kellett kétszer mondani.

Jackie-nél nagy volt a nyüzsgés, így csak a pulthoz tudtak leülni. A nagy forgalomra való tekintettel, hogy mihamarabb végezzenek, hamburgert kértek, amit elég gyorsan meg is kaptak. Derecknek is kértek, elvitelre. Hamar elfogyasztottak minden morzsát a tányérjukról. Ittak még egy kávét is. A nagy pörgésben Jackie nem tudta őket szórakoztatni, és ez most kifejezetten jó is volt. Nem is időztek sokáig. Fizettek, és távoztak.

Visszafelé ismét megálltak egy kis szenvedélyes csókcsatára, hátha ezzel kibírják estig.

– És a desszert is kiváló volt! – Liv ezt nem hagyhatta ki.

Már majdnem beléptek az épületbe, amikor a lánynak megrezzent a telefonja. Elővette, és nem hitt a szemének. Az üzenetet Alvarez küldte, miszerint azonnal beszélniük kell, és mindjárt felér hozzá, mert találtak valamit. Liv visszaírta, hogy a tárgyalóban találkozzanak.

– Colin! – visított fel úgy, hogy az majdnem szívrohamot kapott. – Alvarez talált valamit! Siess gyorsan, a tárgyalóban vár – és szélsebesen megindultak.

- Lehet, hogy Susanne-on? – ámuldozott a férfi.
- Nem mindegy, hogy hol vagy kin? – pattogott. – Az a lényeg, hogy van valami. Gyere már, mert mindjárt felrobbanok az izgalomtól.
- Az ágyban kellene ezt mondanod! – igyekezett poénnal csillapítani a lány nyugtalanságát.
- Jó, majd este ott is mondom, de ahhoz most nagyon jó hírt kell, hogy kapjunk – vágott vissza.
- Á tehát feltételek is vannak? – folytatta. – Jobban oda kell tennem magam! – Liv már nem bírta ki röhögés nélkül.
Megálltak Dereck asztalánál, letették a hamburgert. Látta, mennyire izgatott Liv.
- Mi az, így felpörögtél a kajától? Jackie beletett valamit? Akkor nem eszem meg. Tuti, hogy kávét is ittál! – jegyezte meg, és már fordult is a gép felé.
- Dereck, gyere! Alvarez talált valamit! – hadarta. – Colin, szólj gyorsan Williamsnek, neki is hallania kell!
- Én is mehetek? Most nem hagytok ki belőle? – hitetlenkedett a fiú.
- Ne butáskodj már! – válaszolta. – Azért, mert az előbb itt hagytunk dolgozni a gépen, hogy ezzel is haladjunk, attól még a társam vagy, ezt együtt oldjuk meg!

Látszólag Dereck beletörődött ebbe a helyzetbe, de azért egy kicsi féltékenység ott bujkált benne. Kezdte érezni, hogy a társa távolodik tőle, de tudta, az új kapitánnyal nem veheti fel a versenyt. Felugrott a székéből, és már szaladt is Liv után. Alvarez már ott toporgott a tárgyaló előtt laptoppal a kezében. Nem telt el pár pillanat, a két főnök is megjelent.
- Helló, Liv, Dereck – köszönt, bólintva is hozzá. – Williams kapitány, Taylor kapitány, üdv!
Bementek a tárgyalóba. Dereck összekötötte Alvarez laptopját az okostáblával, hogy mindenki a legjobban lássa a nagy felfedezést. Mintha moziban lennének, csak ez nem egy film volt, hanem maga az élet. Vagy a halál. Nézőpont kérdése. Pötyögött még valamit a gépen, aztán feléjük fordult:

- Nos, a DNS-mintának sajnálatos módon nem lett eredménye – látta, hogy mindenkinek kezd összeszűkülni a szeme –, de az ujjlenyomat sikert hozott. Van találat! – Mindenki fellélegzett. – Egy pillanat, és mindjárt be is jön a rendőrségi adatlapja. Ez az!

Majd a táblán megjelent egy fiatal férfi képe. Semmi különös nem volt rajta, átlagos fickónak tűnt.

- Tehát a neve Earl Prince – ezt hallhatóan mindenki megmosolyogta –, 65 éves lenne, ha még élne. Meghalt 12 évvel ezelőtt. Letartóztatva garázdaságért. A város szélén, a Wood utcában laktak, közvetlenül a Bratt mellett. A felesége Regina Prince, született Dawson, róla egyáltalán nem találtunk adatot. Annyit sikerült kideríteni, hogy ő is halott. Tíz éve halt meg. Két fiuk van, Rex Prince, és Earl Junior Prince.

- Úgy látom, felsorakozott egy egész nemesi család! – közölte az öreg kapitány, és nem leplezte, hogy ezen milyen jól szórakozik. A kijelentésén egytől egyig elröhögték magukat.

- Várjon, főnök! – szólt közbe Liv. – Rákerestem a Regina név jelentésére, nem fogja kitalálni, de királynőt jelent.

- Tudom, Preston! Így hívják az egyik unokahúgomat – tette rá a végére. – Na de komolyodjunk meg, emberek, elvégre ez egy komoly ügy. Folytassa, Alvarez!

- Sajnálom, kapitány, de ennyi – tárta szét a karjait. – A két fiúról azonnal nem tudtunk kideríteni semmit, mert rögtön idejöttem az eredménnyel. Ez már a maguk feladata lesz, mi így is el vagyunk csúszva a laborban.

- Szép munka volt, Alvarez! – dicsérte meg az öreg. – Persze, a többit már megoldjuk. Vannak itt kiváló nyomozók – nézett Livre és Dereckre –, akik ezért kapják a fizetésüket!

- Örülök, hogy most valami jó hírrel is szolgálhattam – mosolygott. – Williams kapitány, Taylor kapitány! Egy élmény volt! – Fogta a laptopját és kiviharzott a tárgyalóból, de a két nyomozónak még barátságosan odaintett.

- Mit ülnek még itt? – emelte fel a hangját az öreg. – Indulás utánanézni a két fiúnak. Elképzelhető, hogy valamelyik a tettes!

Liv és Dereck felálltak, hogy kimenjenek, de újabb utasítást kaptak:

– Fürgén! Szaporán!

– Gyere, Dereck, kihűlt a hamburgered! – ingerelte még egy kicsit Williamst.

– Megőrülök ettől a nőtől? Mondd, hogy bírod? – hallotta még az ajtórésből az öreget, de a választ már nem hallotta.

Mindegy is, majd megkérdezi... Mind a ketten lehuppantak a számítógép elé, és lázasan keresgélni kezdték a két férfit. Nem kellett sok idő, hogy nyomukra bukkanjanak.

– Nézd, Liv! Ez lehet az! – ujjongott Dereck. – Itt az egyik, és itt a másik. – Olvasni kezdeték.

– Earl Junior Prince, 33 éves, fanatikus környezetvédő, jelenleg Ausztráliában él, és folyamatosan járja a vidéket. Állandó lakhelye, családja nincs. Elérhetőség sincs. – Liv megállt.

– Utána kell nézni, hogy elhagyta-e az országot! – magyarázta a fiúnak. – Azért, mert nincs róla adat, még repülhetett. Nézzük a királyt!

– Rex Prince, 35 éves, jelenleg Angliában, Londonban él a családjával. Feleség és gyerek is van – olvasta Dereck.

– Te, figyelj már! – szólt nevetve Liv. – Normális nevek! A feleség Brenda, a gyerekek Toby és Laney. Vége a vérvonalnak?

– Mit vársz egy felvilágosult egyetemi professzortól? – nyögte ki a fiú röhögve.

– Professzor? – kérdezte a lány megrökönyödve.

– Igen, Londonban – válaszolta Dereck. – Liv! Nem ott van a Buckingham-palota? Tudod, ahol az angol királynő lakik! – Erre már nem tudták visszatartani a belőlük kiáradó vihogást. A hasukat fogták. Erre jelent meg a két kapitány.

– Mi a fenét művelnek? – Williams harsogó hangja belecsapott a derült jókedvbe. – Megvannak a fiúk, hogy így viháncolnak?

– Igen, főnök! – nyerte vissza a lélekjelenlétét Liv. – E. J. Prince Ausztráliában él. Lakhely nincs, mert folyamatosan járja az országot, védi a környezetet. – Visszanyelte a nevetést a következő név kimondása előtt. – Rex Prince Angliában él,

198

Londonban egyetemi professzor. Tudja, főnök, ahol az angol királynő is! – és a kacajáradathoz Colin is csatlakozott. Williams sem bírta ki komoly főnökképpel, és mindenki őket nézte. Eltelt pár pillanat, amíg magukhoz tértek. Liv még sosem látta ilyennek az öreget. Jóleső érzés volt, hogy tud ember is lenni a vasszigor mögött. Máshogy nem is lehetne elvezetni egy egész kapitányságot. De már érzi a végét, valószínűleg ezért fogta egy kicsit lazábbra. Két nap, és elköszönnek tőle. Ez a szomorú gondolat visszarepítette a valóság talajára. Már el is felejtette, mi volt az, amin ilyen fergeteges jókedvük támadt. Ja, igen, a nevek. Nem szép dolog más embert kicsúfolni ezért! – kapta magától a szidást.

– Nem illő ám más ember nevével viccelődni! – szólt rá a többiekre is, akik szemmel láthatóan magukba szálltak, és végre csillapodtak a kedélyek.

– Liv, ezt pont te mondod? – nézett rá Colin.

– De Williams kapitány kezdte! – védekezett pimaszul, és az ujjával még rá is mutatott.

– Elismerem, de most már zárjuk is le! – vetette közbe – Hogyan tovább, emberek? – kérdezte, és nem azért, mert bármiféle tanácsot várt volna, hanem mert kíváncsi volt, hogy a többiek hogyan gondolkodnak. Láthatóan a forgatókönyv már rég elkészült a fejében.

– Először is, Dereck utánanéz Earl Junior Prince-nek – nézett Liv a fiúra, aki bólintott.

– Eddig jó, Preston, folytassa! – biztatta az öreg.

– Rexet pedig ide kell hozatni! – jelentette ki határozottan.

– Miért nem maguk utaznak? – Zavart arcán látszott, hogy ez a felvetés meglepte. – Egyszerűbb lenne.

– Minden tiszteletem, főnök, de ez nem jó ötlet – ellenkezett. – Itt van az ügy. Itt történtek az esetek. Tehát a titok is itt van valahol. Ha idehozatjuk, akkor talán az arcáról leolvashatjuk, mit vált ez ki belőle. Vagy még az is lehet, hogy magától elmondja. A környezet nagyon fontos az ügy szempontjából. Ha mi megyünk, akkor az semleges zóna lesz. Itt sokkal többre fogunk menni!

Egy pillanatig Williams is elgondolkodott a lány szavain. Nagyon jó volt az érvelése. Teljes mértékben igazat adott neki.

– Jó ötlet, Preston! – helyeselt. – Rogers, nézzen utána E. J. Prince-nek, vett-e repülőjegyet, vagy van-e valaki, aki tudhat róla valamit.

A fiú már ugrott is neki a számítógép billentyűinek. – Colin, gyere, elintézzük ezt a Rex gyereket. Még jó, hogy vannak kapcsolataim a Scotland Yardnál!

– De főnök! Nem is ez a hivatalos neve! – méltatlankodott Liv.

– Tudom, maga tudálékos, de sajnos a legtöbben így ismerik! – pillantott a szeme sarkából Dereckre.

– Főnök, láttam ám, hogy rám gondolt! – szólt közbe a fiú anélkül, hogy a gépből felpillantott volna. – De ki kell ábrándítanom, mert tisztában vagyok vele: Metropolitan Police Force.

– Biztosan most keresett rá Google-n!

Sarkon fordult.

– Gyerünk, Colin.

– Dereck! Le vagyok nyűgözve! – mondta Liv, hogy kicsit megnyugtassa Williams bosszantó beszólása után.

– Liv! Ígérd meg! – fordult el a géptől, és mélyen a szemébe nézett. – Tedd fel a kezed is!

– Jó, ígérem! – egyezett bele. – De mit is?

– Az öreg már megint rátapintott a lényegre! – nevette el magát. – Valóban rákerestem!

– Dereck! Még mindig le vagyok nyűgözve! – tartott vele a lány.

A következő egy órában lázasan próbáltak Earl Junior Prince nyomára bukkanni, de eredménytelenül. Már kezdték feladni, amikor meghallották Williams hangját:

– Preston, Rogers, az irodámba!

– Úgy néz ki, hogy többre jutottak, mint mi – szögezte le Liv, majd elindultak az iroda felé. Beléptek, de a két kapitány arcáról nem lehetett leolvasni semmi. Elképzelhető, hogy nem találják Rexet sem? – morfondírozott magában.

– Felvettem a kapcsolatot egy régi kedves ismerősömmel – vágott bele az öreg. – Felvázoltam a helyzetet, és hogy miben szeretnénk segítségüket kérni. Ott már minden bizonnyal későre jár, de nem habozott segíteni – vett egy mély levegőt, mielőtt folytatta volna.

– Ki is mentek Rex Prince lakására, rögtönzött kihallgatást tartani. Sikerült vele nekünk is beszélni telefonon. Jó hír, hogy E. J.-t nem kell tovább keresni. Rex igazolta a pontos tartózkodását; valamilyen expedíción van. Nem hagyta el Ausztráliát. A másik jó hír, hogy Rexnek semmi kifogása sincs, hogy ideutazzon, feltéve, ha nem az ő zsebét terheli a repülőjegy és egyéb költség. A repülőjegyet Marilyn már intézi, a rendőrségnek meg van pár lakása. Nem fog ez gondot okozni. De egyéb részletet nem tud, csak azt, hogy halaszthatatlan ügyben ide kell jönnie. Hallhatóan mindenki fellélegzett az irodában: alig várták az időpontot, hogy mikorra érkezik Rex.

– Gondolom, nem okoz senkinek problémát, ha hétvégén ez miatt be kell jönni? – nézett körül az öreg, de mindenki csak a fejét rázta. – De legkésőbb hétfőre már minden bizonnyal itt lesz!

– De főnök, akkor már nyugdíjas lesz! – szólt Liv.

– Ne aggódjon! Ezt az ügyet még végigcsinálom, nem hagyom magukat cserben! – ígérte. – De ahogy vége, akkor adios! – és a kezével integetett, még a vezetékes telefonjának is, ami éppen megszólalt. – Igen, Marilyn? ... Ez nagyon jó hír! Köszönöm – és letette a kagylót. – Vasárnap hét órakor száll le Rex gépe, kilenc óra körül már itt is lesz. Ennél hamarabb nem ment, sajnálom! – mentegetőzött, mert látta, hogy hiába a közeli időpont, kicsit csalódottak. – Addig is menjenek, és pihenjék ki magukat. Jelen pillanatban mást nem tudunk tenni.

– Viszlát, főnök! – harsogták mindannyian, miközben csordában elhagyták Williams irodáját. Amint becsukódott az ajtó, Liv szomorúan nézett Colinra. Jó lett volna az a csoda, ha Rex teleportálni tudna, és percek alatt ott lenne, de ez nem így működik. Ki kell várniuk az időt, mert úgy érzi, most végre fény derülhet a titokra. Hogy fog így majd aludni? Mindent azonnal akart tudni.

– Nem tudok várni addig! – bánkódott Colinnak.

– Tudom, de addig majdcsak elütjük az időt! – villantotta be a huncut vigyorát. – Van pár ötletem.

– Tényleg? – rebegtette meg pilláit a lány. – Álmomban sem gondoltam volna.

– Álmodban is lehet róla szó! – kacérkodott a férfi. – Úgyhogy most már ne pörgesd az agyad, csakis rám tessék koncentrálni.

– Könnyű az mondani! – reagált hevesen Liv. – Ennyi sok új információ ma délután, még jó, hogy megpörgeti az agyam.

– Ígérd meg nekem, nem azzal fog most telni ez a kis szabadidőnk, hogy összeesküvés-elméleteket barkácsolsz! – kérte.

– Nem ígérhetek ilyet, mert nem tudom az agyamat gombnyomásra leállítani! – válaszolta.

– De azt igen, hogy nem mondom ki hangosan – jelent meg az arcán valamilyen rafinált mosoly.

Mielőtt indultak volna hazafelé, Liv még megérdeklődte az ügyeletesektől, jött-e hasonló eltűnéses eset, de a nemleges válaszukat hallva még nagyobb megnyugvással sikerült távozniuk. De Emily Watson még mindig nem volt sehol. Abban az egyben bíztak, hogy ha Rex megválaszolja megannyi kérdésüket, talán még a lány nyomára is bukkanhatnak.

– Colin, kiküldtél valakit az erdő melletti útra megfigyelésre? – jutott még eszébe.

– Persze, ne aggódj, már el van intézve! – nyugtatta meg. – Azóta figyeltetem, amióta eljöttünk onnan. Le sem veszik a szemüket az útról. Ellenőriznek minden arra járót – simította végig az arcát. – Induljunk, még be kell ugranunk a boltba, bevásárolni valami vacsorának valót.

– Nem lehetne, hogy pizzát rendeljünk, és csak a miénk legyen az este? – kérlelte.

– Ma lehet pizza is, úgyis ráhúztunk itt benn egy kicsit – magyarázta –, de a holnapi napot csak neked és az igényeidnek akarom szentelni, és nem akarom kidugni az orrom a lakásból.

– Jó ötlet, főnök! Induljunk! – egyezett bele mosolyogva.

– Hagyd már ezt a főnöközést! – szólt rá nevetve.

– Igenis, főnök! – nevetett vissza a lány. – Majd otthon nem fogom így hívni, főnök – húzta egy kicsit még jobban.

Megálltak az áruháznál, Colin gyorsan bepakolta azokat a dolgokat, amelyekről azt hitte, szükségük lehet. Minden esetre fel volt készülve; arra is, ha Livnek esetleg extrább igényei lennének. Vörösborból is vett pár üveggel, hátha ettől majd egy kicsit elengedi magát, és nem lesz annyira befeszülve. Talán még az ügyet is el tudja feledtetni vele vasárnap reggelig.

Hazaérve Liv segített becipelni a tasakokat. Kipakoltak, hogy mindent szépen elrendezzenek a hűtőben és a konyhaszekrényben, mi hova való alapon.

– Colin, ebből mi lesz? – mutatott a pulton fekvő pár dologra. – Minek vettél leveles tésztát, gombát, angol mustárt, és bélszínt? Szeretem én ezeket?

– Nem tudod, hogy mihez kellenek ezek az alapanyagok? – vigyorgott kajánul.

– Honnan kellene tudnom? Majd én is mindjárt rákeresek... – jutott eszébe Dereck akciója.

– A francba, a mobilom. Megint kinn hagytam a kocsiba. Egy pillanat, és jövök.

– Siess, kíváncsi vagyok, hogy mit fogsz találni! – kuncogott magában.

– Itt is vagyok! – toppant be. – Már keresem is. – Villámgyorsan pötyögte a dolgok neveit a keresőbe. Amint megnyílt az oldal, leesett az álla. – Te komolyan megcsinálod nekem? – ámuldozott.

– Holnap! Bármit! – nézett rá szerelmesen. – Bár lehet, hogy Arthur jobban csinálná a Wellingtont! – váltott át megint vigyorgásra.

– Menj már! – lökte Liv játékosan oldalba.

Rendeltek egy pizzát, lekuporodtak a kanapéra egy pohár borral, és betettek egy filmet. Kezük minduntalan elkalandozott a másikon, de tudták, hogy ez most az előjáték előjátéka, mert a vacsorával mindjárt csöngetnek. Így még izgalmasabb is volt. Fokozni a vágyukat, úgy, hogy annak beteljesülésével még várni kell. Minden egyes perccel közelebb kerültek szájuk és testük étvágyának csillapításához. Csókjaik, melyekben összeforrt az ajkuk, lángnyelvekként csaptak le a másikra. Hihetetlen erő kellett ahhoz, hogy ezt az időt kibírják, de tudták: nagyon is meg fogja érni. Amikor már a végső stádiumba kerültek, hirtelen csöngettek, és ez visszahozta őket a menny kapujából a valóság sötét ösvényére. Gyorsan ettek pár falatot, hogy a gyomruk már ne éhezzen, és folytatni tudják azt, amit az előbb elkezdtek. Két végletekig begerjedt test izzó csatája volt ez, ahol nem volt vesztes, mert mindenki csak nyert. A végső katarzis szinte bombaként robbant ki belőlük, és ők erőtlenül hullottak a szerelem puha párnáira. Pihegtek még egy darabig, majd gyorsan letusoltak. Ettek még pár falat hideg pizzát, de ez most így is jólesett nekik. Tisztában voltak vele, hogy az étel frissességét fel kellett adniuk valami nagyobb célért. Megmelegíthették volna, de az is idő, és minél hamarabb vissza akartak bújni az ágyba. És kezdődött minden elölről...

Jócskán eltelt már az éjszaka fele, amikor el tudták engedni egymást. Pillanatok alatt elaludtak, hiszen ha felkelnek, kezdhetik az egészet elölről. Sőt még egész nap is folytathatják. Márpedig a testük kérésének eleget kell tenniük.

⋙ 14 ⋘

Reggel szokás szerint Colin kelt hamarabb, kipihenten. Ránézett a lányra, mert azt hitte, az előző esti csodát csak álmodta, de ott volt. Ott szuszogott a takaró alatt. Odakúszott közvetlen mellé, és simogatni kezdte az arcát. Ilyenkor olyan, mint egy igazi angyal – gondolta. Az érintésére Liv mocorogni kezdett, jelezve, hogy ő is kezd már ébren lenni.

– Jó reggelt, édes! – mosolygott rá.

– Jó reggelt! Hozol kávét?

– Természetesen! Ezt nagyon megtanultam! – vigyorgott. – Reggel első a kávé, aztán jöhetek én.

Indult is sietve, mert Liv már a párnáját szorította, hogy mindjárt hozzávágja.

Nemsokára megérkezett az áhított kávé, úgy, ahogyan szerette. Jóleső érzéssel kortyolta, mert tudta, hogy ezután valószínűleg mi fog következni. Sietett is vele, hogy mihamarabb a férfi ölelő karjaiban kössön ki. De nagyon hamar rá kellett jönnie a csúf igazságra, amikor Colin telefonja megszólalt. Dörmögött pár szót, de Liv a hálóból nem értette. Csak akkor kezdett derengeni neki valami, amikor Colin megjelent vörös fejjel. Na, már megint mi a fene van?

– Mi történt? Ki telefonált? – kérdezte rémült arccal.

– Lawrence volt – dünnyögött. – Most értesítették, hogy újabb női holttestet találtak az erdőben. Úgyhogy kapkodd magad, Angyalka, ez megint nem a mi napunk lesz – állapította meg.

– Engem nem hívott? – mérgelődött. – Miért téged?

– Mert már megint nem ért el – magyarázta.

Liv gyorsan kipattant az ágyból, megnézte a mobilját, és valóban: Henry már hívta, csak le volt némítva. Felöltözött, és már indulásra készen is volt.

205

– Mehetünk! – jelentette ki. – Szerintem Emily Watson lesz.

– Nagy a valószínűsége – bólintott rá. – Más még nem tűnt el, vagy csak nem tudunk róla, mert nem tájékoztattak.

– Eddig is azonnal szóltak, ha ilyen történt! – nézett rá hunyorogva. – Addig kell örülni, amíg nem szólnak. Ettől függetlenül a délutánunk még szabad lehet!

Colin tudta, hogy Livnek igaza van. Kimennek, körülnéznek, begyűjtik a jelentéktelen információkat, mert megint minden ugyanaz lesz. Esetleg a betű, ami változhat. Vagy a megfigyelésről is jöhet jelentés. Valaminek már kell történnie. Ha nem, akkor együtt tölthetik a napot. Talán az utolsó napot, mert ha Rex megérkezik, elképzelhető, hogy felbolydul minden. Ha lesz olyan infója, ami a megoldás útjára terelheti őket, akkor a lányt majd nem lehet megállítani, és vége a békésebb délutánoknak.

Ahogy ezek végigpörögtek még amúgy is kómás agyán, azt vette észre, hogy oda is értek. Szinte rutinszerűen tette meg az utat, mert már nem az első ilyen volt. Hiába volt nappal, a rendőrautók vakító villogói élesen belehasítottak álmos szemébe.

– Kellett volna még egy kávé, mielőtt elindulunk. – jegyezte meg. – Otthon, az ágyban jól áll ez a fej, de itt nem. Mihamarabb észhez kell térnem.

– Nincs a fejednek semmi baja! – nyugtatta meg a lány. – Különben sem bálba jöttünk, és nem mellesleg nekünk is jogunk van kipihenni magunkat!

– Megint igazad van, Angyalka! – igyekezett vigyorogni.

– Helló, Bodin! Mit tudunk? – üdvözölte Liv a rendőrt.

– Üdv! – intett a fejével feléjük. – Az a két riadt kiránduló fedezte fel! – mutatott pár méterrel odébb. – Mielőtt kérdeznéd, nem, nem láttak és hallottak semmit. Egy hétvégi túrázásra jöttek. Nem gondolták, hogy a túraútvonal majd hullákkal lesz kikövezve – jegyezte meg rosszindulatúan.

– Kösz, Bodin. – húzta el a száját Liv.

– Milyen kellemes empátia húzódik meg ebben az emberben! – mondta fintorogva Colin, amikor Bodin elment.

– Hagyd már! Sosem volt benne egy fikarcnyi együttérzés sem! – legyintett a lány. – Ott van Doki, odamegyek, hogy legalább a betűt tudjuk. Te meg addig faggasd ki azt, aki az éjjel itt volt megfigyelésen.

– Csak az éjszakait? – nézett kérdőn.

– Jó, gyere velem, és mindjárt behatároljuk – mondta Liv.

Ahogy abban szinte teljesen biztosak voltak, Emily Watson volt. Úgy feküdt ott, mint a többi áldozat. A haja, a ruha, a varrat…

– Helló, Doki! – köszöntötte vidámságot színlelve, és Colin is bólintott.

– Szia, drágaságom! Kapitány! – bólintott.

– Ne is mondj semmit! – kezdte Liv. – Látom az arcodon, hogy sok újságra ne is számítsunk.

– Ahogy mondod! – fújt ki egy nagy levegőt.

– Halál ideje? – kérdezte gyorsan, hogy Colin is tudjon haladni.

– Körülbelül nyolc órája.

Liv azonnal hátranézett.

– Látod? Éjjel! – intézte a szavait Colinhoz, és már indult is az adatokat begyűjteni.

– Megnézzük a betűt? – kacsintott rá, mert úgyis tudta, hogy ez meg fog történni.

– Gyere, segítened kell! – és közben előkereste a csipeszt és az ollót. Keze ügyébe készítette a nagyítót is, és intett, hogy készítsék az üvegcsét.

Doki megmetszette, ám a szokásosnál tovább tartott kifűzni. A cérna sokkal jobban tartotta a száját. Olyan volt, mintha a gyilkos dühvel varrta volna, és minden egyes öltésnél jobban és jobban meghúzta volna. Livnek ez egyre inkább azt sugallta, hogy elég közel járnak. Pedig ő nem érezte úgy. Vagy csak a műve utolsó „darabjait" ilyen megkülönböztetett figyelemben részesíti?

Végül Dokinak sikerült kioperálni a cérnát, és szabad lett az út. Óvatosan lehúzta az alsó ajkat, és feltűnt a folt. Fogta a nagyítót, és már fel is bukkant a betű. Más volt, mint a többi. Végre más! Közelebb nem igazán vitt, de ez is valami volt.

A cérna kiszedése annyira hosszadalmas folyamat volt, hogy Colin időközben visszaért, így neki is meg tudták mutatni.

– Nézd csak! – A férfi már ugrott is közelebb. Doki megint lehúzta az alsó ajkat, fölé tette a nagyítót, és az hunyorogva nézett át rajta.

– Nahát! – csillant fel a szeme. – Nem egy újabb I vagy A, hanem egy M. Ez is több, mint amire gondoltam! – mondta elégedetten.

– Kösz, Doki! – szóltak egyszerre, majd elindultak a kocsi felé. Liv sietett, mert tudni akarta, a férfi mit tudott meg. Ahogy beültek a kocsiba, neki is szegezte a kérdést:

– Mit tudtál meg? – érdeklődött kíváncsian.

– Semmit! – A válasz rövid, tömör és egyértelmű volt.

– Hogyhogy semmit? – értetlenkedett a lány.

– Úgy, hogy egész éjjel itt álltak, de egy teremtett lélek nem járt ezen az úton! – mérgelődött.

– Mindkét oldalon álltak, még az sem lehet, hogy a másik irányból jött volna. Figyeltek mindent!

– Értem! – Több szóra már nem volt ereje az eredmény hallatán.

– Hogy a francba csinálta, hogy miközben nézték, ő mégis le tudta rakni a testet?! – mondta egyre ingerültebben. – Tud repülni? Vagy szuper gyorsan futni, hogy az erdő túlsó végéből idejöhessen? Vagy valamelyik fa tövében lapul gombának álcázva?

– Nyugodj már meg! – nevette el magát Liv. – Még nem láttalak soha ilyen ingerültnek.

– Rendben, ne haragudj – fogta meg a lány kezét. – Csak nem értem ezt az egészet. Mi ez? Ki ez? Valami erdei manó? – nevette el magát Colin is.

– Ne feledd, a teleportálás képességét még nem mondtad! – és újra áradt a jókedv és a nyugalom. – Inkább annak örüljünk, hogy nem ment el az egész napunk! – mondta Liv.

– Ez igaz! – helyeselt a férfi. – Remélhetőleg azt csinálhatom, amit a kedvem tart.

– Nekem ételt! – húzta ki magát.

– Igen, azt is! – vigyorgott, és Liv nagyon jól tudta, hogy mi is lesz a desszert.

Amint kattant mögöttük a bejárati ajtó zárja, már csak egymás élvezete volt a legfontosabb. Mintha mindent, ami ma vagy az elmúlt napokban történt, egy ajtócsukással ki lehetett volna zárni. Úgy érezték, innen a határ a csillagos ég. Nem győztek egymással betelni. Egymás testével, illatával, és szinte mindennel, amivel ez járt. Ismeretlen ösvények útvesztőin barangoltak, amelyeknek a végén ott várta őket a fény. A világító, vakító fény. Idő kellett, mire ebből az alélt állapotból magukhoz tudtak térni, de Liv szavai Colint gyorsabban éberré tették.

– Kezdek éhes lenni! – nyávogta, még mindig a történtek hatása alatt.

– Akkor nincs más hátra, neki kell állnunk a hőn áhított ételednek – mondta szelíden.

– Állnunk? – kérdezett vissza.

– Pontosan! – nevette el magát a férfi. – Tudod, a múltkor már megmutattam, hogyan kell a gombát megpucolni. Most megmutathatod, mit tanultál!

– Már megint a gomba! – hajtotta le bánatosan a fejét. – Nem lehetne kihagyni?

– A Wellingtonból? – rázta a fejét. – Higgy nekem, ez is nagyon finom lesz!

– Jól van, na! – és keservesen elkezdett öltözködni. Majd meggondolta magát, és csak a köntösét vette fel. – Kész vagyok, mehetünk! Főzésre fel!

– Na, ez azért övön aluli! – nevetett fel Colin, és ő is csak egy bokszeralsót és pólót húzott.

Elindultak a konyha felé, és tudták: vagy nagyon élvezetes lesz a főzés, vagy nagyon oda fog égni. Liv megállt előtte széttárt karokkal. Hogyan is kezdjék?

– Itt a gomba, a hagyma – rakta ki elé. – Ezeket meg kell pucolni.

– Az én szakácskönyveimben – vágott közbe Liv – minden recept úgy kezdődik, hogy „Végy egy pohár jóféle száraz vörösbort, leginkább magadhoz!" – és az ujját is felemelte oktatólag.

– Igenis! Értettem a célzást! – Már nyúlt is a poharakért.

Kitöltötte a bort, és a lány addig nem nyúlt semmihez, amíg azt ki nem itta.

– Ez nagyon jólesett! Lássuk azt a gombát!

Kezeiben elég furcsán állt még a kés is. Igyekezett lemásolni Colin előző műveletét, de az nem igazán sikerült. Nagyobb és nagyobb darabok potyogtak le a gomba széleiből. Mi tagadás, ehhez nem igazán értett.

– Add már ide! – Colin szavai mögött enyhe ingerültség érződött, ahogy látta a lányt bénázni.

– Szerintem ezt direkt csinálod, hogy ne kelljen tovább folytatnod.

Liv arcára kaján vigyor ült ki.

A férfinak ez pillanatok alatt sikerült. Elkészítette a gombapürét, eloszlatta azt a leveles tésztán, majd nekifogott a legnehezebb folyamatnak: a hús sütésének. A telefonja stopperét használta az idő mérésére, közben folyamatosan magyarázott, mit miért kell tenni. Amikor ezzel kész volt, összeállította az egészet, a tészta tetejét megkente tojással, és már mehetett is a sütőbe. Liv alig győzte kivárni, hogy mikor sül már meg. A konyhában terjengő illatok egyre jobban felcsigázták üres gyomrát. Ebben a várakozó időszakban, hogy hamarabb teljen az idő, egymás karjaiban találtak megnyugtató elfoglaltságot. Közben borozgattak, és ahogy az fogyott, a feszültségük, amit a mai nap okozott, kezdett mindinkább oldódni. Majd csipogott a sütő, jelezve, hogy a vacsora elkészült. Colin szakszerűen felvágta, és eléjük tárult a gyönyörű látvány. A sötétrózsaszínű hús, szélén a barna gombakrémmel, azon pedig a sült tésztabunda. Bőségesen ettek belőle, és Liv nem győzte dicsérni a férfit, hogy milyen tökéletes szakács. Kiderült, hogy Colinnak igaza volt: a gombapüré is ízlett neki. Ezután gyors zuhanyzás következett – természetesen közösen, hogy minél hamarabb visszabújhassanak az ágyba, és ott folytassák, ahol azt nem sokkal azelőtt abbahagyták. Csillapíthatatlan vágyuk tüze nem engedte, hogy egy pillanatra is elengedjék a másikat. Így is aludtak el, szorosan összebújva.

·» 15 «·

Másnap reggel egyszerre pattantak ki az ágyból az ébresztő
hangjára. Tudták, hogy ez a nap vagy megváltoztat mindent,
vagy kezdhetik az elméleteik gyártását elölről. Mind a ketten
nagyon izgatottak voltak; alig várták, hogy elindulhassanak, és
végre kilenc óra legyen. Gyorsan megitták a kávét, Liv még töl-
tött is egy adagot az utazóbögréjébe, biztos, ami biztos alapon.
A bögréről eszébe jutott a társa.

– Dereck! – mondta fennhangon.

– Mi van vele? – bámult rá Colin.

– Nem is szóltunk neki a tegnapi lányról! – szégyellte el magát.

– Ne aggódj, majd most megtudja! – csitította.

– Induljunk! Induljunk! – Izgatottságát még csak nem is lep-
lezte.

– Nyugodj már meg, nem maradsz le semmiről – utasította
rendre. – Tegnap miért nem voltál ilyen? Miért csak engem idege-
sített, hogy a megfigyelés ellenére ténykedni tudott ez az állat?

– Mert már a mai napra koncentráltam! – mondta határo-
zottan. – Erre is rá fogunk jönni, majd meglátod!

– Úgy legyen, édes! – Erre a végszóra begördültek a kapitány-
ság parkolójába. – Így elrontani egy vasárnapot!

– Arra gondolj, hogy ha ennek vége, akkor valószínűleg mind-
egyik a miénk lesz! – kacsintott a férfira.

Ahogy beléptek az épületbe – hétvége lévén – csak itt-ott
volt pár ember. Mindnek odaintettek köszönésképpen. Willi-
ams már az irodájába ült nyitott ajtónál. Azonnal odasiettek
hozzá, hogy megérdeklődjék, nagyjából mikorra számíthatnak
Rex érkezésére.

– Reggelt, főnök! – üdvözölte széles vigyorral. – Mikor érke-
zik? – türelmetlenkedett.

- Reggelt! - válaszolta mogorván. - Körülbelül egy óra múlva. Nem elég, hogy be kell jönni vasárnap, de még a gép is késik - tudták meg dühös arckifejezése okát.

- Hát, ez nem jó! - szögezte le Liv. - Mit csináljunk addig?

- Ugorjunk át Jackie-hez reggelizni! - javasolta. - Otthon úgyis elmaradt, mert annyira sietettél. Arthur, nem tartasz velünk?

- Köszönöm, de nem. Engem az asszony máshogy nem enged el otthonról - közölte immár vigyorogva, hogy Colin érezze, máshol is a nő hordja a nadrágot.

- Menjünk - mondta bánatosan Liv. - Bár nagyon nem vagyok éhes. Információkra, na, arra igen, de enni nem tudom, hogy bírok-e.

- Gyere, Angyalka, evés közben jön meg az étvágy - ezzel elhagyták az irodát.

A büfében nem voltak sokan - nyilván mindenki otthon pihent, csak nekik kellett dolgozni. Jackie-t sem látták sehol, ma az alkalmazottja, Amber volt szolgálatban. Legalább megúszták a fecsegését, nyugtázták magukban.

- Üdv! Mit hozhatok? - röpült azonnal az asztalukhoz, mert láthatóan igencsak munka nélkül volt.

- Helló, Amber! Még nem ismered az új főnököt! Ő itt Taylor kapitány. - Most nem felejtette el bemutatni, nem úgy, mint Jackie-nél.

Kezet fogtak, bemutatkoztak illően egymásnak.

- Nem találkoztunk még valóban, de hallani már sokat hallottam! - Vigyorgott, hogy pontosan tudja, mi a helyzet. - Kávé? Vagy ennétek is?

- Én most nem tudom - vallotta be Liv. - Kávét biztosan.

- Van egy ötletem és egy tervem!

A lány pedig kíváncsian nézett a férfira. - Amber, van abból az állítólag isteni velős tojásból? A felszolgáló bólintott. - Akkor azt kérünk egy adagot, két tányérra osztva.

- Colin! Le vagyok döbbenve! - hüledezett a lány. - Velőt?

- Te már háromszor ettél velem gombát - magyarázta. - Ez a legkevesebb, hogy megkóstolom. Majd valahogy elvonatkoztatok, hogy honnan van, és csak az ízére koncentrálok!

Livet ez mosolyra derítette. Pár perc múlva megérkezett az étel. A lány ugyan próbálta leerőltetni, de mindet még így sem tudta. Colinnak viszont szemmel láthatóan ízlett.

– Nem is rossz! – mondta két falat között. – Egészen jó. Bár nélküled biztos, hogy sosem rendeltem volna. Azt még megeszed? – Látta, hogy Liv már nem eszik többet, elfogyasztotta hát a maradékát is. Húzták még egy kicsit a kávéval az időt, majd szép lassan elindultak vissza. Közben meg-megálltak egy ölelésre, egy csókra. Az idő nagyon lassan telt... bezzeg, ha az ágyban lettek volna, akkor ez rohamtempóban pörgött volna. Beérve az épületbe egyenesen Williams irodája felé vették az irányt, de az öreg már nem volt ott. Megérkeztek volna, ők meg nyugiban reggelizgettek? Liv kezdett nagyon ideges lenni, hogy mégis hol van.

– Mindjárt jön, ne izgulj már – csitította a lány nyugtalanságát. – Lehet, hogy csak mosdóba ment. Tudod, néha neki is kell.

– Akkor menj, és nézd meg! – utasította.

– Ha ez megnyugtat! – vetette vissza, mert már el is indult. Elhaladt a tárgyaló előtt, amikor is meglátta az öreget benn. Intett Livnek, hogy jöjjön.

– Már kerestünk, azt hittük, elkezdtétek nélkülünk! – mondta neki Colin, és a lány is befutott, aki szemmel láthatóan leengedett egy kicsit.

– Dehogy, még ide sem értek – mondta. – Pedig már ideje lenne.

– Miért itt van, főnök? – szólt közbe a lány.

– Arra gondoltam, hogy ne a kihallgatóba vigyük, mert az ott elég kellemetlen hely – magyarázta. – Még megijedne. Nem kihallgatni akarjuk, hanem meghallgatni, ha van mit. Itt jobban fel tudjuk vázolni neki a dolgokat! – mutatott az okostáblára és a mágnestáblára, ahová már felpakolta a lapokra kinyomtatott L, A, I, A, I, M betűket, melléjük pedig filctollal egy nagy kérdőjelet rajzolt. Erre robogott be Dereck.

– Üdvözlet mindenkinek! Szép napunk van! – Arca csupa derű volt.

Az asztalon már gondosan elő voltak készítve az áldozatok aktái. Az öreg az ásványvízről, pogácsáról és kávéról sem feledkezett meg, ami termoszban volt. Minden tökéletesen elő volt készítve, mint egy délutáni zsúrhoz. Jó ötletnek tűnt ez a fajta figyelmesség: egyrészt a férfit a repülőút biztosan kifárasztotta, másrészt a megfelelő környezetben talán együttműködőbb lesz. Liv éppen egy tollat pörgetett a kezében, hogy elűzze vele a várakozás gyötrelmes perceit. Nem kellett sokáig várniuk, amikor léptekre lettek figyelmesek. A két kapitány kilépett, hogy a vendégek tudják, hova kell jönniük. Váltottak pár szót a rendőrrel, aki a sofőr szerepét töltötte be, majd bekísérték Rexet a tárgyalóba. A férfi elég magas volt, az öltönye mintha egy számmal nagyobb lett volna. Szőkés haja és jellegtelen arca nem tett jó benyomást Livre. Ahogy belépett, a lány azonnal felugrott és bemutatkozott.

– Üdvözlöm, Olivia Peston nyomozó vagyok! – nyújtotta a kezét.

– Rex Prince! – Kézfogása ugyanolyan lagymatag volt, mint maga az egész ember.

– Foglaljon helyet! – mutatott Liv a székre, és a férfi leült. Mind csatlakoztak mellé a tárgyalóasztalhoz.

– Kérem – kezdte –, megmondanák, miről van szó? Nagyon kimerített az út.

– Hogyne, rögtön a tárgyra térek, csak előbb egyeztessük az adatokat – javasolta a lány. – Tehát a neve Rex Prince, apja neve Earl Prince, anyja Regina Prince, született Dawson. Testvére Earl Junior Prince. A Wood utcában laktak. – A férfi helyeslően bólintott, hogy minden stimmel. – Jelenlegi lakhelye az angliai London, testvére pedig Ausztráliában él, és jelenleg is ott van. – Ismét bólintás. – Jelen pillanatban ennyit tudunk, illetve azt, hogy az édesapját fiatal korában elítélték garázdaság vádjával, mert a cimboráival szétverték egy nő kocsiját féltékenységből. A bíróság próbaidőre bocsátotta.

– Igen, nyomozó, ez így mind stimmel. De még mindig nem tudom, hogy miért vagyok itt! – kezdett ideges lenni.

– Máris a tárgyra térek, de előtte tájékoztatnom kell az itt történt sajnálatos eseményekről – nézett a férfi szemébe. – Körülbelül egy hete rejtélyes gyilkosságsorozat zajlik. – A mondat hallatán elkerekedtek a férfi szemei. – Az áldozatok mindegyike nő, akik szinte tökéletes hasonlóságot mutatnak. Ezekről a lányokról szeretnék képeket mutatni, hátha felismeri valamelyiket, mert nem olyan régen még itt élt.

Rex bólintott.

– Figyelmeztetem, hogy a képek felkavaróak lehetnek abban az értelemben, hogy be van varrva a szájuk, de olyan, mintha csak aludnának.

Ekkor a férfin már látszódott a rémület.

– Kérem, nézze meg figyelmesen, hátha tud segíteni – és Liv kiterítette neki a képeket, akárcsak pókerasztalon a kártyákat, csak itt jóval több volt a kép.

A férfit láthatóan sokkolták a képek. Kinyitotta száját, de nem tudott hangot kiadni. Sorra tologatta, nézegette a képeket, és a szeme megtelt könnyel. Az végigfolyt az arcán. A zsebében kotorászott kendőért, hogy letörölje.

– Jól van, Rex? – kérdezték mindannyian. – Kér egy pohár vizet? – A férfi csak a fejét rázta.

– Felismeri bármelyiküket?

Rex feje előrebicsaklott. Tehát igen. Szinte hallható volt a rendőrök részéről a megkönnyebbülés.

– Ez... ez az anyám! – válaszolta, ezt viszont most a többiek nem értették.

– Ezt hogy érti? – kérdezte Liv. – Itt hat áldozat képe van.

– Igen, de mindegyik kiköpött mása az anyámnak – nyögte ki nagy nehezen. – Nem értik? Ez a hat nő tökéletes másolata az anyámnak. És nemcsak hogy tökéletes másolatok, de mindegyiken az anyám ruhája is van. Ezek itt az ő ruhái! Emlékszem rájuk!

– Tessék? – Liv nem hitt a fülének, és szemmel láthatóan a két kapitány is meg volt rökönyödve. – A lányok az anyja hasonmásai, és ráadásul az ő ruháiban is vannak?

– Igen, pontosan ezt mondtam – erősítette meg, közben Colin a laptopon előkereste a központi adatlapot, ahol előbukkant Regina képe. Valóban nagy volt az egybeesés.

– A jó büdös francba! – csattant fel Liv, és a fejéhez kapott. – Az egyetlen, akit nem ellenőriztünk, mert a betűk alapján nem jön ki a neve.

– Milyen betűk? – kérdezte Rex.

– Mindegyik lány alsó ajkába egy-egy betű volt tetoválva – mondta, és a mágneses táblára mutatott. Erre a férfi még jobban ledöbbent, de gyorsan vissza is tért a lélekjelenléte.

– Ez szörnyű! – Szemében félelem tükröződött.

– Rex! Tud valakit, aki ennyire gyűlölte az anyját, hogy átvitt értelemben, de újra és újra megölte? – kérdezte a lány.

– Egyvalakit tudni vélek, de nem gondolnám, hogy ilyen szörnyűségekre képes lenne – válaszolta.

– Kérem, mondjon el mindent, amit tud – szólt nyugodt hangnemben. – Utánanézünk, és kideríthetjük, ha valóban ártatlan. De ehhez tudnunk kell!

– Körülbelül ötéves lehettem, az öcsém három – kezdett bele a történetbe. – Apám és anyám nagyon összevesztek, anyám el akarta hagyni. Kiderült, hogy a szomszédba lakó kétéves kisfiú a féltestvérünk. Az anyja, Naomi Smith összeszűrte a levet az apámmal, ebből a futó kalandból született meg Nemo. – Megállt egy pillanatra, és látni lehetett, ahogy a múlt felidéződik a szeme előtt. – Gyerekek voltunk, és nagyon jól kijöttünk egymással. Anyám egy idő után lenyugodott, már úgysem tudott mit tenni. Nem azt mondom, hogy elfogadta Nemót, de a családunkért úgy tett. Apám valamilyen szinten vállalta a felelősséget a harmadik fiáért is, bár sosem szerette igazán. Minket viszont annál jobban. A nevét sem adta neki, ezért lett az anyja után Smith, ami egyáltalán nem ritka név. Sőt! A Nemóhoz viszont ragaszkodott. Nem értettük, miért. – Fájdalmas sóhaj szakadt ki belőle. – Sok idő telt el, mire rájöttünk erre. A mi neveink valamilyen szinten rangot fejeznek ki, még anyám nevének jelentése is ide illett. Királynő! – Az arcán az undor jelei mutatkoztak.

– De a Nemo azt jeleni: Senki! – Liv egyszerre mondta ki a férfival. A fiait királynak, grófnak illetni, miközben ez a szegény fiú teljesen semmibe van véve... szörnyű lehet egy gyerek lelkének. – Nemo Smith, a Senki – ismételte meg meggyötört arccal. – De mi nagyon kedveltük. Nem csak azért, mert a testvérünk, hanem mert egy szerethető, segítőkész, kedves gyerek volt. Mindig megvédtük, amikor nálunk játszottunk az udvaron, és valamelyik kikiabált: „Már megint itt vagy, te Senki? Miért nem mész már haza anyádhoz?" Nagyon rosszul bántak vele. Nem szerették, ha vele vagyunk, minket viszont összetartott a vér. – Hirtelen megállt.

– Kérem, folytassa! – szólt szelíden és együttérzőn Liv.

– Kérhetek egy pohár vizet?

– Persze! – Colin már töltötte is.

– Nem is gondoltam volna, hogy ilyen nehéz erről beszélni – ivott egy kortyot. – De csak ezután jött a feketeleves. Nagyjából tizenöt lehettem, Nemo tizenkettő, amikor az anyja bejelentette, hogy egy időre el kell mennie, és apámra bízza a fiát. Apám beleegyezett, mert Naomi addig sorolta neki, hogy ezzel tartozik, míg nem volt választása. Anyám örült a legkevésbé; egy pohár vízbe bele tudta volna fojtani. Mi persze nagyon örültünk, mert együtt lakhattunk vele, ő ennek kevésbé. Onnantól kezdve anyám gondoskodott arról, hogy az élete maga legyen a pokol. – Újra könny gördült végig az arcán. – Ha nem ért haza időben, nem kapott vacsorát. Anyánk megtiltotta, hogy mi vigyünk neki, de azért mi mindig megoldottuk, amikor nem figyelt. Ha rossz jegyet hozott az iskolából, a kezébe nyomta a könyveket és kizavarta az erdőbe, hogy addig haza se jöjjön, amíg szóról szóra nem tudja. Egy idő után már volt, hogy napokig nem került elő. Persze ezért is járt a büntetés. Na, nem fizikai, arra anyámnak csak egy módszere volt, mikor már végképp nem bírt vele, és le akarta nyugtatni. De a kirohanásai érthetők voltak a sok szóbeli szidás, ócsárlás miatt. Olyan undorító szavakat használt, olyan elképesztően trágár, alpári, borzalmas, gusztustalan, hányingerkeltő és visszataszító volt, hogy ez nem is lehetett az anyánk. Ezekre reagált a szerencsétlen alkalmanként elég hevesen. Ilyenkor került elő a sokkoló.

A nyomozók még mindig alig akartak hinni a fülüknek. Sokkoló! Ez nem lehet véletlen. És így érthető az áramütés is.

– Számunkra is értehetetlen volt, hogy anyánk ezt meg meri tenni vele, és apám, akire felnéztünk, mindezt hagyta. Nem voltak a szemünkben mások, csak két elviselhetetlen ember, akik szállást, ruhát és ételt adnak. Már nem éreztük a szüleinknek őket. Részünkről E. J.-vel, ők lettek a senkik. A vége felé már nem csak a tanulás miatt, hanem mert így akarta, de napokra eltűnt az erdőbe. Megismert minden fát, bokrot, virágot. Az adta neki a nyugalmat. Amíg ott volt, addig nem bánthatta senki. Legszívesebben sosem jött volna haza. Ha lett volna pénze, vett volna egy sátrat, és az erdőben letelepedett volna. Mindig ezt mondta: „Ott fogok élni!". Sokat járt a régi erdészház felé, ahol meghúzta magát, de mindig előkerült egy-két csavargó vagy drogmámorban úszó, hirtelen erős ember, és mindig hazazavarták, mert egy kölyöknek otthon a helye. Amikor hazaért, kezdődött minden elölről. – Ismét megállt, mert sok volt ez így neki. – Kérhetek egy kávét is, ha nem gond? – Colin ismét ugrott, kitöltötte, elé helyezett minden hozzávalót. Még a pogácsát is, bár ettől a történettől mindenkinek elment az étvágya.

– Köszönöm! Hol is tartottam? – A kitérő eltérítette a figyelmét.

– Amikor előkerült az erdőből, minden kezdődött elölről – válaszolta Liv.

– Ja, igen. Anyám nem csak vele vagy róla beszélt így, hanem Naomiról is. A lehető legocsmányabb szavakkal illette az anyját, mindig, amikor alkalmat talált rá. Addig mondta és mondta, hogy Nemo elkezdte a saját anyját is meggyűlölni. A szavak belemásztak a fejébe, amiket Regina mondott. „Anyád itt hagyott, neki sem kellesz!" „Anyád varratta volna be a pináját, amikor a férjemmel akart kefélni!"

A rendőrök megint felkapták a fejüket. Megérkeztek a célhoz, de már tudni akarták a történet végét.

– A pszichikai bántalmazás legvégsőbb formáit kellett elszenvednie, de amikor velünk volt, akkor megmaradt olyannak, amilyen régen: a szerethető kisöcsénknek. A szívünk szakadt meg, ahogy láttuk a szenvedését, de semmit sem tehettünk, mert ezek a szívtelen dögök a szüleink voltak. – Megint elhalkult, mert a kisfiú jóságára gondolt. – Tizenkét évesen, amikor a test és a lélek leginkább fejlődésbe kezd, ilyen traumát átélni még a legedzettebb katonának is lehetetlen. És ez kicsi állta. Állta, és nem tehetett semmit. Nemo poklának az anyja hazatértével lett vége. Egy év után jelent meg, nagyon megviselt állapotban, de hogy hol járt és mit csinált, azt senki nem tudja. Nemo is valamelyest nyugodtabbnak tűnt. Ezt az időszakot végérvényesen lezártuk.

– Mi történt ezután? – Liv már nagyon kíváncsi volt, mert még nem tisztázódott minden a fejében. Leginkább a ruhák nem hagyták nyugodni.

– Viszonylag nyugalmasan telt a következő pár év, bár akárhányszor megjelent a házunknál, azért mindig megkapta. Azt vettük észre, hogy már lepereg róla. Nem foglalkozott anyám kígyónyelvével. Én és E. J. alig vártuk, hogy egyetemre mehessünk, hogy otthagyjuk ezeket az embereket. Én mentem hamarabb, idősebb lévén, de nem telt el úgy perc, hogy ne gondoltam volna mindkét öcsémre. Aztán ahogy E. J. nagykorú lett, nem tétovázott, elhagyta az országot. Nem érdekelte a tanulás, mint engem, egyetlen cél vezette: minél távolabb a szüleinktől. Minden pénzét az utazásra rakta félre. Ahogy lediplomáztam, nekem is ez volt a tervem, ezért vagyok ott, ahol most. Amikor apánk meghalt, még csak haza sem jöttünk, hadd érezze anyánk a kínt, amit okozott. Majd amikor két évre rá ő is meghalt, szinte fellélegeztünk. Csak akkor jöttünk vissza. A házat, amelyben éltünk, mi örököltük E. J.-vel, sőt mindent, de ezen már meg sem lepődtünk. Megbeszéltük, hogy ezektől a hitvány emberektől nem kell semmi, és ott ütünk vissza, ahol legjobban fájna nekik. Mindent – a házat, a benne lévő ingóságokat, az erdőből egy részt, ami a családunké volt, szóval mindent – Nemónak adtunk. Be sem tettük abba a házba a lábunkat többé. Le akartuk zárni végérvényesen. Az ügyvédnél alá akartuk írni a papírokat, de az tájékoztatott, hogy el nem adhatjuk, mert az milyen következménnyel járna. Valószínűleg vissza akartak hozni, de arról nem volt kitétel, hogy el nem ajándékozhatjuk, és mi megtettük! Erre nem gondoltak! A mai napig büszkék vagyunk erre! Nemo is megkapta a részét, még többet is. – Megint elgondolkozott, és ezalatt Liv át tudta gondolni, hogy a házban maradtak a nő ruhái is. Tehát innen szerezte. Az már az övé.

– Tudja, mi lehet most vele? – kérdezte Liv.

– Nem. Sem előtte, sem utána nem tartottuk már a kapcsolatot. – Lehajtotta a fejét. – Talán minket is meggyűlölt a szüleink vétkei miatt. Azóta nagyon sok idő telt el.

– Nézze, Rex! – Kezét a kezére rakta. – Nagyon erősnek kell most lennie!

Látta a szemeiben a félelmet, ahogy ezt kimondta.

– Mondja nyugodtan, mert amit itt most elmeséltem, annál nem lehet iszonyatosabb – mondta. – Igyekeztem elfelejteni, ahogy mindenki tenné, de meg nem történtté nem tehetek semmit. Erről nem mi tehetünk az öcsémmel! – Látszólag kezdett neki derengeni, mi is fog most következni.

– Akkor jól figyeljen, és rakja össze a fejében, amit nekünk is sikerült! – nézett a két kapitányra és Dereckre, akik szintén ledöbbenve hallgatták vele a történetet, de bólintottak, hogy igen, egyre gondolnak.

– Annál rosszabb nem lehet, mint amit átélt! – nyögte ki a szavakat lassan, csordultig teli fájdalommal.

– Rex! Látta fotókat, amelyeken az anyjára hasonlító áldozatok vannak. Látta a lányokon azokat a ruhákat, amelyek az anyjáé voltak – kezdte a lány szépen, lassan, érthetően, mire a férfi bólintott. – Amiről viszont még nem beszéltünk, és itt van az aktákban – tolta elé –, az az, hogy minden egyes áldozatot sokkolóval ártalmatlanítottak, majd elvittek. Ennek nyomát megtaláltuk a testükön. Továbbá mindegyikkel áramütés végzett, ami azért a sokkolónál durvább. – A férfi szeme elhomályosult a könnytől. – Minden nőt az erdőben találtunk meg, és az utolsó, amit maga is említett a története során, hogy nem csak a szájuk, de a nagyajkuk is össze volt varrva.

Rex falfehérré változott az említett tények hallatán, s majdnem leszédült a székről. Nagyon meg kellett kapaszkodnia, hogy ez ne így történjen. Percekig nem tért magához. Látni lehetett, ahogyan az agyában lepörget mindent, újra és újra ötéves kora óta.

– Azt feltételezik, hogy Nemo tette ezeket? – mutatott a fotókra, amiket szinte elsöpört maga elől.

– Nem, Rex, nem feltételezzük, most már tudjuk! – adta az egyáltalán nem megnyugtató választ.

– De egy ilyen jólelkű gyerek nem tehetett ilyet! – igyekezett még mindig védeni. – Amikor a nagyajakról beszéltek – mutatott lefelé –, az ott lent?

Bólintottak.

– „Anyád varratta volna be a pináját, amikor a férjemmel akart kefélni!" – ismételte meg magát, és jött rá, hogy valóban, ez már nem csak feltételezés. Még ő érezte magát rosszul, amiért ezeket elmondta.

– Hogy találtak meg? – kérdezte akadozva, amikor magához tért a sokkból, ami szemmel láthatóan ledöntötte.

– Az egyik ruha felső zsebrésze meg volt varrva. Abban találtuk meg egy régi fotó beakadt sarkát, az édesapja ujjlenyomatával – mondta Liv amilyen békésen csak tudta, hogy további feszültséget ne okozzon a férfiban. – Mivel már volt büntetve, így könnyen ráakadtunk. A varrócérnán megtaláltuk egy nő DNS-ét. Ez valószínűleg az édesanyjáé lehet. Ezért van most itt! Nagyon sajnálom, ha ezzel felhoztuk a múltat, de nem lehet a múltba zárva élni!

– Ez így van! – helyeselt Rex. – Nem a múltba zárva akarunk élni, azért is mentünk innen jó messzire, ezt a hátunk mögött hagyva! Új élet reményében! De most elgondolkodtam, hogy ez mégsem volt jó ötlet. Ha visszajövök, talán másképp alakulnak a dolgok...

– A történetét hallva teljes mértékben megértjük! – mondta szomorúan Liv. – De ez nem mentség arra, ami tett! Anyák, lányok, feleségek vesztek ez miatt oda! Őket hazavárták. Az egyetlen hibájuk az volt, hogy küllemre hasonlítottak az anyjára.

– Soha az életben nem gondoltam volna, és szerintem E. J. sem, hogy Nemo képes lenne ilyet megtenni – mondta szinte felháborodva. – A kicsi, jó lelke ezt hogy engedhette?

– Ha egy gyermeket ilyen módon bántalmaznak, azt nagyon is megsínyli. Egy bélyeget tesz rá. Megbillogozza, mint a marhákat!

– Billog? – nézett fel kétségbeesetten.

– Mi jutott az eszébe? – faggatta Liv, mert látta, hogy Rex arcán átfut valami árnyék.

– Egyszer anya főzött – tépte fel a sebeket ismét. – Megkérdezte, hogy jó lesz-e így az íze. Odarohantunk, mert mindig meg kellett dicsérni. Nemo volt az, aki ki merte mondani, hogy nem elég sós. Só? Azon lehet javítani! De ehelyett mit csinált anyám? – Körülnézett, van-e valakinek ötlete. – Felkapott egy kanálnyi lobogóan forró ételt, és a szájába nyomta. Felhólyagosodott az egész szája, de leginkább... – és ez is leesett neki – az alsó ajakrésze – nyögte ki. És Nemónak innentől nem volt menekvés. – Napokig nem tudott enni, de ez rajtunk kívül senkit nem érdekelt. Sokáig hordozta a jelét, lehet, el sem tűnt, s emlékezteti minden szörnyűségre. Mindennap! Értik? – nézett megint körbe. – Ha megmaradt a heg, akkor ő az élete végéig ebbe a múltba lesz zárva! Ez emlékezteti mindennap az eltelt szörnyűségekre!

– Akkor ezért a betűk! – vetette fel Liv. – És a helyük! Valamiféle billog! De mit jelenthetnek? – Mindenki szeme a mágnes táblára szegeződött.

Nagyon sokáig bámulták az elhelyezett betűket. Nem volt senkinek ötlete.

– Rex, ha nem dereng semmi, amit ezek a betűk kiadhatnak, akkor lesz még áldozat! – biztatta tovább a férfit, de az csak a fejét rázta.

– Nagyon sajnálom, de az én családom nagyon nem tudott boldogulni az anagrammákkal! – mondta lemondóan.

– Hogy mondta? – kérdezett vissza kikerekedett szemmel Liv.

– Nehézséget okoztak az anagrammák!

– Nem, nem ezt mondta! – vágott közbe. – „Az én családom nem tudott boldogulni az anagrammákkal!"

– Igen, valami hasonlót! – válaszolta Rex, és Livnek már nyíltak is a lámpái.

Felpattant a székből, húzogatta a betűket ábrázoló lapokat ide-oda, majd fogta a filcet, és rajzolt egy újabb betűt. Az L, A, I, A, I, M új megvilágításba került a hiányzó betűvel. Amit a táblán olvastak, az lefedett röviden és tömören mindent, amiről Rex az elmúlt órákban beszélt. Ismét mindent alátámasztott. Nem kellet már DNS, sem kamerafelvétel, sem semmi, hogy tudják,

Nemo Smith a gyilkos. A Senki, aki a leggyakoribb családnevet viseli. Akit jellegtelennek tartottak még a szülei is, és még a neve is ezt hivatott üzenni, ellenben a testvérei „nemesi" hovatartozásával. A táblán pedig az állt, ami másoknak a legszentebb dolog: FAMILIA, azaz család.

Mindenki ledöbbent az olvasottakon, de Rex még így is igyekezett menteni öccsét.

– Minden egybevág, de akkor sem hiszem, hogy ilyen rémisztő tettekre vetemedne! – mutatott az akták felé, de az ítélet már régen megvolt. Bűnös!

Megköszönték Rex beszámolóját, és kérték, ha még bármi eszébe jutna, akkor azt jelezze feléjük. Elindították a rendőrség szállása felé. Tudták, hogy innentől minden információt vissza fog tartani, de már nem számított. Csak egy: megvan, akit kerestek, és ez a lényeg!

Egy dolog bántotta a nyomozókat: az a felrajzolt betű vajon kié lehet. Nincs új eltűnés, vagy csak ők nem tudnak róla. De azt tudták, lesz még egy áldozat. Ha nem kapják el előbb Nemót, akkor ismét ölni fog. Megint egy anyát, feleséget, vagy lányt.

A két kapitány egyszerre izzította a vonalakat. Leadták Nemo minden megtudott adatát. Teljes körű keresést rendeltek el. Élve vagy holtan, de elő kell keríteni!

Aznap már nem volt egyéb dolguk, mint várni, hogy hol bukkan fel. Nyugtázták, hogy minden tőlük telhetőt megtettek. Liv még bezsebelte Williamstől a nagy zsákmány díjat. Az öreg könnyes szemmel, de elbúcsúzott:

– Olivia! Maga volt itt a hajtómotor! A vihar! – elcsuklott a hangja. – Tartotta bennem az életet! Lenyűgöző, amit letett, néha kicsit elővigyázatlanul! De megoldotta! Tényleg többre hivatott, de azt már a felettesével beszélje meg! Én kiszálltam!

Colin átölelte, hogy innen az „övé". Így is, úgy is.

– Remek páros! Ha valakinek ez szúrni fogja a szemét, csak nyugodtan küldjék hozzám! – kacsintott rájuk. – Megoldom! – és ezzel távozott – ezen falak közül talán örökre...

– Menjünk mi is haza! – javasolta Colin, és Livnek nem volt ellenvetése.

Mindenki, aki élt és mozgott, Nemót kereste. Mára már nem volt semmi feladatuk, csak feldolgozni a hallottakat, és várni. Várni, de egymás karjaiban.

– Mehetünk! – adta tudtára még egyszer.

– Ne is várassuk meg otthon az ágyat! – vágta rá Colin, és Liv elnevette magát. Talán aznap először.

Az út elég rövidnek tűnt ahhoz képest, amik a lány fejében jártak. Látni magukat az ágyon, ahogy egymás mellett csak a másikra vágynak, nem volt nehéz dolguk. De minduntalan bevillantak Rex szavai. Hogy lehet így megalázni egy gyereket? Miféle deformált személyiséggel kell születnie valakinek, hogy idáig fajuljon? Ezt kapták ők is gyerekként? A felelősség minden tudatán kívül vajon ez van? Mert ha igen, akkor senki ne akarjon felnőtt lenni! Liv nagyon megsajnálta Nemót. Nem azért, amit elkövetett, hanem azért, ami át kellett élnie gyermekként. A történet teljesen letaglózta, még mindig nem tért magához. Az a kisfiú teljes lelki megnyomorításon ment keresztül, és a testit még ne is említsük. Sokkolóval leállítani egy gyereket! A végletekig szidni az anyját, aki a támpillére volt! Szidni őt is, a legválogatottabb, iszonyú szavakkal! Szinte tüzes vasat nyomni a szájába!

Megértett mindent, de amit tett, azt sohasem fogja. Vezekelnie kell a bűneiért, mint bárki másnak! Végre bejutottak arra a helyre, ahonnan reggel elszakadni sem szerettek volna. A szeretet lágy ölelése mindent felülírt. Eltűntek a homályban a bosszantó megjegyzések. A múlt vitte el a hallottak nagy részét addig, amíg csak kettejüké volt a világ. Ebben a mámorban biztosították egymást arról, hogy csak a másik van, nem létezik senki más. Két test a kielégülés teljes gyönyörében jutott el oda, ahová csak kevés párnak sikerül. De nekik igen!

Liv volt az, aki ebből gyorsan magára lelt. Volt számára fontosabb, amiről azt hitte, hogy elhanyagolható. Ez nem volt más, mint az éhség.

– Éhes vagyok! – mondta alélt állapotában.

– Gyere, megmelegítjük a maradékot! – ajánlkozott Colin.

– Az remek lesz, mert a velős tojás óta nem ettünk semmit! – juttatta a férfi eszébe a délelőttöt.

– Teljesen igazad van! – mondta határozottan. – Ezután nem hagyhatom, hogy éhezz! – mutatott az ágyra.

– Főnök! Mindig le tud nyűgözni! – csipkelődött Liv.

– Ha az ágyban is lehetek az, akkor nyugodtan szólíts így! – viszonozta, mert rájött, ezen már sosem fog tudni változtatni. Liv felkapott egy puha melegítőt – hirtelen nem is tudta, hol hagyta a köntösét. Gyorsan megették az előző napi maradékot, felbontottak egy üveg bort, hogy megünnepeljék az aznapi sikereiket. De ezt a sikert beárnyékolta az, ami megtudtak. Hiába volt az iménti pillanatnyi boldogság, a történet mindkettőjüknek visszakúszott az agyába. Hogy lehet túlélni ilyen borzalmakat? Ha nem lett volna Rex és E. J., Nemo talán ma már nem is élne. De itt van a sok bántalmazás ellenére, és ölt. Embert! Ráadásul hat nőt! Ezt nem úszhatja meg! Minél előbb kézre kell keríteni, mert az elméletük szerint van még egy: az F betű. Meg kell menteniük! És Nemo ott lesz valahol az erdőben.

– Colin, nem kerestek? – kérdezte, és az a telefonjára pillantott.

– Nem, miért?

– Kíváncsi vagyok, mikor jelentik be a hetediket – mondta szomorúan. – Mert az lesz még!

Ezzel mindketten tisztában voltak.

– Ennek nagyon nagy a valószínűsége! – helyeselt a férfi.

– Nem láttad a telefonomat? – kérdezte Liv, mert megint nem találta sehol, hogy megnézze, hátha neki érkezett bármi. – Megint a kocsiban hagytam. Egy perc, és jövök – azzal fogta a kulcsot, és már rohant is, hogy minél hamarabb visszaérjen. Közben Colin arcára csókot nyomott.

Gyorsan kinyitotta az autó ajtaját, keresgélt, hamar rá is akadt. Megnézte, hogy kereste-e valaki, de azon nem volt fellelhető sem hívás, sem üzenet. Bámulta még a kivilágított képernyőt egy darabig, és közben azon gondolkozott, tudhat-e valaki valamit a hetedik áldozatról. Abban a pillanatban éles fájdalmat érzett a bordái tájékán, és a hang, ami ezzel párosult, az megegyezett a telefonban hallottal. A sokkoló hangja.

– Helló, Olivia! – hallotta a távolból egy férfi hangját, de sem válaszolni, sem megmozdulni nem tudott.

– Colin... – nyögte ki szinte alig hallhatóan. Teste rongybabaként csuklott össze.

– Nem jön, hogy segíthessen! – figyelmeztette, majd vonszolni kezdte.

Liv tűszúrás feszítő nyomását érezte, majd teljesen elhomályosult előtte minden.

·» 16 «·

Colin nem értette, hol marad a lány ilyen sokáig. Nem tarthat
ennyi ideig behozni a kocsiból valamit. Vagy lehet, hogy hívták,
és visszahívta azt. Várt még egy kicsit, majd nem bírta tovább.
Kiment a lány után. A szeme elé táruló látványból egyértelmű-
en következtetett arra, hogy valami nincs rendben. Az autó aj-
taja nyitva, Liv telefonja a földön, és ő nincs sehol.

– Liv! – szólongatta. – Liv, kérlek, ne szórakozz, nagyon nem
jó vicc – de semmi.

A lány eltűnt. Nagyon rossz érzés kerítette hatalmába. Azon-
nal visszarohant a házba, és már hívta is Williamst. A vonal má-
sik végén egy álmos hang szólt bele.

– Colin? – Nem értette, mire ez a késői hívás.

– Arthur! Liv eltűnt! – közölte egyszerűen a telefonba, mert
mást képtelen volt mondani. Ez a tény éppen eléggé sokkolta.

– Micsodaaa? – kérdezett vissza, és az álom kipattant a sze-
méből – Mégis hogyan? – Colin röviden elmesélte. – Azonnal
ott vagyok – majd kinyomta a telefont.

A percek óráknak tűntek, amíg Williams meg nem érkezett.
Colin beugrott mellé, de még mindig alig tudott megszólalni.

– Most hogyan tovább, Arthur? – nézett fájdalommal teli
szemekkel az öregre. Gondolkodni sem tudott.

– Colin, tudom, hogy könnyű ezt mondani, de nyugodj meg! –
kérlelte. – Most nagyon feszült vagy, de a nyomára fogunk buk-
kanni.

– Mégis hogyan? – hitetlenkedett.

– Nem emlékszel? – vonta fel a szemöldökét.

– Most valahogy minden kiesett a fejemből! – temette két
kezébe az arcát.

– A medál, Colin! A medál! – rázta fel az emlékezőképességét.

- A rohadt életbe! Tényleg! - vette elő a telefonját, és megnézte a lány pontos helyét. A kis piros pötty egy helyben álldogált a képernyőn. - Nézd, Arthur, itt van valahol az erdőben. - Tudom, hol van! - és ez valamelyest nyugalmat adott Colinnak. Hamarosan meglesz a lány, csak nehogy késő legyen.

- Ez a régi erdészház.

- De ott jártunk Livvel, és nem volt ott semmi! - ellenkezett.

- Pedig ez akkor is ott van. - Fogta a telefonját és tárcsázott. - Halló, Dereck! - Az első alkalom volt, hogy nem Rogersnek szólította. - Azonnal nézzen utána, hogy a régi erdészház azon a területen van-e, ami a Prince család tulajdonában áll, vagy állt! Hallani lehetett, hogy a fiú értetlenkedik.

- Ezzel ne foglalkozzon, csinálja, amit mondtam! Liv bajban van.

Kihangosította a telefont. Dereck folyamatosan a lányról kérdezett, de nem válaszoltak, a háttérben pedig hallani lehetett a billentyűk gyors leütését, ahogy az információra próbált rákeresni.

- Megvan, főnök! - közölte. - Igen, a Prince család tulajdonában állt, de már Nemo Smith a tulajdonos. - Ahogy ezt kimondta, Williams már ki is nyomta a telefont. Nem akartak további felesleges kérdést.

- Arthur, ne hívjunk erősítést? - kérdezte izgatottan.

- Azok csak felvernék a környéket. Meg tudjuk ezt oldani magunk is - magyarázta. - Ha szükségét érezzük, megtesszük!

Kicsit távolabb álltak meg a háztól, hogy ne keltsenek feltűnést. Az éjszaka sötétjében botorkáltak az erdőben, amíg fel nem tűnt a viskó. Az ajtaja tárva-nyitva. Benéztek, és a szoba közepén világosságot láttak a föld alól. Amikor ott jártak, a kopott szőnyeg elrejtette azt a csapóajtót, ami lefelé vezetett, de így már érthető volt, hogy az miért volt tisztább, mint bármi más a helyiségben: a folyamatos mozgatástól szállt ki belőle a por nagy része.

A lehető leghalkabban próbáltak a lejáró közelébe menni. Nem tudhatták, hogy a régi fapadló melyik ponton nyikordul meg a talpuk alatt. Szinte hallották egymás szívverését, és egy jól ismert hangot: Liv volt az. Tehát még él.

- Mit akarsz tőlem? – kérdezte erőtlenül, bágyadtan, és tompán fájó fejjel a lány. – Mit adtál be? – próbálta kinyitni a szemét, de az erős fény nagyon bántotta. Résnyire sikerült, és azon kémlelt ki, hogy hol lehet.

Körben betonfal vette körül, a helyiségből egy másik is nyílt, de oda nem látott be. Egy lerobbant kanapé, asztal, és két szék volt vele szemben. Jobb oldalán nagy fém polc, tele minden vacakkal. Valamiféle elektromos dobozt is látott, ami tele volt különböző gombokkal, kapcsolókkal, és kábelek lógtak ki belőle. Ő egy széken ült, keze a háta mögött megkötözve, talán gyorskötözővel. Teljesen ki volt szolgáltatva ennek az őrültnek.

- Üdv a pokol kapujában, Olivia! – Szavai tele voltak keserűséggel. – Kaptál egy kis nyugi koktélt, de csak keveset, hogy minél hamarabb magadhoz térj, és én minél hamarabb láthassam a félelmet a szemedben, ha végre kinyitnád! – A hangja egyre emelkedett, már-már parancsoló volt.

- De a többi nő nem kapott. Én miért? – értetlenkedett.

- A többi ribanc engedelmesebb volt, nem volt ilyen izgága – nevetett fel. – Ez a megkülönböztetett figyelem csak neked jár, kurva!

- Még mindig nem értem, hogy miért én? – Fejében minden kavargott, kusza volt a szer hatására.

- Beleköptél a levesembe, Olivia! Nagyon rossz kislány voltál – mondta vicsorogva. – Elrontottad a mókámat! Már rég elhoztam volna az utolsó nőt, hogy beteljesedjen minden, erre te mit csináltál? – ordította. – Idehozattad a bátyámat. Neki semmi köze ehhez – vett vissza a hangerőből. – Ezért büntetés jár, ribanc: te leszel az utolsó betűm. Talán már rá is jöttél, mi is lesz az.

- De én nem vagyok szőke hajú! – tiltakozott.

- Már nem érdekel! Attól a pillanattól kezdve, hogy megváltoztattad a játékszabályokat Rex ideszállításával, én is megváltoztattam – magyarázta el keményen.

- Rendben, tehát én leszek az F betűd! – kezdett magához térni, de nyugalmat erőltetett magára, mert amíg Nemo nem látja a félelmet rajta, addig nem fogja bántani.

– Nagyon jó, ringyó! – tapsolt örömében. – Felettébb okos! Mire jöttél még rá?

– Mindenre! Az egész szaros életedre! És én még szánalmat éreztem irántad! – Szavaiból fröcsögött a gyűlölet.

– Nem kell senki szánalma és sajnálata! – emelte fel megint a hangját. – Bosszút álltam, elégtételt vettem az engem ért sérelmekért, amit az a rohadt kurva Regina okozott. Most már ledobhatom ennek a súlyát. Bármi történik velem, bárhová is kerülök, az nem lesz annyira rossz, mint az az egy év volt. A pokol legsötétebb bugyrát jártam meg. Senki nem állt mellettem. A bátyáim próbáltak védeni, de ők is fiatalok voltak. Az a ribanc meg csak mondta és mondta. Be akartam már akkor varrni a száját, hogy fogja már be végre. Most megtettem, eddig hatszor.

– És a nagyajkakat miért kellett? – akarta tudni az ő verzióját is.

– Anyám miatt! – köpte ki a szavakat. – Regina azt mondta, hogy be kellett volna neki varrni a pináját, hogy ne dugjon apámmal. Ha ez így lett volna, meg sem születek, és nem élem át ezt a sok szörnyűséget. Nem én kértem tőlük az életet, ilyet nem! – Most az ő szemében tűnt fel a fájdalom.

Liv már teljesen jól látta. Sötét szemei gonoszságot árasztottak, sötét haja rövidre volt nyírva. Nem volt kifejezetten magas, és egészében nem tett semmi jó benyomást rá. Inkább visszataszítónak találta.

– Tényleg azt hiszed, hogy most megölted ezeket a nőket, és békére lelsz? Ugyanúgy ott fog hangozni Regina minden egyes mondata, cselekedete a fejedben. És amit tettél, mind az ő szavait igazolja, mert csak egy senki tesz ilyet egy másik emberrel! Egy Senki! – üvöltötte a lány.

– Hallgass, kurva! – Majd kézbe vett valamit, amit a lány nem látott. – Neked még életedben ütöm be a betűt! – berregtette meg a tetoválópisztolyt.

– F, mi? – nézett rá Liv pökhendin. – Te faragatlan, félresikerült, féreg, fasz, fattyú! – Érezte, hogy kicsit messzire ment, de nem tudott leállni. – Ne csak egy betűt üss rám, hanem azt is, hogy fantasztikus, felejthetetlen, földöntúli fúria! Tudod, mit jelent a fúria a római mitológiában?

- Olyan kurvákat, mint te! – vetette oda.

– A bosszú három istennőjének egyike, és én megbosszulok minden egyes lányt, akit megöltél. – Nemo zavarosan felnevetett Liv fröcsögésén.

– Bosszú, mi? Pont a te helyzetedben! Ne röhögtess! – nézett a lány háta mögé az összekötözött kezeire.

Érezte, ahogy a vékony pánt vágja a kezét, és ráeszmélt helyzete súlyosságára. Mélyet lélegzett, majd kifújta, miközben a fejét előrehajtotta, és megakadt a szeme a láncán. A medál! Akkor Colin tudja, hogy hol van. Hamarosan meg is fogja menteni, és ez a tudat megnyugtatta. Elszégyellte magát, mert eszébe jutott a kiborulása a nyomkövető miatt. Most végtelenül hálás volt érte.

– Csodák márpedig léteznek, és a gonosz el fogja nyerni méltó büntetését! – jegyezte meg.

– Nincs, aki megmentsen. Nem fogod fel? – vigyorgott önelégülten. – Nem tudják, hogy hol lehetsz. Azt sem, hogy én hol vagyok.

– Mégis hol vagyunk? – kérdezte, bár választ nem igazán remélt.

– Nem tudod? – nevetett fel. – Pedig jártál már itt! Pár napja. A régi erdészház alatt.

– Hol? – Liv nem tudta elhinni.

– Igen! Amikor az a két aljas dög meghalt, Rex és E. J. mindent nekem adtak. Többek között ezt az erdőrészt is, amin a ház áll. Eladtam a házat, amely a szenvedéseim színhelye volt, még anyámét is, mert oda sem akartam visszamenni. Éveken át ástam, és építettem ezt a bunkert. Innen a nőket is le tudtam rakni könnyedén az erdőben észrevétlenül – magyarázta. – Amíg apámnál laktam, mindig ide akartam kiköltözni, és ezt meg is valósítottam.

– Hát persze, az erdészház! – mormolta maga elé Liv.

– Most egy pillanatra magadra kell, hogy hagyjalak, hozom a ruhádat, ribanc! – s ördögi mosolyával eltűnt a hátsó helyiségben.

Colin kapott az alkalmon, hogy be merje dugni a fejét oda, ahol a lány van. Eddig csak hallgatták Williamssel a szócsatájukat. Liv nagyon jól tette, hogy hergelte és felemelte a hangját, mert a hangzavarban át bírtak jutni a nyikorgó fapadlón feltűnés nélkül, egészen a betonlépcsőig. Itt már neszteleül le tudtak menni, és ha a lányt bármi közvetlen fenyegette volna, azonnal közbeavatkoznak. De kivárták a megfelelő pillanatot, és ez most el is érkezett.

Liv egy széken, háttal ült nekik, így Colin hamar ki bírta oldani a kezét, közben az ujját a szájára tette, hogy ne szólaljon meg. A szék mögött a földre tette a pisztolyát, amíg a kötözőt elvágta. Ebben a pillanatban visszatért Nemo, fegyverrel a kezében, amit rájuk szegezett.

– Mi van, emberek, buli van? – röhögött az arcukba a tenyérbemászó vigyorával. – Dobd ide a fegyvered!

– Nincs nálam! – szólt Colin, és a zakóját is felemelte, hogy ezt be is bizonyítsa. Csak remélni merte, hogy a másik nem látja a széktől, hogy hol van.

– Idejöttél megmenteni ezt a kurvát pisztoly nélkül? – vihogott. – Hát te még nálam is zakkantabb vagy! Hogy találtál meg?

– Ide húzott a szívem! – válaszolta flegmán.

– Ja, igen, a szerelmesek! Szép is az! – jelent meg irónia a hangjában. – Akkor legalább végignézheted, amit fejbe lövöm a kiscicád, mint egy kutyát.

– Ha meg merészeled tenni, kinyírlak! – dühödött fel.

– Mivel? Tán golyó lövell a mutatóujjadból? – Látszott rajta, hogy a helyzet nagyon szórakoztatja. Egy igazi elmebeteg...

Liv csak állt szótlanul Colin mellett a szék mögött. Hirtelen nem tudta, hogy most mitévő legyen.

– Még az is lehet, de ilyen senkit minden bizonnyal fél kézzel leterítek! – vágta oda, a senkit jól megnyomva.

Colin túl messzire ment: a lánytól még eltűrte, mert a játékszere volt, de ez így rettenetesen feldühítette. Az arca megváltozott. A vigyorát felváltotta valamiféle démoni álarc, a feje bíborvörössé vált. Az agyában elindult valami megállíthatatlan folyamat, mely odáig űzte, hogy cselekedjen. Livre irányította a pisztolyt, és lőtt. A lövés hangja, amit a betonfalak visszavertek, szinte bombarobbanásként hatott. Csak egy ember volt, aki ennek a hangnak valamelyest ellen tudott állni, mert fél életét ebben a hangban élte le: a lány. Nem érezte a golyót a testében, mert Colin az utolsó pillanatban elé ugrott és felfogta. Nekidőlt Livnek, aki elesett, és kihasználta azt, hogy Nemo nem tudott lépést tartani az eseményekkel, és egy pillanatra meghökkent. Felkapta a férfi fegyverét, célzott és lőtt. Pontosan a homlokába. Az agya egy része, mint a paradicsom loccsant szét. A pár másodperces akcióból Williams sem akart lemaradni: az első lövés után belépett, és Nemo Liv után tőle is kapott a mellkasába.

– Colin! – ordította a lány, miközben az ölébe vette a férfi fejét, aki csurom véresen feküdt a földön. – Nyugalom, mindjárt jön a mentő! – Hallotta, ahogy az öreg telefonál, és értesít mindenkit. – Meg fognak menteni! Ne add fel! Itt vagyok és vigyázok rád! Szükségem van rád! Nem veszíthetlek el! Te vagy az életem! – sorolta önkívületi állapotban, miközben kezével próbálta elszorítani a vérzést.

– Liv – mondta alig hallhatóan.

– Most ne beszélj, csak tarts ki!

– El kell mondanom azt, amit még nem mondtam. – A szavak alig tudtak kijönni a száján.

– Lesz még rá alkalom! Mindjárt itt vannak. Már hallom a szirénát – csitította, de Colin mélyen a szemébe nézet és csak ennyit mondott:

– Szeretlek! – és lehunyta a szemét. A végtagjai ernyedten estek a földre. Testéből elszállt az élet.

– Neeeee! – kiáltotta Liv hisztérikusan, majd ráborult a férfi élettelen testére. Lelki szemei előtt látta, ahogy Colin angyallá válik. Őt hívta így, és most mégis ő lett azzá. Ez nem igazság.

Williams igyekezett megnyugtatni a vigasztalhatatlan lányt. Nagy nehezen felhúzta a földről, hogy a többi ember tudja a dolgát tenni. Magához ölelte, és a fejét simogatta, mint egy kislánynak, hátha végre egy kicsit le tud csillapodni, de nem tudott. Próbálta elterelni a figyelmét, amíg Doki ránézett a testre, és belerakták a nagy fekete zsákba. Akkor engedett egy kicsit a szorításán, amikor már kivitték. Pár perc múlva, amikor a kapitány már úgy gondolta, hogy Liv nem szembesül az előbbi látvánnyal, mert már berakták egy kocsiba, felkísérte a bunkerből.

– Vége van, Liv! Elkaptuk! – mondta szelíden az öreg.

– De milyen áron? – tört rá ismét a zokogás. – Megvédett az élete árán! Elvesztettem! – és a fájdalom ólomként nyomta minden egyes porcikáját. Kiszakítottak belőle egy darabot, amit már soha többé nem tudnak visszarakni. Az a jövő, amit közösen terveztek, most szétpukkant, mint lufi a tű hatására. Haza kell mennie egyedül, oda, ahol már együtt laktak. A férfi holmija ott fogja várni, a teli hűtő, amit ő tömött meg, hogy neki mindene meglegyen. Minden csak rá fogja emlékeztetni. A teher, ami abban a pillanatban nyomta, olyan lehetett, mint amit az anyja élt át. Ebbe az elképesztő, szívet feszítő érzésbe meglehet, hogy bele fog halni. Tényleg igaz, hogy valakiért meg tud szakadni a szív!

– Jöjjön, hazaviszem! – húzta Williams. – Holnap úgyis találkozunk. – Arra gondolt, a dolgok állása szerint a nyugdíjat egy kicsit el kell tolnia. De nem bánta.

– Nem, főnök! Nem megyek be! – mondta szipogva.

– Igaza van! Vegyen ki pár napot, vagy amennyit szeretne! – javasolta.

– Nem! Nem érti! Én oda többé nem megyek be! – mondta határozottan. – Otthon is minden rá fog emlékeztetni, de benn még inkább.

– Mondtam! Vegyen ki annyi napot, amennyit csak akar! Ha két hónapot, akkor annyit! Visszavárjuk! És ne beszéljen badarságokat.

– Nem! – szegte fel az állát. – Én kilépek...

Folytatása következik...

234

novum ▄ KIADÓ A SZERZŐKÉRT

Értékelje
ezt a könyvet
honlapunkon!

www.novumpublishing.hu

HERZ FÜR AUTOREN A HEART FOR AUTHORS À L'ÉCOUTE DES AUTEURS MIA ΚΑΡΔΙΑ ΓΙΑ ΣΥΓΓΡ
FÖR FÖRFATTARE UN CORAZÓN POR LOS AUTORES YAZARLARIMIZA GÖNÜL VERELIM SZÍ
PER AUTORI ET HJERTE FOR FORFATTERE EEN HART VOOR SCHRIJVERS TEMOS OS AUTC
ZÕINKÉRT SERCE DLA AUTORÓW EIN HERZ FÜR AUTOREN A HEART FOR AUTHORS À L'ÉCOU
ÇÃO ВСЕЙ ДУШОЙ К АВТОРАМ ETT HJÄRTA FÖR FÖRFATTARE Á LA ESCUCHA DE LOS AUTO
URS MIA ΚΑΡΔΙΆ ΓΙΑ ΣΥΓΓΡΑΦΕΙΣ UN CUORE PER AUTORI ET HJERTE FOR FORFATTERE EEN
ARLARIMIZ ÖN ET SZERZŐINKÉRT SERCE DLA AUTORÓW EIN HERZ FÜR
SCHRIJVERS TE O CORACÃO ВСЕЙ ДУШОЙ К АВТОРАМ ETT HJÄRTA FÖ

A szerző

Kris. K Szegeden született, 1979. július hetedikén.
1999 óta középiskolai tanárként dolgozik Kalocsán.
Özvegy, három gyermeke van. Hobbijai az olvasás,
rajz, kártya- és társasjátékok. A Múltba zárva az
első regénye.

OR FORFATTERE EEN HART VOOR SCHRIJVERS TEMO
OW EIN HERZ FÜR AUTOREN A HEART FOR AUTHORS
ETT HJÄRTA FÖR FÖRFATTARE Á LA ESCUCHA DE LOS AUTORES YAZARLARIMIZA
UN CUORE PER AUTORI ET HJERTE FOR ORFATTERE EEN HART VOOR SCHRIJVERS
KET SZERZŐINKÉRT SERCE DLA AUTORÓW EIN HERZ FÜR AUTOREN A HEART FOR AU
S NO CORAÇÃO BCEЙ ДУШОЙ K ABTOPAM ETT HJÄRTA FÖR FÖRFATTARE UN CORAZON
JTE DES AUTEURS MI PA UN CUORE PER AUTORI ET HJERTE FOR
RES YAZARLARIMIZA JL ET SZERZŐINKÉRT SERCE DLA AUTORÓW

novum KIADÓ A SZERZŐKÉRT

A kiadó

*Aki feladja,
hogy jobbá váljon,
feladta,
hogy jobb legyen!*

E mottó alapján a novum publishing kiadó célja az új kéziratok felkutatása, megjelentetése, és szerzőik hosszútávú segítése. Az 1997-ben alapított, többszörösen kitüntetett kiadó az egyik legjelentősebb, újdonsült szerzőkre specializálódott kiadónak számít többek között Ausztriában, Németországban és Svájcban.

Valamennyi új kézirat rövid időn belül egy ingyenes, kötelezettségek nélküli kiadói véleményezésen esik át.

További információkat a kiadóról és a könyvekről az alábbi oldalon talál:

www.novumpublishing.hu